ハヤカワ文庫NF
〈NF245〉

セックスとニューヨーク

キャンディス・ブシュネル
古屋美登里訳

早 川 書 房

4687

SEX AND THE CITY
by
Candace Bushnell

Translated by
Midori Furuya
Published 2000 in Japan by
HAYAKAWA PUBLISHING, INC.
This book is published in Japan by
arrangement with
GROVE/ATLANTIC, INC.
through JAPAN UNI AGENCY, INC., TOKYO.

ピーター・スティーヴンソンと、テディ・ベアを咬んだスニッピーに捧げる。
そして私の友人たちへ。

目次

1 わたしの非感情教育 11
2 フリーセックスは楽しい？ さあ、それはどうかしら 27
3 デートを重ねる男のお話 38
4 マンハッタン流結婚生活 50
5 モデルとベッドをともにする男たちに会う 60
6 ニューヨークの最後の誘惑 74
7 世界をまたにかける美女 85
8 七人の男たちの避けられない夢 103
9 自転車小僧の愛するもの 123

10 ダウンタウンのいかした女がオールド・グリニッチの女に会う 136
11 妻の園から、トップレスの夜の楽しみに逃げて 151
12 スキッパーとミスター・マーヴェラスの淫らな欲情 164
13 美人のお話 178
14 下着モデル、ザ・ボーンの肖像 190
15 大好きな小さいネズミは、ママには見せられない 201
16 マンハッタンの無知な女の子 211
17 灼熱のマンハッタン 227
18 マンハッタンで結婚する方法 241
19 マンハッタンのイカレたママがのぼせあがると 260
20 ミスター・ビッグの留守中に出会った娘 274
21 狼と競争した女たち 286

22 ザ・ボーンと白いミンク 296
23 パーティ・ガールの挫折 311
24 アスペン 325
25 最終章 349
エピローグ 371
本書に登場するクラブやホテルの地図 374
訳者あとがき 376
文庫版訳者あとがき 382

本書は、一九九七年十月に早川書房より単行本として
刊行された作品を文庫化したものです。

セックスとニューヨーク

1 わたしの非感情教育
——マンハッタンで恋愛ができる？　さあ、それはどうかしら

ヴァレンタイン・デイにふさわしいこんなお話がある。覚悟はいいかしら？

あるイギリス人の女性ジャーナリストがニューヨークにやってきた。魅力的でウィットに富んでいたので、たちまちニューヨークならではの理想の独身男とおつきあいを始めた。そのお相手の男性ティムは年収五百万ドルを稼ぐ投資銀行の行員。二週間後、ふたりは手を握りあい、キスをした。さて、うららかなある日のこと、ティムはドライヴがてら、ハンプトンに建築中の家へ彼女を連れていった。ふたりは設計図を見ながら、建築家をまじえていろいろな話をした。「わたしはね、子どもが転落しないように二階には手すりをたくさんつけてほしい、って建築家に言いたかったのね。だって、ティムから結婚を申し込まれるものとばかり思っていたんですもの」とジャーナリストは言った。そしてある日曜の晩、ティムは彼女をアパートメントの前まで車で送ってきたとき、火曜日にディナーを一緒に食べようと約束をした。その当日の火曜日、ティムから電話があって、都合が悪くなったので次の機会

にしよう、と言われた。それから二週間というものまったく音沙汰がなかったので、痺れを切らした彼女は電話をかけると、「次の機会までがずいぶん長いのね」となじった。するとティムは、今週中に電話をするよ、との返事。

男がそれっきり電話をかけてこなかったのは言うまでもない。この話のなかで興味深いのは、ふたりのあいだに何が起きたのか、当の彼女には見当もつかなかったという点である。彼女の説明によれば、イギリスでは建築家に会うといえば、特別な意味合いがあるらしい。それを聞いてわたしは、それではお手上げね、と思った。彼女はロンドンからやって来ただもの。「マンハッタン流の愛の終わり方」がどのようなものか、人から聞いていなかったのも無理はない。それでわたしはこう思った。彼女もすぐにわかるようになるわ、と。

「不実の時代」にようこそ。イーディス・ウォートンの書いた『無垢の時代』のなかで、胸焦がすような逢い引きの舞台背景として、燦然と輝いていたマンハッタンの街並みは今も健在ではある。しかし、もうその舞台には誰も登場してこない。ティファニーで朝食をとる者も、いい思い出となる恋愛をする者もいない。その代わりに、わたしたちは朝の七時にちゃんと朝ご飯を食べ、恋愛などあっという間に忘れてしまう。どうしてこんな目も当てられない悲惨な状況になってしまったのだろう。

トルーマン・カポーティには、この九〇年代のジレンマ――愛を取るか、洒落た都会生活を取るかのジレンマ――がわかりすぎるほどわかっていた。『ティファニーで朝食を』のホーリー・ゴライトリーとポール・ヴァルジャクのあいだには障害があった。男はヒモだったし、女は娼婦だった。ところが、しまいにはその障害を乗り越えて、ふたりはお金ではなく、愛を選ぶ。そんなことはいまどきのマンハッタンでは起こりようもない。わたしたち全員が――職場でも、アパートメントでも、〈モーティマー〉や〈ロイヤルトン・ホテル〉でも、ハンプトンの浜辺でも、マディソン・スクエア・ガーデンの前の方の席でも――娼婦でありヒモであって、しかもその役割がけっこう気に入っているのだ。自分の身を守ることと洒落た都会生活を送ることが何にもまして優先される。愛のキューピッドは、すたこらさっさと逃げ出してしまった。

いったいいつの頃から、人が「愛している！」と口にするのを耳にすると、「友だちとしてでしょ」と（言葉にしなくとも心の中で）付け足さずにいられなくなったのだろう。いつの頃から、見つめあうカップルを見かけると、おやおや、そんなに我を忘れてだいじょうぶ？　と思うようになったのだろう。いつの頃から、「僕はいま灼熱の恋をしているんだ」と打ち明けられると、どうせ月曜の朝までのことでしょう、と思うようになったのだろう。そしてどうして、クリスマスの時期にティム・アレン主演の心温まる映画（『サンタクローズ』）ではなく、過激な映画『ディスクロージャー』がヒットするようになったのか。『ディスクロージャー』は（会社の色情狂たちの、愛のかけらもないセックス見たさに、一千万人だか千五百万人だかが足を運んだという映画である）、恋愛について考えるときにすぐに例にあげたくなるような作品だが、それよりもなによりも、これは現代のマンハッタンの人間関係を忠実に描き出した映画だった。

マンハッタンでは、今も実に多くのセックスが行われているが、どれも友情で終わるセックスや仕事を円滑に進めるためのセックスばかりで、とても恋愛とは呼べない。近頃では、誰もが大勢の友人や同僚に囲まれているが、本物の恋人がいる者はひとりもいやしないのだ——たとえベッドをともにする相手がいたとしても。

さて、イギリス人の女性ジャーナリストの話に戻ろう。それから半年のあいだに、彼女はさらに〝経験〟を重ね、街を出る際に決まって電話をかけてきて、戻ってきたら電話をするよ（でも、かかってきた例《ため》しがない）、という男と少しつきあったあと、ようやく事情が飲みこめてきた。「ニューヨークの人間関係というのは、我関せずということなのよね」と。「でも、心から人と繫がりを持ちたいと思ったら、どうすればいいの？」と彼女は言った。

お嬢さん、そうしたいのなら、この街から出ていくしかないのよ。

〈バワリー・バー〉での恋愛、その一

金曜の夜の〈バワリー・バー〉。外は雪、中は喧騒。ロサンジェルスから来た女優がいる。ビニールの灰色の上着とミニスカートという格好で、金メダル保持者のような黒々と日焼けした逞しいお伴を連れ、なにやら場違いな感じがする。俳優や歌手もいれば、緑色のダウン・ジャケットを着て耳当てつきのふかふかしたベージュの帽子をかぶった遊び人《パーティ・ボーイ》、ドノヴァン・リーチ（スコットランド出身のロック・シンガー）もいる。フランシス・フォード・コッポラ（ハリウッドの大物映画監督）も妻

と一緒にテーブル席についている。そのフランシス・フォード・コッポラのテーブルには空席がある。しかし、ただの空席ではない。人をそそのかすように、誘い込むように、挑撥するように、煽りたてるように存在する空席だ。空なるあまり、バーにある他のどの椅子よりも充実しているような空席。そして、その席の空虚が何かを引き起こしそうになったちょうどそのとき、ドノヴァン・リーチがその席に座りお喋りを始める。たちまちバーにいる者はひとり残らず、嫉妬のあまり身をよじる。その場のエネルギーが凶暴なまでに膨れ上がる。これがニューヨークのロマンスである。

うまく結婚した男

「恋愛をするには、相手と折りあわなくちゃならないものだけど、もしその相手がこっちの負担になるようなやつだってわかったらどうする？」と友人が言う。十二年間も幸福に結婚生活を送っている男は数少ないが、彼はその少数派のひとりである。「それに、過去を振返るだけの知恵があれば、自分の判断が正しいことがはっきりするもんだよ。そうなれば、ますます深いつきあいなんかしなくなる。たとえば、両親が亡くなったというような、一大事が持ちあがって茫然自失にでもならないかぎりはね」

さらにその友人は続けた。「ニューヨークに暮らす人たちは、絶対に壊せないかちかちの体面を作りあげているんだ。おれはつくづく幸運だったと思うよ。早めに手を打てたからね。

だって、今は簡単に人と寝られるけれど、じっくり、深く、つきあうことなんかできないだろう。しかも、昔に戻ろうったって戻れやしないんだから」

（かなり）うまく結婚した女

結婚している女友だちから電話がかかってきた。「この街ではどうやって恋愛が成り立っているのかまったくわからないわ。恋愛なんてとてもできないんですもの。この街は誘惑だらけでしょう。デートにお酒にドラッグ。いろんな愉快な人たち。そりゃあ、楽しくやりたくなるのは当然よ。でも、それでカップルになったら何をするの。アパートメントの小さな部屋に閉じこもって、互いに見つめ合うのかしら？　だったら、独り者の方がよっぽどいいわ」そして少しばかり物足りなさそうにこう言った。「好きなことはなんだってできるんだもの。家庭に入ることないのよね」

〈ココ・パッツォ〉の独身男

その昔、わたしの友人のカポーティ・ダンカンが、ニューヨークでも一、二を争う理想の独身男だったとき、彼はこの街のあらゆる女とデートを重ねた。その当時はまだわたしたちもロマンティックな幻想を抱いていたので、そのうちきっと誰かが彼の心を射止める、彼はいつか必ず恋に落ちる、と信じていた。そのころはだれもが恋をしていたので、彼が恋をするお相手は、美人で頭がよく、仕事もできる女性に違いない、と。ところが、美人で頭がよく、仕事もできる女が、何人も彼の前に現れては消えていった。そして彼が恋に落ちることはなかったのである。

わたしたちは間違っていた。今日、〈ココ・パッツォ〉でディナーをとりながら、カポーティはこう言った。ぼくは女の手には落ちないぜ、深い関係なんていらないし、ほしいと思ったこともない、恋愛関係には興味はないんだ、人の心の中にはびこっている神経症の話など聞きたくもないしね、と。そして彼は女たちにこう言う。ぼくはきみのいい友だちになれるよ、セックスをしてもいい、でもそこまでだ、それで充分だろう。

彼にはそれで充分なのだ。昔のように、恋愛問題で悲しい思いをすることはないのだから。

〈バワリー・バー〉での恋愛、その二

〈バワリー・バー〉のわたしのテーブル席には、どうしてもうまくいかない人間関係を描いている三十二歳の小説家パーカー、彼のボーイフレンドのロジャー、エンターテインメント業界専門の弁護士スキッパー・ジョンソンが座っている。

二十五歳のスキッパーは、愛の神を信じられないまま生きてきたジェネレーションX（一九八〇年代半ばから後半の繁栄に取り残され、失業と不況に苦しんだ世代）を代表するような人物である。彼は言う。「ぼくはね、自分が

理想の女性と出会って結婚できるということが信じられないだけなんですよ。恋愛関係は重たすぎますよ。絶望してもかまわないというくらいの覚悟がなければ、愛を信じるなんてできませんよ。信頼できる相手がいないんですから。近頃では、みんな堕落しきっているじゃないですか」

「しかし、愛こそ一縷《いちる》の望みだろうが」とパーカーが異を唱えた。「愛さえあれば、ひねた考え方をしなくてもすむのにな」

スキッパーはそれには応えずに、「この社会は二十五年前に比べたら、かなり悲惨な状況になっていますよ。こんな時代に生まれてきたことを恨みたくなります。次から次にひどい目に遭わされている。経済、エイズ、人間関係、みんな根っこは同じなんです。ぼくたちの世代はみんな、安定した仕事につけるなんて思ってやしませんよ。この先の経済がどうなるかわからないときに、他人の面倒までみられませんよ」と言った。

このひねくれた見方ももっともだと思う。最近、わたしも、気がつくとこんなことを言っているときがある。男とつきあうなんてまっぴらよ、だって結局、結婚でもしない限り、なんの得にもならないんだもの、と。

スキッパーは、お酒をごくりと飲んでさらに続けた。「選択の余地なんてないんですよ。表面的な関係はもうたくさん。だからぼくはなにもしないんです。セックスもなければロマンスもなし。そんなものを求める人がいるんですかね。病気や妊娠といった面倒なことになりそうなものを引き受ける人がいるんですか。ぼくは気楽ですよ。病気を恐れることもなければ、精神の不安定なやつや、ストーカーを恐れることもない。友だちと一緒に実際的な話をして楽しく過ごす、そのどこがいけないんです？」

「頭がおかしいよ、おまえ」とパーカーが言った。「金のこととはわけが違うんだぞ。金を貸し借りするのは無理かもしれないけれど、別のことでなら助け合えるかもしれないだろう。感情は減るものじゃないぜ。一緒に暮らす相手はいたほうがいいよ。一緒に生きていく相手はいたほうがいい」

ニューヨークで愛とロマンスを探し出せる場所は同性愛社会《ゲイ・コミュニティ》にしかない、というのがわたしの持論だった。同性愛の男たちは、溢れんばかりの思いやりと情熱のある友だちのままでいられるのに、男女の恋愛は陰でこそこそ行われるようになってしまった。こう考えるようになったのは、妻を捨てて若い男性を選んだ億万長者の話を見聞きしたせいかもしれない。しかもその億万長者は、勇敢にも、ゴシップ・コラムニストたちの目の前で、若き恋人と一緒にマンハッタンの流行の先端をいくレストランに入っていったのである。これこそ、真実の愛と言えるのではないか。

パーカーもわたしの持論が正しいことを証明してくれた。ロジャーとつきあい始めた頃、パーカーが病気になった。ロジャーはパーカーの家に行って料理をこしらえ、親身になって看病した。異性愛の男だったらこうはいかない。異性愛の男が病気になり、つきあい始めたばかりの女性から看病してあげるわと言われたら、きっと錯乱状態になるだろう。この女はうまいこと言っておれの生活に入り込もうとしている、と邪推するのが落ちだ。そして、ばたん、と扉は閉ざされる。

「愛は危ないですよ」とスキッパーが言った。

「愛が危ないとわかっているなら、なおさら大事にしなくちゃならないし、それを守るために必死になるもんさ」とパーカーが言った。

「でも、恋愛はこっちの思うようにはなりませんよ」とスキッパー。

「おまえは頭がおかしいよ」とパーカー。

今度はロジャーがスキッパーを説得しにかかった。「時代遅れのロマンティストはどうなるんだい?」

そこへ友人のキャリーがやってきた。彼女はロマンティストには詳しかった。「ぼくはロマンティストだって男が言うのを聞くたびに、わたし、叫びたくなっちゃうわ。それって、女をロマンティックに見ているってことでしょう。それでこっちが本性を現して男の空想につきあってあげなくなると、とたんに振り向きもしなくなるのよ。だからロマンティストには近づかないほうがいいの。ほっとくのが一番なのよ」

ちょうどそのとき、危なげなロマンティストのひとりがわたしたちのテーブルに近づいてきたのだった。

婦人用の手袋(コンドーム)

「素敵なロマンスをぶちこわしたのはコンドームよ。だけど、そのおかげで抵抗なく男と寝られるようになったわね」と、ある友だちが言った。「コンドームを使うと、女にとって、数に入らないセックスをしているような感じがするのね。肌を重ね合わせたって感じがしないの。だから抵抗なく男とベッドをともにできるのよ」

〈バワリー・バー〉での恋愛、その三

バークレイは二十五歳のアーティスト。バークレイはわたしの友人のキャリーがかつて八日間だけ〝デート〟をした相手だった。つまり、ふたりはいろいろなところに出かけ、キスをし、互いの目の奥をのぞきこんで楽しいひと時を過ごしたことがあった。舌鋒鋭く皮肉の応酬ばかりしている三十五歳の男とつきあうより、かなり年下の青年とデートした方がまだましだとキャリーは思ったのかもしれない。その青年は白骨化するほど長い間、ニューヨークから離れていたのだ。

バークレイはキャリーに、「ぼくは自分がロマンティックだと思っているから」ロマンティストなんだと言った。さらに、パーカーの小説を脚色したいとも言った。キャリーはパーカーに引き合わせる約束をし、それでこの夜バークレイが〈バワリー・バー〉にやってきたのだ。

しかしバークレイの姿を見たとき、キャリーは彼と見つめあいはしたけれど……何の感情

も表さなかった。ふたりが冷え切った関係になったのを察してか、バークレイは見知らぬ娘を伴ってきた。顔が妙にきらきらしている娘だった。

ところが、席につくとバークレイはこう言った。「ぼくは全面的に愛を信じてますよ。愛が信じられないなんてことになったら、ぼくは絶望してしまうなあ。人はふたりでやっと一人前。愛があるからあらゆるものに意味があるんですよ」

「それで誰かにそれを持ち逃げされて、きみはかんかんに怒るというわけだ」とスキッパーが言った。

「でも、居場所はあった方がいいよ」とバークレイ。

スキッパーはためらいがちに将来の設計を述べた。「モンタナで暮らすんです。衛星放送のアンテナとファクシミリとレンジ・ローヴァーと一緒にね。そうすれば傷つくことはないから」と。

「たぶん、きみは見当違いなものを求めているんだよ」とパーカー。「だから居心地の悪い思いをしているんじゃないかな」

「ぼくが求めるのは美人ですね。誰がなんと言おうと、どうしても美しい女性と一緒にいたい」とバークレイ。「美人でなくちゃだめだから、ぼくのつきあう女の子たちは頭が空っぽなのが多いんです」

スキッパーとバークレイが携帯電話を取りだした。「きみの携帯、でかすぎるよ」とバークレイは言った。

　そのあと、バークレイとキャリーは〈トンネル〉に行き、かわいい若者たちを眺め、煙草を吸い、酒を浴びるほど飲んだ。それからバークレイは顔がきらきらしている娘を伴って帰り、キャリーはバークレイの親友ジャックを相手に時間を潰した。ふたりは踊ってから、まるで頭がどうかなってしまったみたいに、雪の中を転げまわりながらタクシーを探し続けた。キャリーは腕時計で時間を確かめることすらできなかった。

　その翌日の午後、キャリーのところにバークレイから電話がかかってきた。「元気かい？」と彼は言った。

「さあ、どうかしら。今起きたばかりだから」

「ぼくはただのガールフレンドならほしくないって言ったよね。きみはずいぶん威勢がよかった。ぼくが言ったこと、わかっていたのに」

「ええ、そう。そのとおりね」そしてキャリーはこう言いたかった。「あんたが浅はかで安っぽい女たらしだって、わかってたわよ。だからこそあんたとデートしたいと思ったんじゃないの」と。

　しかし口には出さなかった。

「あの娘とは寝なかったよ。キスだってしなかった。ぼくはかまわないんだ。きみが望むのなら、もう彼女には会わない」

「あら、わたしなら全然気にしてないから」彼女は本当になんとも思っていない自分に驚いた。

それからふたりはバークレイの絵について四時間も意見を戦わせた。そしてバークレイはこう言った。「こういう話なら、一日中、毎日でもできるよ。セックスよりよっぽど楽しいよね」

偉大なる正直者

「もう仕事をするしかないね」と四十二歳の編集者、ロバートが言った。「やることが山ほどあるやつには、ロマンティックになる暇なんてないよ」

ロバートから聞いた話。最近、彼は本当に好きな女性と深い関係になったのだが、ひと月半後には、うまくいかないことがわかったという。「彼女はおれの気持ちを試すようなくだらないことをするんだ。たとえば、おれが水曜日に電話をかけて、金曜日のデートに誘うもんだと思っていたりしてさ。しかしだよ、水曜日には自殺したくなるほどひどい気分でいるかもしれないし、しかもおれが金曜日にどんな気分でいるかなんてわかるはずがないだろう。彼女は、自分のいいなりになる男がよかったんだ。わかってたことだけどね。しかしおれは、愛しているふりなんてできないね。

もちろん、彼女とは今でもいい友だちだよ。しょっちゅう顔を合わせている。ただセックスをしないだけのことさ」

〈フォー・シーズンズ〉のナルシス

ある日曜の晩、わたしは〈フォー・シーズンズ〉で行われたチャリティの催しに出かけていった。テーマは「愛の頌歌《しょうか》」。各テーブルには有名なカップルにちなんだ名がついていた。〝タミー・フェイとジム・バッカー（エンターテインメントの大物夫婦）〟〝ナルシスと自分〟〝エカテリナ二世と愛馬〟〝マイケル・ジャクソンとお友だち〟という具合。アル・ダマト（共和党のニューヨークの元上院議員）が〝クリントン夫妻〟のテーブルに座っていた。各テーブルの中央にはその名にちなんだ小物類が置いてある。タミー・フェイ・バッカーのテーブルには、付けまつげと青いアイシャドウと口紅の形をしたキャンドル。マイケル・ジャクソンのところには、ゴリラのぬいぐるみとフェイス・クリーム。

ボブ・ピットマンがいた。彼は「愛はとこしえに、禁煙もとこしえに」と言って笑い、そのかたわらには、彼の妻サンディが立っていた。わたしは観葉植物の蔭で、人目につかないように煙草を取りだそうとしていた。サンディは、ニューギニアの山に行くので数週間は街を留守にするそうだ。

わたしはひとりで帰ってきたのだが、帰る間際に、エカテリナ二世のテーブルにあった馬の顎骨をもらった。

〈バワリー・バー〉の恋愛、おわり

ドノヴァン・リーチがフランシス・フォード・コッポラのテーブルを離れてこちらにやってきた。「やだなあ。愛こそすべてだとぼくは心から信じてますよ。ただ、愛を忘れなくちゃいけないときもあるんです」と彼は言った。それがマンハッタンでは忘れられっぱなしなのだ。

そうそう、ちなみに、ボブとサンディは離婚係争中である。

2　フリーセックスは楽しい？　さあ、それはどうかしら

始まりはいつもと同じだった――無邪気そのものだった。アパートメントでクラッカーとサーディンの気の利いた昼食をとっているときに、知り合いから電話がかかってきた。彼の友人が〈ル・トラペーズ〉というカップルのみ入店可のセックス・クラブに行き、びっくり仰天して帰ってきたという。逃げ帰ってきたのだ。その店では、全裸の人々が誰にはばかることもなくセックスに興じていた。実際にセックスを行わないSMクラブと違って、そこは本物のきわどい場所だった。友人のガールフレンドはとんでもない錯乱状態に陥ったそうだ。もっとも、裸の女がそのガールフレンドに触わったときには、彼によれば「まんざらでもなさそう」だったという。

その友人がかなり入れ込んでいるので、その店のことは雑誌に取りあげないでほしいと頼まれた。ニューヨークの最新流行の店にはよくあることだが、記事になってその店が荒らされることを彼は恐れていたのだ。

初めはわたしも、いろいろな想像をめぐらせて悦に入っていた。美しい身体つきをした若いカップル。恥ずかしげな抱擁。長く波打つブロンドの髪に葡萄の葉っぱの冠を載せた娘た

ち。やはり葡萄の葉っぱを腰に巻きつけ、まぶしいばかりの歯を見せている青年たち。わたしはといえば、片方の肩だけに紐がついた葡萄の葉っぱの超ミニのドレスを着ている。わたしたちは服を着たままみんなの中に歩いて入っていき、すっかり啓発されて出てくる。

ところが、その店に電話をかけて、わたしはいきなりガツンと現実に引き戻された。「〈ル・トラペーズ〉には、見知らぬ人はひとりもいません。ここにいるのは、まだあなたの出会っていない友だちばかりなのです」という留守番電話の性別のはっきりしない声が流れ、最後に「ジュース・バーとビュッフェもございます」と付け加えた。これはセックスや裸には縁遠いメッセージではないか。感謝祭のお祝いに、十一月十九日には「オリエンタル・ナイト」が催されるという。オリエンタルというのが料理のことであって、人のことではないということに気づくまでは、いかにも面白そうな催しに思えた。

しかしこのときに、この店のことは忘れてしまうべきだった。『卑猥なことをわたしに言って』というポルノ本のなかで著者のサリー・ティスデールが、グループ・セックスを見て感激しているが、そんなものを真に受けるべきではなかったのだ。彼女は「これこそがタブーなのである。（略）もしもセックス・クラブが看板通りのことをするのであれば、堕落が始まるだろう。そうなのだ、わたしたちが恐れているように、性の境目がなくなっていく。（略）もはや中心は持ちこたえられない」。ここでわたしはこう自問すべきだった。そんなことをして何が面白いの？　と。

しかし無茶なことに、わたしはこの目で確かめようとした。それで予定表の次の水曜日の夜の欄に、用事を二件書き込んだ。午後九時、〈バワリー・バー〉でファッション・デザイナー、カール・ラガーフェルドのディナー。十一時半、東二十七丁目〈ル・トラペーズ・セックス・クラブ〉。

だらしない女、ニー・ソックス

セックスの話題は誰もが好きだとは知っていたが、魅力的なモデルと必要経費でやって来ているファッション雑誌の編集者ばかりが集まったカール・ラガーフェルドのディナーの席でも、それは例外ではなかった。実際に、わたしたちのテーブル席では、その話題で盛り上がっていた。目を見張るほど美しい、黒髪をカールした若い女性が、二十歳の若者だけに許されるあっけらかんとした態度でこう言った。トップレス・バーでのんびり時間を過ごすのが好きなの、なかでも〈ビリーズ・トップレス〉のようないかがわしいところは最高よ、だって、あそこの女の子は〝本物〟だもの。

それからたとえ小さな胸でも、整形した偽物の胸よりはるかにいいということになって、ある調査が行われた。このテーブル席にいる男たちのなかで、シリコン豊胸手術をした女性と同棲していた男がいるというのだ。誰もそのことを認めようとはしなかったが、三十代半ばのアーティストだけはむきになって否定しようとしなかった。「やはりきみだったのか」と無邪気な顔の、成りあがりのホテル経営者がそのアーティストをなじった。「しかも最悪なのはね、きみが……その、胸をね、好きだった……ということだな」

「いや、好きというのではありませんよ」とアーティストは異を唱えた。「ただ、ぼくはどっちでも気にしないんです」

幸いなことに、料理が始まったので、みんなはワイン・グラスにワインを注いだ。

次の話題。ベッドをともにするのはだらしない女の方がいいのか。ホテル経営者は次のような意見の持ち主だった。「女のアパートメントに行ってみて、何もかもきちんと片づけられていたら、その女はまず、一日中ベッドのなかにいて中華料理の出前をとってベッドでふたりで食べるなんてことはしないな。そういう女は男をたたき起こして、キッチンのテーブルでトーストを食べさせるんだよ」と。

これにはどう答えたらいいものかわからなかった。というのも、わたしは世界一だらしない女だと自負していて、まさにこの瞬間にも、うちのベッドの下には「ツォ将軍のチキン定食」の古ぼけた出前の箱が転がっていてもおかしくなかった。もっとも、たったひとりで食べたものではあるけれど。でも、たしかに彼の言うとおりなのかもしれない。

ステーキが出てきた。「目がくらくらしてしまうのは」とアーティストが言った。「チェックのスカートとニー・ソックス姿の女の子を見たときですよ。そんなときは、まる一日仕事になりませんね」

「いや、違うね」とホテル経営者は言った。「わたしの前を歩いていた女性が振り返ってみたら、こっちの想像どおりのとんでもない美人だったときは、打ちのめされるね。こっちが一生かかっても絶対に手に入れられないあらゆるものがそこにあるという感じなんだ」

するとアーティストが身を乗りだしてこう言った。「昔のことですが、女のせいで五年間も仕事が手につかなかったことがありますよ」

沈黙。それを凌ぐ者はひとりもいなかった。

チョコレート・ムースが出てきたとき、〈ル・トラペーズ〉に一緒に行く相手が到着した。〈ル・トラペーズ〉はカップルのみ――つまり男と女――入店可の店なので、わたしはつい最近デートをした相手、サムという投資銀行員に一緒に行ってくれるよう頼んだのだ。サムほどこの役にふさわしい男はいなかった。というのも、その一、彼はわたしがデートできる唯一の相手であり、その二、彼はすでにそれを体験済だったからである。かなり前の話になるが、サムは〈プラトンの隠れ家〉に行ったことがある。そのとき、見知らぬ女が近づいて来て、サムの、口にするのがはばかられる身体の一部をいきなり引っ張ったそうだ。サムのガールフレンドは――そこに行こうと言いだしたのは彼女なのだが――悲鳴をあげてそのクラブから逃げだした。

話題は佳境に入った。セックス・クラブに行くのはどのような人々なのか。わたしにはまったく見当もつかなかった。セックス・クラブに行ったことのある人はひとりもいなかったにも関わらず、全員が、クラブ通いをしているのは絶対に「ニュージャージー出身の落ちこぼれ」に決まっていると口々に言った。断るいい口実がないからセックス・クラブに行くというだけではすまされない、と言いだす人もいた。仕事のうちだと思わなければとても耐えられないよ、と。この意見を聞いて、わたしは滅入ってしまった。それでウェイターに頼んでテキーラを一杯持ってきてもらった。

サムとわたしが席を立って出かけようとしたとき、大衆文化を追いかけているライターが最後の助言をしてくれた。「自分から主導権を握らないと悲惨な結果になると思うよ。その場を自分で取り仕切るようにしたほうがいい。もじもじしちゃだめだよ」そうした場所には一度も行ったことがないのに、彼はそう警告してくれた。

セックス・ゾンビの夜

落書きで覆われた白い石造りの建物のなかに、〈ル・トラペーズ〉はあった。目立たない入口のまわりには、金属の手すりが張りめぐらされ、まるで安物の〈ロイヤルトン・ホテル〉の玄関といった感じだった。店に入ろうとしたときに、なかから一組のカップルが出てきて、わたしたちを見ると、女性の方がコートの襟で顔を覆った。

「面白かった？」とわたしは訊いた。

彼女は恐ろしげにわたしを一瞥してタクシーに飛び乗った。

中に入ると、縞模様のラグビーシャツを着た黒髪の若者が、小さなブースのなかに座っていた。十八歳くらいにしか見えなかった。彼は目をあげなかった。

「ここで料金をはらうの？」

「おふたりで八十五ドルです」

「クレジット・カードは使える？」

「現金払いのみです」

「領収書はもらえる？」

「いいえ」

　安全なセックスのルールに従う、と記された紙にサインをさせられた。そこで、一回限りの会員カードをもらった。カードには、売春行為の禁止、カメラ、記録装置類の持ち込みの禁止、といったことが書かれていた。

　濃厚《スティーミー》なセックスを期待していたのだが、最初に目にしたのは湯気の立っている《スティーミング》テーブルだった。つまり、電話で説明のあった例のビュッフェである。そこで食べている者はいなかった。ビュッフェ・テーブルの真上に「召しあがるときは下半身を隠してください」という注意書きがあった。それからマネージャーのボブに会った。がっちりとした体格の髭面の男で、プレードのシャツとジーンズを着ていた。ヴァーモントで〈ペッツラス〉を経営していてもおかしくなさそうなタイプだった。ボブによれば、この店は「慎重である」からこそ十五年も続いているのだそうだ。「なお、ここでは、いやだと言えば、いやだという意味です」と彼は言った。見ているだけでもいっこうにかまいませんよ、大半の人々はそれが第一歩になるのですから、とも。

　では、わたしたちはこの目で何を見たのでしょうか。広々とした部屋には巨大なエア・マットレスが置いてあり、そのうえで何組かのカップルが果敢にも事に及んでいた。蜘蛛のような格好をした「セックス・チェア」というのもあった（ここは空いていた）。ローブ姿のまるまる太った女性が、泡風呂の横に腰掛けて煙草を吸っていた。虚ろな目をしたカップルが何組かいた（まるで『セックス・ゾンビの誕生』だわ、とわたしは思った）。そして、課せられた責任をなんとか果たそうとしてうまくいかずに途方に暮れている男たちが大勢いた。一番目についたのは、湯気の立った何脚ものビュッフェ・テーブルだった（何が載っていたかって？　ちっちゃなホットドッグだったかしら？）。残念なことに、知りたいことはそれだけだった。

〈ル・トラペーズ〉は、フランス人の言う、ぼったくり《ル・リップ・オフ》クラブだった。

午前一時に、人々は帰途についた。ローブ姿の女性が、ナッソー郡からやってきたのだと言った。そして、土曜の晩にまたいらっしゃいよと言った。「土曜の晩にはね、もうごちゃ混ぜ料理よ」と。わたしは、それはお客のことを言っているのかとあえて訊き返さなかった。もしかしたらバイキング料理のことを言っていたのかもしれない。

〈モーティマー〉での猥談

その二日後、〈モーティマー〉でレディーズ・ランチを食べたとき、またもや、話題はセックスのことと、わたしのセックス・クラブ体験のことになった。

「気に入らなかったの？」とイギリス人ジャーナリストのシャーロットが言った。

「わたしはそういう場所に行くのって好きだな。いろんな人たちがセックスするのを見ていて、興奮しなかったの？」

「全然」わたしはイクラをのせたコーンフリッターを口に押し込みながら言った。

「なんでまた？」

「だって本当のことを言えば、何にも見えなかったんだもの」とわたしは説明した。

「男たちはどうだったのよ」

「それが最低だった」とわたしは言った。「男の半分は精神科医みたいだったわ。わたし、きっとセラピーに行くたびに思い出してしまうでしょうね。裸で床のマットに横たわっている、虚ろな目をした髭面のふとっちょ男の姿をね。一時間もフェラチオをしてもらっていたのに、まったくイク気配がなかったのよ」

そうよ、服は全部脱いだわ、とわたしはシャーロットに話した。でも、タオルを巻きつけていたの。いいえ、セックスはしなかったわ。いいえ、興奮しなかった。三十代半ばの背が高くて魅力的な黒髪の女性が入ってきて、その場が騒然となったときも、べつになにも感じなかった。その女性はお猿さんのようにお尻をむき出しにしていたものだから、あっという間に、いろいろな人たちの絡みあった腕と脚の下になって見えなくなってしまったのよ。エロティックな場面だったのでしょうけど、わたしには、ナショナル・ジオグラフィック・ソサエティの大自然映画に出てくる交尾するヒヒにしか見えなかったわ。

実は、露出癖とのぞき趣味がここでの主流になっているのではない。ついでに言えば、読者のみなさんが最近どこかで目にしたかもしれない記事とは裏腹に、ＳＭでもない。こうしたクラブで問題になるのは、やってくる客の質なのだ。仕事につけない女優、世に認められないオペラ歌手や画家や作家。絶対に昇進は望めないヒラの管理職の男たち。あなたをバーの隅に追いつめて別れた妻の話や消化不良の話をたっぷり聞かせようと、手ぐすね引いて待っているタイプの男たちだ。この社会に適応できない人々。セックスでも実生活でも、中心から外れたところにいる人々。必ずしも、ひそかな夢を一緒にかなえたいと思わせるような相手ではない。

とはいえ、〈ル・トラペーズ〉に来ていた人々は、青白いセックス・ゾンビばかりではなかった。クラブを出る前に、サムとわたしはロッカールームで、息をのむほど綺麗でほっそりした女性と、そのお相手に遭遇した。男の方は小ざっぱりした身なりの、これぞアメリカ人といったタイプで、しかもお喋りだった。彼はマンハッタンで生まれ、最近自分でビジネスを始めたという。同伴の女性は同僚だそうだ。その彼女が黄色のビジネス・スーツを身につけていくのを眺めながら、彼は微笑んでこう言った。「彼女は今夜、長年の夢を叶えたんですよ」その女性は、鋭い目つきで男を睨むと、ロッカールームを出ていった。

その数日後、サムから電話がかかってきたとき、わたしは思わず悲鳴をあげた。すると彼は、あれはきみが考えついたことじゃなかったっけ？　と言った。

さらに、あの体験から学んだことはないのかい、とも訊いた。

ええ、学びましたよ、とわたしは答えた。セックスをするときには、自分のうちほどいい場所はないということがわかりました、と。

でも、あなただってそう思ったんじゃない？　そうじゃない？　ねえ、サム。

3 デートを重ねる男のお話

先日、マンハッタンに七人の女性を呼んで、ワインとチーズと煙草を囲んで自由気儘に話し合ってもらった。話題は、もちろん、みんなの関心の的――男について。とりわけ、ひとりの「マンハッタンの理想の独身男」についてさまざまな意見が出た。ここでは彼のことを「トム・ペリ」と呼ぶことにしよう。

トム・ペリは四十三歳で、身長五フィート十インチ、茶色のまっすぐな髪をしている。外見は見栄えのするほうではない。しかも、三、四年前までは、黒のアルマーニのスーツにおかしなサスペンダーを組み合わせるという変わった趣味を持っていた。裕福な製造業の家庭に生まれ、マンハッタンとニューヨーク州ベッドフォードで育った。今は、五番街の現代的な高層ビルに暮らしている。

この十五年の間に、ペリ――たいてい名字だけで呼ばれる――は、ニューヨークの伝説のひとつになった。彼はいつでも真剣に結婚を考えているので、女たらしというのではない。むしろ、マンハッタンきっての洗練されたデートの相手で、一年間に〝つきあう〟相手は十二人にのぼる。しかしどういうわけか、つきあい始めて二日、あるいは二カ月が過ぎると、きまって持ちあがることがある。何かがうまくいかなくなって、彼が「ぼく、捨てられたよ」と言う羽目になるのだ。

ある種のタイプの——三十代の野心があって社会的地位もある——女性にとって、ペリとデートすることは、もしくは彼の情熱をはぐらかすことは、リムジンに初めて乗ったり、ひったくりに初めて遭ったりするようなもので、必ず一度は体験する通過儀礼になっている。

女遍歴を誇っているこの街の男たちのなかでも、ペリはずば抜けている。たとえば、ペリの持ち札はきわめて少ないことを見ても、彼がいかに例外的存在であるかわかる。エリック・ヴァクストマイスター伯爵のような育ちのよい風貌をしているわけでも、モルト・ザッカーマンのように金を湯水のように使うわけでもない。

わたしはどうしても知りたい。ペリの魅力とはなんなの？

わたしが連絡をとって集まってもらったのは、それぞれ——友情からか、ペリの熱狂的な愛情を注がれたゆえにか——ペリと親しい関係になり、最後にはこぞって彼を捨てた女性たちだ。ペリのことを話すので集まってほしい、という申し出を断った人はひとりもいなかった。どうやら、どの女性も、それぞれに何か……ペリについて割り切れないものを抱いているようだ。おそらく、彼女たちはペリに戻ってきてもらいたいのだろう。あるいはもしかしたら、ペリに死んでもらいたいのかもしれない。

ダリル・ヴァン・ホーンのように

わたしたちは、サラの家に集まった。サラは以前はモデルだったが、「業界のくだらなさに嫌気がさして、体重が二十ポンドも増えてしまったので」足を洗い、今は映画の製作をしている。今日はピンストライプのダーク・スーツを着ていた。「デートをした男たちの名前を眺めたとき、ペリには何の感情も呼び起こされないのよね。ほら、どんなだったかしら？って思うじゃない。あれよ」と言った。

しかし、肝心の話に入る前に、わたしたちは心穏やかならぬ発見をした。今日集まった女性たちのところには、ここ何カ月もペリからの連絡が絶えていたのだが、この日の朝に限って、そのうちの四人のところに彼から電話がかかってきたという。

「何か勘づいているとは思わないわ。ただの偶然だと思うけれど」とマグダが言った。マグダはペリとはずっといい友だちだ。実を言えば、彼女の女友だちの大半はペリのかつてのデートの相手で、ペリを介して知り合ったという。

「ペリはわたしたちのことなら何だって知っているわよ。『イーストウィックの魔女たち』に登場するダリル・ヴァン・ホーンそっくりだもの」とひとりの女性が言った。

「ヴァン・ホーニーって言ったほうがいいくらいよ」と別の女性が言った。そこでわたしたちはワインの栓を開けた。

「ペリとつきあうのってこんなふうなのよね」とサラが言った。「彼って素敵だわ、と思うのは、初めて会ったときにきびきびした人だという印象を抱くからなの。それに楽しいしね。

仕事をしていないから、いつだって会えるでしょう。『お昼を一緒に食べよう』って誘われて、食事をして仕事に戻ってみると、今度は『六時にカクテルをどう？』と誘ってくるでしょう。こんな楽しいことってないわよ。実際、一日に三回もわたしに会いたがるような男とデートをしたことが、これまでにあったかしらって思ったものね」

「『カクテル』っていうのにぐっとくるのよね」とマグダが言った。「キャサリン・ヘプバーンとケイリー・グラントみたいじゃないの」

雑誌の編集者をしているジャッキーが「彼に会ってすぐデートをするようになったの。一週間に五晩もよ。あの人、わたしをひとりきりにさせてくれなかったわ」と言った。

「頭がいいのよ。だってあの人ったら、電話をかけるのが好きでしょう、それで女は、本当にわたしに夢中なんだわって思っちゃうのよ。一日に十回も電話をかけてくるんだもの。そうなると、あの人がおかしな顔をしたちんちくりんだってことなんか、どうでもいいって思うようになるのよね」

「でも、あのサスペンダーに目がいくようになると、うわあ、たまらない、と思うようになるわね」とメイヴが言った。アイルランドの血を引く詩人だ。

「だんだん、ただの楽しい人ってわけじゃないことがわかってくるの」とサラ。「ジョークをたくさん知っているけれど、それも百万回も聞けば困ったやつだと思うようになるわよ。エンドレスなんだもの。彼自身もエンドレスなのよ」

「わたし、こんなこと言われたわ。これまでつきあった女性のなかで、ぼくのジョークがわかったのはきみだけだって」メイヴは言った。「もちろん、あのジョークを面白いと思ったことはないけど」

「それに、彼のアパートメントったらないわよね。ドアマンが二十五人もいるのよ。あれはなんなの?」

「あそこの家具を全部捨てて、ドア・ストアに行けばいいのにね」

「あの人が集めているナプキン・ホルダーを見せてくれたことがあったのよ。どれもこれも手錠の形をしているの。そんなもので女の子が誘惑できると思っているのよ。手錠の形をしたナプキン・ホルダーで」

最初のデートは〈44〉で

では、どんなふうにおつきあいは始まるのか。

ジャッキーの場合、型どおりのものだった。「〈ブルー・リボン〉で、わたしはテーブルが空くのを待ってたの。そうしたら彼がわたしのそばにやってきて、話しかけてきたのね。すぐに愉快な人だってわかったわ。わお、たいへん、この人とは本当にうまがあう、と思ったわ。でも、絶対に電話をかけてこないだろうって思ってた」そこで他のみんなが頷いた。

結局、わたしたち全員が同じ体験をしているのだろうか。

「翌朝の八時頃に電話をかけてきたの」とジャッキー。

「『お昼を一緒に食べようか？』って誘ってくるのよね。あの人は、明日〈44〉でお昼を食べよう、って言うのよ」

離婚経験者で子どものいる、ブロンドの髪のサファイアはおかしそうに笑った。「わたしは最初のデートでは〈44〉に連れていってもらえなかったけど」

「この人は愉快だし頭もいい、って思っているうちに、週末にどこかに一緒に行こうよ、ってことになったわ」とジャッキー。

「わたしは、十回目のデートのときだったかな、結婚してほしいって言われたわ」とサラが言った。「いくら彼でも、焦りすぎよね」

「わたしは、三回目のデートのときに彼の両親の家に連れて行かれたのよ」と言ったのはブリッタ。ほっそりして手足の細長いブルネットの女性で、今は写真記者《フォト・レップ》の仕事をしながら、幸せな結婚生活を送っている。「彼の両親と執事だけしかいないの。その翌日、わたしは彼の部屋のベッドに腰かけていて、彼の子どものころを撮ったホーム・ムービーを見たわ。そうしたら、結婚してくれって、懇願された。『ねえ、ぼくは真面目になるよ』って言ったわ。それから中華料理の出前を注文したの。わたしはこう思った。あなたと結婚ですって？　いったいどうしたの、マリファナでも吸ってラリってるわけ？」

ラモーナはため息混じりに言った。「それにね、わたしはそのときつきあっていた男と別れたばかりで、どうしていいのかわからないような状態だったの。ペリはいつでもそばにいてくれたわ」

ひとつのパターンが浮かびあがってくる。ペリとデートをした女性たちはみな、長くつきあってきた恋人や夫と別れたばかりのときに、ペリに見出されたのだ。いや、見出されたのはペリの方なのかもしれない。

「ペリは〝傷心回復剤〟なのよ」とサラが決めつけるように言った。「『ちょっといい？別れちゃったの？　じゃあ、ぼくと仲良くしようよ』って感じ」

「あの人はね、恋愛版メイフラワー号よ」とメイヴ。「A地点からB地点へ女性を運んでいくのよ。目的地のプリマス・ロックに着いたときには、女たちはすっかり気分が晴れているというわけ」

女性の身になって考えられるのがペリの強みだった。「あの人が女の子みたいなのよね」という言葉を何度も聞いた。「たいていの女性よりファッション雑誌をよく読んでいるわね」とサファイアは言った。「それに自分の話をするより、女の子の話を聞いているほうが楽しいみたいね」

「とてつもない自信家よ」とメイヴは続けた。「自分は靴下ひとつ見つけられない救いようのない薄のろだって言う男がよくいるけれど、あれは間違っていると思うな。ペリは『何もかもぼくにまかせな。ぼくによりかかって』って言うの。すると、なんてほっとするのかしら、って思うわよね。それこそ女が求めているものだもの。たいていの男はそれがわからないのよ。少なくともペリは、そうやって気取ってみせるくらいの知恵はあるわけよ」

次にセックスの話題になった。「あの人はベッドでは最高よ」とサラは言った。

「信じられないほど素晴らしいわよね」とサファイアが言った。

「最高ですって？」とジャッキーが訊いた。「あれはすさまじいって感じだったわ。彼の足について話をしましょうよ」

それでもここまでは、ペリは、女たちがいつも求めているふたつのものを具現した男のようだった。つまり、女同士のように楽しくお喋りができて理解もしてくれ、しかもベッドでは男になる術を知っている男だ。では、どこで歯車が狂ったのだろう。

ペリ――「サイズ八」問題

「つまりね、こういうことよ」とメイヴが言った。「長いことノイローゼでめちゃくちゃになっている身には、ペリは素晴らしい人に見えるの。でも彼がこっちの悩みをすべて解決してくれたとたんに、当の彼が悩みの種になるわけよ」

「目も当てられないほど頑固よね」とひとりの女性が言うと、他の全員が頷いた。

「一度ね、わたし、服のサイズは八だと彼に言ったの」とジャッキー。「そうしたら、ペリったら『きみがサイズ八だなんて、ありえないね。きみは少なくともサイズ一〇はある。サイズ八がどんな大きさかぼくにはよくわかっているんだ。だから絶対に、きみはサイズ八じゃない』ですって」

「わたしはずっと、体重を十五ポンド減らすべきだって言われ続けたわ」とサラ。「彼とデートしていたころが、わたしの一番痩せていたときだったのに」

「わたしが思うに、男が女に痩せろと言うのはね、自分のあの部分のサイズが小さいからなのよ。それで八つ当たりしているんだわ」と、ある女性が冷静に言った。

メイヴはサン・ヴァレーへのスキー旅行のことを思い出した。「至れり尽くせりだったわ。切符を買って、コンドミニアムの予約をとってくれた。素敵な旅行になりそうだったのよ」ところが、空港へと向かうリムジンのなかで喧嘩が始まった。ふたりとも同じ側の席に座りたがったのだ。飛行機に乗ったときには、とうとうスチュワーデスがふたりを引き離さなければならなかった（「そのときは、どっちがより多くの空気を吸っているかということで言い合っていたのよ」とメイヴは言った）。ふたりはスロープでも喧嘩をした。二日目に、メイヴは自分のバッグに荷物を詰めこんだ。「彼はこう言ったわよ。『はっはっは、外はブリザードだ。飛行機は飛ばないぜ』それでわたしはこう言ってやった。『はっはっは、おあいにくさま、バスで帰るわよ』」メイヴは懐かしそうに言った。

それからひと月後、メイヴは夫のところに戻った。こうした展開は珍しいものではない。多くの女性たちが最後にはペリを捨てて、別れた男のところへ戻っていくのだ。

だからといって、ペリとすっかり縁が切れたわけではない。「ファックスが流れ、手紙が届き、電話がひっきりなしに鳴るのよ。むしろ頭が下がるわ。あの人は本当に寛《ひろ》い心の持ち主よ。そのうちきっと素晴らしい男になるわ」とサファイア。

「彼の手紙は全部とってあるの」とサラが言った。「感動する手紙ばかりよ。便箋に、涙の痕が本当についているの」サラは部屋を出ていくと、すぐに手紙を持って戻ってきた。そして声を出して読んだ。「『あなたの愛が成就したのはぼくのおかげだなどと思わないでください。ただ、あなたがさらに前に進んでぼくを抱擁する勇気を持ってくだされればどんなに嬉しいか。花束は贈りません。ぼくの手造りではないもので、あなたの愛を分かちあったり、貶《おとし》めたりしたくはないからです』」そしてサラは微笑んだ。

「ぼくたちは結婚するんだ」

ペリとつきあった後には、決まって運が向いてくるのよね、と女たちは言った。ジャッキーはトレイナーとデートをするようになった。マグダは処女作を出版した。ラモーナは結婚し、妊娠した。メイヴはカフェを開いた。サファイアは昔の恋人とよりを戻した。サラは、二十七歳の若いツバメを追いかけまわしていて楽しかったという。

では、ペリはどうかというと、新しい結婚の可能性を求めて、近頃では外国に行っているそうだ。ある女性が聞いた噂では、公爵と結婚を望んでいたイギリス人女性に捨てられたという。「あの人はいつだって間違った女とつきあっているのよ」とサファイアが言った。

半年前にペリは一度戻ってきて、サラをディナーに誘った。「あの人、わたしの手を握ってね、彼の友だちにこう言ったのよ。『この人はぼくが愛した唯一の女性なんだ』昔のよしみで、あの人のアパートメントにお酒を飲みに行ったら、すごく真面目な顔で結婚してくれないか、と言うじゃないの。わたし、信じられなかった。ふざけているんだと思った。それであの人をからかってやろうと思ったの。

彼は言ったわ。『他の男とはもうつきあってほしくない。ぼくももう他の女とはつきあわないから』

それでわたしは『いいわよ、結婚しましょう』と言ったんだけれど、こう思ったわ。こんな状態で結婚なんてできるのかしら？　この人はヨーロッパに住んでいて、わたしはニューヨークに暮らしているのに。でも翌日電話をかけてきて『もうきみはぼくの恋人なんだからね』と言ったの。

『わかったわ、ペリ、最高よ』とわたしは言ったわけ」

サラによれば、ペリはヨーロッパに戻り、彼女は何もかも忘れた。ある朝、新しいボーイフレンドとベッドに入っているところに電話がかかってきた。ペリからだった。サラが電話で話をしているときに、ボーイフレンドが「コーヒー飲みたい？」と言った。そのとたん、ペリは逆上した。

「そこにいるのは誰だ？」とペリ。

「友だちよ」とサラ。

「朝の十時に？　他の男と寝ているんだな？　ぼくたちは結婚するんだよ。それなのに他の男と寝ているのか？」ペリは電話を切ったが、一週間後にまた電話をかけてよこした。

「準備はできた？」と彼。

「何のこと？」とサラ。

「ぼくたちは結婚するんじゃないのかい？　まだ誰かと寝ているわけじゃないだろうね？」

「ねえ、ペリ。わたしは婚約指輪ももらってないのよ」とサラは言った。「〈ハリー・ウィンストン〉に人をやって、ダイヤモンドの指輪を選んだらどう？　その後で話しましょうよ」

結局、ペリは〈ハリー・ウィンストン〉に電話をかけず、サラに一度も連絡をすることなく何カ月も過ぎた。彼女は、ペリがいなくなってなんとなく寂しかったそうだ。「ペリは素敵な人よ。同情しちゃうわ。だってあの人、完全にドジなんだもの」

外はだんだん暗くなってきたが、誰ひとり帰りたがらなかった。みんなはこのままここで、トム・ペリではなく、トム・ペリのような男のことを考えていたかったのだ。

4 マンハッタン流結婚生活
——絶対に結婚しない女、毒のある独身男

ある日の昼食時。知りあったばかりの男と辛辣な噂話に花を咲かせた。共通の友人夫婦のことでいろいろな意見を述べあった。彼はその夫婦の夫の方を知っていて、わたしは妻の方を知っていた。わたしは夫には一度も会ったことがないし、妻にもここ何年も会って話したことはなかった（通りでたまたま出会ったりすることはあった）けれども、よくあることだが、わたしはこの夫婦の状況はあまさず掌握していた。

「この結婚はきっとだめになるわね」とわたしは言った。「彼はナイーヴだもの。田舎のネズミね。ボストン出身で、彼女のことなんてなにも知らなかったから、彼女はこのときとばかりに飛びついたのよ。彼女、ニューヨークの大勢の男とつきあってきて、すごい評判だったのよ。ニューヨークの男なら、彼女と結婚しようなんて思いもしなかったでしょうね」

わたしはフライド・チキンにかぶりつくと、俄然この話題に熱が入った。「ニューヨークに住む女はみんなわかっている。自分が結婚すべきときをわきまえているのよ。つまり結婚するときがそのときなのよ。大勢の男と寝てきたのでこの辺が潮時だと思って結婚する人もいるでしょうし、この先キャリアを積んでいってもなにもいいこともないとわかって結婚す

る人もいるでしょう。本当に子どもが欲しくてする人だっているでしょう。でもそれまでは、できるだけ結婚を先に延ばそうとしている。そしてついにその瞬間が訪れるわけ。もしも訪れなかったら……」わたしは肩をすくめた。「それはそれよね。チャンスがいくらあっても、絶対に結婚しない人だっているわよね」

テーブルを囲んでいたもうひとりの男――ウェストチェスターに住む、親ばかタイプの会社員――が、恐ろしげにわたしたちを見ていた。「しかし、愛のための結婚があるでしょう？」と彼。

わたしは哀れみの目で彼を見つめた。「さあ、それはどうかしら」

結婚相手を見つける時期になると、ニューヨークでは、独特の残酷な結婚の儀式が用意されている。イーディス・ウォートンの小説に出てくるのと同じような、複雑で洗練された儀式が。誰もがその決まりを知っている――しかし、誰もそのことについて話したがらない。その結果、ニューヨークは特殊な独身女性を輩出するにいたっている。つまり、賢くて、魅力的で、成功をその手におさめ……そして絶対に結婚しない女を。その手の女性は三十代後半か、四十代前半で、経験から身につけた知識に恃《たの》むところがあれば、絶対に結婚はしないだろう。

これは統計的なデータに基づいてはいない。例外もある。ふたつ年上のファッション・デザイナーと結婚した、有名な劇作家のことは誰もがよく知っている。しかし、あなたが美人で、成功を手にしていて、お金持ちで、「みんなと知り合い」であれば、普通の決まりが当てはまらない。

　ところが、もしもあなたが四十歳で、美人で、テレビのプロデューサーか広告会社の経営者で、しかもいまだにワンルームのアパートメントで暮らし、折り畳みベッドで睡眠をとる——つまりメアリ・タイラー・ムーア（コメディエンヌ）の九〇年代版だとしたらどうだろう。ただし、メアリ・タイラー・ムーアと違って、夜の十二時二分には男たちを部屋から追い出すなんてことはなく、あらゆる男とことごとくベッドをともにするとしたら？　こうした女性の身にどんなことが起こるのだろう。

　この街には、この手のタイプの女性が何千人も、いや何万人もいる。わたしたちはそういう女性を大勢知っているし、彼女たちのことを立派だと思っている。自由に旅行をし、税金を払い、マノロ・ブラニクのサンダルに四百ドルを払うような女性たちだ。

「そういう女性たちに悪いところなんてひとつもないんだ」とジェリーは言った。ジェリーは三十九歳になる法人専門の弁護士で、たまたま三歳年上のこのタイプの女性と結婚をした。「彼女たちは頭がおかしいわけでもないし、ノイローゼでもない。『危険な情事』のヒロインとも違う」そこでジェリーは一息入れた。「これほど大勢の素晴らしい女性たちがどうして結婚しないのか、それに素晴らしい男たちがなぜ結婚しないのか、ぼくなんかにはまったくわからない。いや、正直に言おう。ニューヨークの未婚の男はくずなんだよ」

M&M

ジェリーは言った。「率直に話そうじゃないか。ニューヨークでは、結婚しようとする女性のために、チャンスの窓が開かれている。二十六歳から三十五歳まで、あるいは三十六歳までの間のどこかでね」一度結婚した女性にはいつでも再婚するチャンスがめぐってくるということでは、わたしたちは同じ意見だった。つまり、取引を終わらせるコツを知っていることが大事なのだ。

「ところが、女性たちが三十七歳なり、三十八歳になると突然、やっかいなことが持ちあがるんだ。お荷物だよ。そういった女性たちは実に長い間、いろんな男と遊んできたわけだ。その遍歴が邪魔になるんだ。もしもぼくが独身で、モルト・ザッカーマンや〝マーヴィン〟（出版社の経営者）――ちなみに、このふたりをＭ＆Ｍという――とデートしていた女性に出会ったら、相手になんかしないよ。二十番目の男になりたいやつがどこにいる？　それに、私生児がいるとか、アルコールや薬物の依存や中毒を治すために施設にいたといった余計な条件が加わっていたら、もう手に負えないよ」

ジェリーは次のような話をしてくれた――この夏に、ハンプトンで小さな夕食会を開いた。招待客はテレビや映画関係者ばかりだった。ジェリーと彼の妻は、四十歳の元モデルと、離婚したばかりの男との間を取り持とうとした。ふたりが和気藹々《わきあいあい》と話しているときに、いきなりモルト・ザッカーマンとマーヴィンのことが話題に上った。すると、男の方が急に関心をなくすのを目の当たりにしたという。

「ニューヨークの毒のある独身男のリストがあるんだ」とジェリーは言った。「M&Mは猛毒だよ」

それから何日か経って、わたしはこの話を三十六歳のアナにした。彼女は男の発言にはことごとく反撥するという習癖がある。あらゆる男が彼女と寝たがるが、うわっつらな男たちばかりだと彼女は厳しく非難している。彼女はM&Mとデートをしたことがあるし、ジェリーのこともよく知っている。わたしがこの話をすると、彼女はいきり立った。「ジェリーは妬いているだけよ。本当はあの人たちのようになりたいのよ。ただ、ジェリーにはお金もないし、それをするだけの力もないからそんなことを言っているの。仮面を剝がしてごらんなさい。ニューヨークに暮らす男はみんな、モルト・ザッカーマンになりたくてしかたがないんだから」

三十七歳の投資銀行員のジョージは、毒のある独身男こそが癌だと考えている。「整形外科医や『タイムズ』の編集者や不妊治療医院を経営している手合いの男はね、みんな同じ女たちとデートをしてるんだぜ。しかも何の実りもないんだ。そうさ、ぼくだって、そんな男たちとデートをしたことがある女なんて、願い下げだね」

それとも、ランジェリー？

「きみがダイアン・ソウヤー（知的で有名なインタビュアー）なら、結婚するのなんて簡単さ」とジョージが言った。「しかしだよ、オールAやAマイナスの女にはチャンスなんてないのさ。問題なのは、ニューヨークでは、自分で選択する幅が実に狭くなっているということだよ。きみらはエリート集団とつきあっているが、そのエリートたちの基準は驚くほど高い。しかも口うるさい友人が大勢いる。きみ自身のことを振り返ってみろよ。きみのデートの相手に悪いところなんかひとつもない。それなのにぼくらは絶えずきみに、あいつはくだらない男だって吹き込んできたじゃないか」

これは本当のことだった。わたしのボーイフレンドはみなそれなりに立派な男だったのに、友人たちは彼らの欠点をあげつらい、その許し難い（でもわたしにとってはたいして問題にならないような）欠点に目をつぶっているなんておかしいと、わたしを激しく非難したのだ。そして、結局わたしは独り身のままで、友人はみんな満足している。

その二日後、あるパーティでジョージに会った。「子どもを持つかどうかの問題につきるよね」と彼は言った。「結婚したいのなら、それは子どものことを考えてのことだろうし、三十五歳以上の女性と結婚したくないのは、高齢だとすぐに子どもを作らなくてはならないからだよ。それにつきる」

四十二歳のライターのピーターにも訊いてみることにした。わたしは彼と二回ほどデートをしたことがある。「年齢と生物学的な問題だな。子どもを産める年代の女性に男がどんなに強く性的欲求を抱くか、きみはわからないのさ。かなりの年齢の、そうだな、四十歳くらいの女性に対しては、そういう激しい欲求を抱かないね。だから、ますます深い関係になるのが難しくなる。何度もデートをしてからじゃないと、ベッドをともにしようという気が起こらないんだ。もっとも他に魅力があれば別だけれど」

ひょっとしたら、セクシーな寝間着を着ているとか？

「未婚で薹《とう》のたった女っていうのは、ニューヨークの街最大の悩みの種だよな」とピーターは断言するように言い、それから考え深げにこう付け足した。「実に多くの女性がそれで苦しんでいる。もっとも、そうではない女性も大勢いるけれどもね」

ピーターは次のような話をした。彼には四十一歳の女性の友人がいる。彼女はいつもセクシーな男たちとばかりデートをして、楽しく過ごしていた。そのうち、二十歳の男とつきあって、容赦なく捨てられた。それからまた同年代のセクシーな男とつきあったが、その男も彼女から去っていった。急に彼女は誰ともデートをしなくなった。肉体的に完璧にまいってしまい、仕事も続けられなくなり、とうとう故郷のアイオワに帰って、母親と暮らすことになった。これはすべての女性には、悪夢などという生やさしい言葉では片づけられない話だが、男たちにとっては、そう気分の悪い話ではないのである。

ロジャーの場合

ロジャーはアッパー・イースト・サイドのレストランで、気分良く赤ワインを飲んでいた。三十九歳で、自分の基金を運営し、パーク・アヴェニューの豪華なアパートメントに暮らしている。彼は、「三十代半ばの力の逆転」（一応そう呼んでおこう）のことを考えていた。彼はこう説明した。「二十代か三十代初めの若者であれば、女性の方がその恋愛関係の舵をとっている。ところが三十代後半の理想の独身男になると、女性の方が見境なくなってくる感じがするんだ」と。言葉を換えれば、急に男の方が主導権を持つようになる。それは一夜にして起こり得るのだ。

ロジャーはここに来る前に、カクテル・パーティに出かけていったという。会場に入っていくと、三十代半ばから四十歳近い独身女性が七人いた。全員がアッパー・イースト・サイドの金髪の美人で、黒いカクテル・ドレスを身につけ、いずれも甲乙つけがたいほどウィットに富んでいた。「悪いところなんて、何ひとつないんだ」とロジャーは言った。「だが彼女たちは、性的には下り坂にさしかかっていることもあって、半ば自暴自棄に陥っている。これは今にも爆発しそうな状態なんだぜ。彼女たちの目をのぞきこんでみろよ。相手の経済状態にのみ関心を寄せているのがわかる。きっと、こっちが部屋から出たとたんにデータベースに入り込んで、こっちの個人情報を調べはじめるんじゃないか、という気になるね。最悪なのはね、彼女たちは結婚しなかったがゆえに非常に魅力的だということなんだ。しかしひとたびその目をのぞき込むや、情熱なんてひとかけらもないのがわかるんだ」

ピーターの話に戻ろう。ピーターはアレク・ボールドウィンの話になると決まって激昂する。「期待に胸焦がしているのが問題なんだよ。若くない女性は、お手軽なところで手を打つつもりはないからな。でも、クールで元気溌剌な男なんて見つけられやしないから、独身のほうがいいだなんて悪態をついている。いや、かなわない夢を抱いている女性に同情なんてしないよ。むしろ、そういった女たちの目に留まらない惨めな男たちのほうが可哀想だと思うね。彼女たちが求めているのはアレク・ボールドウィンなんだ。デブだとか、権力がないとか、金持ちではないとか、平凡すぎるとか、いろんな理由をつけて十人もの立派な愛すべき男たちを振ってきた女しか、このニューヨークには住んでいないんだ。しかしそういった女が喉から手が出るほど欲しがっているセクシーな男は、二十代半ばの娘にしか興味をもっていないわけさ」

今やピーターは、感きわまって絶叫した。「どうして女たちはデブの男と結婚しないんだ？　どうして脂肪の塊と結婚しようとはしないんだよ？」

最高の友だち、最低の夫

イギリス人のジャーナリストのシャーロットに同じ質問をしてみた。「教えてあげましょうか」と彼女は言った。「わたしはちびでデブで醜い男と何回かデートをしたことがあったけれど、まったく違いはなかったの。デブな男も、見栄えのいい男とまったく同じで、見る目がなくて自己中心的なだけだったもの。

三十代半ばの未婚女性なら、どうして身を固めなくちゃならないの、って考えるのが普通よ」とシャーロットは言った。彼女の話では、ハンサムで結婚相手として文句のない、離婚したばかりの四十一歳の銀行員とデートするのをやめたばかりだとのこと。それというのも、ここでは口にするのがはばかられる彼の部分が、あまりにも小さかったからだそうだ。「人差し指程度なの」と、ため息混じりに彼女は言った。

そこへサラが加わった。初めての独立映画を作るための資金を集められたので、有頂天になっている。「女たちが結婚できないのはどうしてかって？　それってわがままなだけでしょう。わたしにはつきあいきれないわ。本当に男がほしいのなら、自己主張なんてしちゃだめなの。黙りこくったままそこに座って、ひたすら相手の話に相槌をうっていればいいのよ」

ちょうどそのとき、わたしの友人のアマリータから電話があって、なにもかも説明してくれた。どうして凄腕の女たちがひとりでいるのか、独身の身を嘆いているのか、それでいて独身であることにさほど絶望してはいないのか。「それはね、ハニー」彼女は電話の向こうで甘えた声を出した。彼女が機嫌がいいのは、昨夜二十四歳の法学部の学生とセックスをしたからだった。「ニューヨークにいる男たちは友だちになれば最高だし、夫になれば最低だってことをみんながよく知っているからよ。わたしの育った南アメリカにはこういう諺があるの。最低の伴侶を得るのならひとりでいたほうがいい。そういうわけよ」

5 モデルとベッドをともにする男たちに会う

金曜の夜、映画製作者の〝グレゴリー・ローク〟が〈バワリー・バー〉に入ってきたときには、ちょっと空気がざわめいた。『GRF』『モンキーズ』といった物議をかもす映画を作ったミスター・ロークは、けばけばしいツイードのジャケットを着て、絶えずうつむいていた。六人の若い娘の一団が彼を取り巻いていた。有名なモデル・エージェンシーに所属している新人のモデルたちだ。娘たちは全員二十一歳以下で（そのうちのふたりは十六歳くらいだった）、ミスター・ロークの映画を見たこともなく、いや、それどころかそんなことにはまったく無関心だった。

この娘の一団を動かしつつ護衛する二艘のタグボートのような役割を演じているのが、モ、デ、ル、た、ら、し、のジャックとベンだ。ふたりは三十代前半の自営の投資家で、べつにとりたてて言及するほどの風貌ではない。ただし、ひとりは出っ歯で、ひとりは針が突きだしているような、はやりの髪型をしている。

一見したところ、陽気な一団だった。娘たちは笑顔をふりまき、ミスター・ロークはバンケット席に座り、取り巻きの綺麗な女の子たちと打ち解けて話していた。そしてふたりの男は、ミスター・ロークに話しかけようとしたり、娘たちを奪おうとしたりするふとどき者がやってくる場合に備えて、通路側の椅子に座って待機していた。

ミスター・ロークは娘たちの方に順番に身を乗りだしては、ちょっとした会話をかわしていた。ふたりの若い男は陽気にふるまっていた。しかしよく見ると、そう楽しそうには見えなかった。まず、娘たちをよくよく眺めてみると、彼女たちの大人っぽい顔つきから退屈が滲み出ているのがわかる。ミスター・ロークに話しかけることもなく、仲間同士ですら言葉を交わさない。しかしこれこそが、そのテーブルにいる全員に与えられた仕事であって、彼女たちはそれを実行しているに過ぎない。その一団は店内の注目を集めつつその席に座っていたが、しばらくするとミスター・ロークのリムジンに乗り込んで〈トンネル〉へと繰りだしていった。〈トンネル〉でミスター・ロークは娘のひとりと陰気な感じで踊り、すっかりうんざりした様子で家に帰っていった。娘たちはもうしばらくその店にいて、ドラッグをやっていた。そのうちハリネズミのような髪型のジャックが、娘をひとり捕まえて「おまえは頭の足りない売女《ばいた》だよ」と言い、その娘はジャックとともに家に帰った。ジャックは娘にもっとドラッグを与え、娘は彼にフェラチオをした。

こういった出来事は、ニューヨークのレストランやクラブでは毎晩のように繰り広げられている。その結果、わたしたちは、渡り鳥のようにニューヨークにやってきてはジャックとベンのような付き添いを伴ってぶらついている美人の若いモデルを、しょっちゅう見かけることになる。ジャックとベンは、こうしたモデルたちを集め、食べさせ、成功の程度はいろいろだろうが、彼女たちを誘惑するのを生業《なりわい》としていると言える。では、そのモデルたらしに会いに行こうではないか。

モデルたらしは特殊なタイプである。彼らは、スカートさえ穿いている相手なら誰とでも寝る女たらしとは格が違う。モデルたらしの頭の中は、女ではなくモデルのことでいっぱいなのだ。彼らは、その美しさゆえにモデルを愛し、それ以外の属性のゆえにモデルを憎んでいる。それ以外の属性とは、ジャックによれば「頭が悪い、薄っぺら、いいかげん、淫乱」だそうだ。モデルたらしはパラレル・ユニヴァースのようなところに暮らしている。その宇宙には惑星（〈ノブ〉〈バワリー・バー〉〈タベック〉〈フラワーズ〉〈トンネル〉〈エクスポ〉〈メトロポリス〉）があり、衛星（大手のモデル・エージェントがモデルたちのために借りている、たいていはユニオン・スクエア近くにあるさまざまなアパートメント）があり、女神（リンダ、ナオミ、クリスティ、エル、ブリジッド）がいる。

さあ、モデルの世界にようこそ。楽しいところじゃないけれど。

モデルたらし

誰もがモデルたらしになれるわけではない。「モデルとつきあうには、金持ちでないとだめだね。それに見た目が非常にいい男か、さもなければ芸術的な職業についてる男だな」とバークレイは言う。彼はやり手のアーティストで、ボッティチェリの描く天使のように、金色の髪に縁取られた愛らしい顔つきをしている。ソーホーの小さなロフトで暮らしている。家賃は彼の両親が払っていて、彼の生活も全部親がかりだ。父親はミネアポリスのハンガー王という大金持ち。これはバークレイにとっては幸運だった。モデルたらしは金がかかる。クラブの飲み物代、ディナー代、クラブからクラブへと移動するためのタクシー代、ドラッグ代（たいていはマリファナだが、ヘロインやコカインのこともある）。しかも暇が（しかもかなりの暇が）なければつとまらない。バークレイの両親は画家だと思いこんでいるが、実はその息子は、一日の大半をモデルと夜遊びするための段取りをして過ごしている。

「率直に言えばね、モデルがらみのことではいささか困っているんだ」とバークレイ。彼は革のジーンズの上下を着て、シャツは身につけないままロフトの中を歩きまわっている。洗いたての髪、胸には三本の毛がはえている。モデルたちは彼をとても気に入っている。彼をホットでナイスだと思っている。「モデルの女の子たちを普通の女の子のように扱うことが大事だね」そこで煙草に火をつける。「モデルが集まっているところにうまく入れたら、そこで一番ホットな女の子のところに迷わず進みでる。そうしないと、失敗する。犬に囲まれているようなものだから、怖がっていると感づかせちゃいけないんだ」

電話がかかってきた。ハンナからだ。アムステルダムで撮影をしているそうだ。バークレイは彼女の声をスピーカーで流した。ハンナは寂しくて、マリファナをやっているという。「会いたいよお、ベイビー」とハンナはうめいている。まるで脱皮しかかっているヘビのような声だ。「あんたがここにいてくれたら、あんたのペニスを喉まで入れてあげるのにィィィ。アアアアア。とっても、とってもあれが好きなんだもん」

「そう？」バークレイは、手で髪をすきながら彼女に話しかけている。そしてマリファナを取り出して火をつけた。「じゃあ、ぼくも一緒に吸うよ、ベイビー」

「モデルたらしには二種類ありますね。モデルに手を出さない男と、手を出す男とね」と、モデルを追いかける男を描いた小説『シャロウ・マン』の著者コーティ・フェルスキーは言った。

その筆頭が、スーパーモデルたらしである。エル・マクファーソンやブリジッド・ホールやナオミ・キャンベルとつるんでいる男たちだ。「ああいった男たちは、モデルが集まるところなら、パリ、ミラノ、ローマ、どこにでもいますよ」とミスター・フェルスキーは言う。「モデル業界ではかなりの地位のある男たちなんです。彼らはどんなモデルでも、まるでクレー射撃の標的のようにひとりずつ狙い撃ちにできるんですよ。モデルたちを燃えあがらせ、かきまわしているわけです」

しかし、モデルたらし全員が高望みをしているわけではない。マンハッタンでは、若い新人モデルは必要なやめどきというものがあって、金持ちになれたらもうそれで充分なのだ。ジョージとその相棒のチャーリーの場合を見てみよう。ジョージとチャーリーは、一週間のうちたいてい一晩はモデルの一団——ときには十二人にもなる——を引き連れてディナーを食べにいく。

ジョージとチャーリーは、一見中央ヨーロッパ人かアラブ人のようだが、実はニュージャージー出身である。貿易の仕事をしている。ふたりともまだ二十代なのに、かなりの稼ぎ手だ。

「チャーリーは絶対にモデルとは寝ないんだ」とジョージが笑いながら言う。オフィスの大きなマホガニーの机の向こうに座って、革張りの椅子を回転させている。床には東洋の絨毯、壁には本物の絵画がかかっている。ジョージも、モデルと寝られるかどうかには関心がないと言う。「スポーツなんだよ」と。

「そういう男たちにとって、モデルの女の子たちは人に見せびらかすトロフィーのようなものなんです」とミスター・フェルスキーが言う。「自分には魅力がないと思っているせいですよ。あるいは、とんでもない野心があるのかもしれません」

昨年、ジョージは十九歳のモデルを妊娠させた。たった五週間しかつきあわなかったという。今では九カ月になる男の子の赤ん坊の父親だ。そのモデルとは二度と会っていない。それで彼女が提示した金額は、養育費が月に四千五百ドル、保証金五十万ドル、大学資金五万ドルだ。「たしかにちょっと高くついたとは思うよ」とジョージは言った。彼が笑うと、歯の先が灰色になっているのが見えた。

〈ウィルヘルミナ〉に所属しているモデルたち

では、ジョージのような身分になるにはどうしたらいいのだろう。「モデルの女の子たちは集団で動いている」とバークレイが説明する。「とても閉鎖的な集団なんだ。みんなで一緒に街を歩きまわり、みんなで一緒にモデル専用のアパートメントで暮らしている。いつも一緒でないと不安なんだよ。男を怖がっているんだ。

逆に言えば、かえってそのほうがひっかけやすい。モデルが二十人集まっていたら、そのなかのピカイチの美人ではない女の子を目指す。そういう相手なら確実だ。すごい美人がひとりしかいなければ、それでもうまくやれる。四、五人集まっているグループのなかでその彼女のところにまっすぐに行けばいい。そうすれば、他の子より自分の方が素敵なんだと思わせることができるだろう」

この策略はひとりの女の子だけにしか通用しない。最良の方法は、共通の友人を通すことだ。「彼女たちに近づいていって、女の子のひとりにでも顔を覚えられたら、もう普通の冴えない男ではなくなるわけですよ」とミスター・フェルスキーは言う。

三年前に、ジョージはあるクラブで高校時代の同級生と偶然に会った。彼女はモデルのエージェンシーに登録していた。彼女のつてで彼は数人のモデルと知り合った。彼はドラッグを持ってきていた。自然のなりゆきで、みんなでモデルのアパートメントに行った。そこで朝の七時までみんなとつきあった。彼はそのなかのひとりがすっかり気に入った。その翌日、その女の子はもう一度彼に会ってもいいと言った。ただし、女の子たち全員が一緒ならばという条件で。それで彼は全員をディナーに連れていった。そうしたデートを続けた。「それがこっちのものにする第一歩というところだね」と彼は言う。

ジョージは今では、モデルのアパートメントを全部知っている。その場所はもちろんのこと、新人モデルは月額五百ドル払い、五人で二部屋か三部屋あるアパートメントで共同生活し、簡易ベッドに寝るということまでも知っている。しかし、女の子たちの顔ぶれは絶えず変わっているので、いつも新しい情報を仕入れておく必要がある。そして、アパートメントに住む女の子のうちの、せめてひとりとは親しくなっておかなければならない。

今もどんどん新顔が入ってきている。「簡単なことさ」そう言うとジョージは、電話をとって番号を押した。

「もしもし、スーザンはいるかな？」

「スーザンはパリよ」

「なあんだ」彼はさもがっかりした口調で言う。「ぼくはスーザンの昔からの友だちなんだけれど（本当は、まだ知り合って二カ月しかたっていない）、ぼくも街に帰ってきたばかりなんだ。がっかりだ。ところできみは？」

「サブリナよ」

「やあ、サブリナ、ジョージっていうんだ」ふたりは電話でおよそ十分話していた。「今夜〈バワリー・バー〉に行くつもりなんだけど。もちろんぼくひとりじゃないよ。一緒に来ないかい？」

「うーん……いいわ、行く」とサブリナは言った。実際に親指を口に入れて、ポンと音をたてて引っぱり出すのを聞いたような気がしたくらいだ。

「他の子も連れてきていいよ。来たい子もいるんじゃないかな」

ジョージは電話を切った。「外で会うときには、女の子より男の人数の多い方が実はいいんだ」と彼。「女の子の方が多いと、競争意識むき出しにして、妙に黙りこくってしまう。ひとりの女の子がある男とつきあっていると、そのことを他の女の子たちに打ちあけたりするけれど、それはよくないよね。その女の子は一緒に住んでいる子たちを友だちだと思っているけど、本当は友だちなんかじゃない。たまたま同じ境遇にいるだけの他人さ。いつだって、男を奪い取ってやろうと思っている」

「他のところにもバンビたちは大勢いますよ」とミスター・フェルスキーが言う。

ジョージは、自分なりのランク付けがあると言う。「モデルのアパートメントにも、れっきとした性的魅力を競う階級があるんだよ。〈ウィルヘルミナ〉に所属しているモデルたちは一番簡単だよ。トレイラー・ハウスで育った子や、ロンドンのイーストエンド出身の子などが登録しているからね。エージェントの〈エリート〉は、アパートメントを二軒持っていて、それが八十六丁目のアップタウンと十六丁目のダウンタウンにある。アップタウンのアパートメントには上等なモデルを住まわせている。ダウンタウンのアパートメントにいるモデルは、ずっと〝親しみやすい〟よ。〈アイリーン・フォード〉のところのモデルたちには、一切接触できない。というのも、電話をかけても、アイリーンのメイドがすぐ切ってしまうんだ。

モデルたちはたいてい、二十八丁目からユニオン・スクエアのあいだに住んでいる。十五丁目のゼッコンドルフ・タワーにも住んでいる。二十二丁目とパーク・アヴェニューの南の角にもアパートメントがある。かなり経験を積んだモデルはイースト・サイドで暮らす傾向にあるね」

モデルたらしの用語

デルモ――モデルのこと
素人《しろうと》――モデル以外の女性のこと
「そのことはしょっちゅう話しているんだけれど、素人に方向転換するのはとても難しいんだよね。素人に会わずにいるべきか、会うべきか」とジョージが言う。
「デルモをベッドに誘う方が、キャリアのある素人をデートに誘うよりずっと簡単なんだ」とサンディは言う。輝く緑色の目をした俳優だ。「素人ね、あれは男からものをもらいたがるよね」

モデル分析

木曜の夜の〈バローロ〉。レストラン経営者でありプロモーターであるマーク・ベイカーが、特別なパーティを催している。どうしてこういうパーティがあるのか。プロモーターはエージェンシーとつながりがある。エージェンシーはプロモーターが〝安全だ〟ということをよく知っている。エージェンシーは所属している女の子の世話を焼き、彼女たちに娯楽を提供している。一方、プロモーターは女の子たちを連れだすモデルたらしが必要である。プロモーターは、女の子たちをディナーに連れていくほどお金がないときもある。ところがモデルたらしにはお金がある。他にも女の子たちに食事をおごってくれる人物がいる。モデルたらしがミスター・ロークのような人物と知り合う。ミスター・ロークは女の子を欲しがっている。モデルたらしも女の子がほしいし、ミスター・ロークと一緒に出かけたいとも思っている。ひとり残らず満ち足りた気分になれる。

この木曜の夜、外の歩道では大混乱が起きている。人々が押し合いへし合いしながら、東洋人にもイタリア人にも見える長身の男の注意を惹こうとやっきになっている。店の中は、人々が入り乱れて混乱をきわめている。みんな踊っている。しかも全員が長身で美人だ。

あなたが男であれば次のようなことが起こる。偽のヨーロッパ風アクセントのある女の子と話す。さらに、帰省していたテネシーの家からニューヨークに戻ってきたばかりという女の子と話す。「あたし、ベルボトムとプラットホーム・シューズを履いていたのね。そうしたら昔の恋人が、『キャロル・アン、なんてひどい格好をしているんだよ』って言ったのよ。それであたし、『遅れているわね、ハニー。これがニューヨークよ』って言ってやったわ」

ジャックがやってきて仲間内という感じであなたに話しかける。

「頭が悪いと言っても、モデルは人を騙すのがとてもうまいぜ。モデルには三つのタイプがあるんだ。まず、ニューヨークにやってきたばかりの新人。本当に若い子ばかりだ。十六歳か十七歳だな。この子たちはよく外に出る。たいして仕事がないからかもしれない。それでなにかやりたがっていて、カメラマンのような人々に会いたがっている。二番目のタイプは、ばりばり仕事をしているモデルだね。ちょっとばかり歳《とし》をとっていて、二十一歳かそこらだ。たいていはこの仕事に就いて五年くらい経っている。この子たちは絶対に外には出ない。旅行ばかりしているから、めったにその姿を見ることはない。三番目のタイプは、スーパーモデルだ。あの子たちは、自分たちのために何かをしてくれる大物の男を探している。お金のことしか頭にないんだ。たぶん、仕事の先行きに不安を感じているせいかもしれないな。二千万ドルや三千万ドル程度の金持ちなんかには目もくれないよ。しかも、スーパーモデルたちには〝大物〟コンプレックスがある。それに決して普通のモデルとは行動をともにしない。

さらに、他のモデルには鼻もひっかけないし、悪口ばかり言ったりする」

そしてジャックと一緒に手洗いに行き、男同士で話しあう。「あの子たちは二十一歳になるまでに、大きな荷物を背負うんだ。子どもや、これまでに寝てきた男、それもおれたち男が嫌っている男たちばかりだ。大半の女の子は崩壊した家庭で育ち、救いようのない少女時代を送っている。たしかに美人だけれど、結局のところ何もしてくれない。あの子たちは若い。教育を受けていない。見識もない。だからおれは年をとったモデルの方がいいね。きみも、お荷物を持っていない子を選んだ方がいいぜ。今おれはそれを探しているところだ」

ひとりを得れば、全員が得られる

「秘訣は、ひとりの大物モデルの気を惹くことだね。ハンター・レノかジャナ・ロードみたいなのがいい」とジョージが言う。「ヨーロッパ中の雑誌に載った女の子たちさ。その中のひとりが手に入ったら、全員が手に入るものさ。ナイトクラブに行ったら、年かさのモデルの気を惹いたほうがいい。年かさのモデルは、翌朝早く起きて仕事に行かなくちゃいけないから、早く帰宅したいと思っている。だから紳士然として、その子たちをタクシーまで送り届け、それからテーブルに舞い戻って若いモデルを口説けばいいのさ」

「ああいった女の子たちは楽しい思いをしたいだけなんですよ」とミスター・フェルスキーは言う。「あまりにも未熟なんです。大人の社会で自分たちの生きる方法を探しているだけなんです。あの子たちはまだ充分に成長していないのに、手練手管を知りつくした男たちとつきあうわけです。それがどんなに大変なことかわかるでしょう」

ロフトに戻ろう。バークレイはコークの瓶の栓を抜いて、部屋の真ん中のスツールに腰をかけた。「いいかい、モデルよりかわいい女の子なんていないんだよ。確かにあの子たちは頭はよくない。薄っぺらでどうしようもないよ。あなたが考えているよりずっと惨めな思いをしている。だからこそ普通の女の子よりもモデルの方が誘惑しやすいんだ。あの子たちは絶えず誘惑されている。普通の女の子だって、休暇で旅にでも出ればそういうことをしているもんだよ。普通の女の子たちは家を離れて初めて、普通ではできないことをする。でも、モデルの女の子は各地を転々としているから、いつでも家を離れている状態だ。だからいつでもそういうことができるわけさ」

バークレイはコークをごくりと飲んで、胃のあたりをかいた。午後の三時だが、彼は一時間前に起きたばかりだ。「あの子たちは放浪の民なのさ。どの街にも男がいる。ニューヨークに来たときにはぼくに連絡をする。パリやローマやミラノにいるときは、他の男に連絡をしているのだろうさ。ぼくたちはニューヨークにいるときだけ、一緒にデートをするふりをしているんだ。手をつないで、毎日お互いに見つめあう。大勢の女の子はそうしてもらいたがっている。でもまたすぐにどこかに行ってしまう」バークレイはあくびをする。「どんなものかな。美人のモデルがまわりに大勢いすぎるから、かえって笑わせてくれるような面白い女性を探したくなるよ」

「モデルたちと一緒にいると、ときどきすごくびっくりすることがあるよ」とジョージが言う。「この前は、モデルのひとりとその娘と三人で教会に行った。今は年かさのモデルとしょっちゅう会っている。早くこんなこととは縁を切りたいとは思う。こんなこと続けていると仕事にならないからね。あの子たちはぼくの生活をだいなしにしている」ジョージは肩をすくめ、三十四階のオフィスの窓から外を眺めた。そこからマンハッタンのミッドタウンが望める。「ぼくを見てくれよ。二十九歳にしてもう老人だよ」

6 ニューヨークの最後の誘惑
――ミスター・ビッグを愛する

四十代の映画プロデューサーが〈バワリー・バー〉にやってきた。ここでは彼女のことをサマンサ・ジョーンズと呼ぶことにしよう。わたしたちはいつものように、彼女の連れに目をやった。サマンサは常時少なくとも四人の男を引き連れてくるので、わたしたちはそのうちの誰が彼女の恋人かを当てるゲームをする。もちろん、本当のところはとてもゲームとは言えない。すぐに答えがわかってしまうからだ。その恋人というのは決まって、男たちのなかで一番若く、ハリウッドの冴えない俳優のような感じの容貌をしていて、(サマンサと出会って間がない場合は)嬉しそうなばか面をして座っているか、(サマンサともう何度かデートしたことがある場合は)退屈そうな間抜け面をしているか、そのどちらかなのだから。しかもサマンサとつきあい始めると、同じテーブルにいる者たちから口をきいてもらえなくなるということが、だんだんわかってくる。それにしても、どうして彼らは、二週間も経つと過去の男になってしまうのだろうか。

わたしたちはサマンサを立派な女性だと思っている。第一、四十代の初めの女性が二十五歳の若者とつきあうのはたやすいことではあるまい。第二に、サマンサはニューヨークの女のお手本なのだ。つまり、この街で成功を手にした独身女には選択肢はふたつしかない。恋愛をしようとあがいて見事に失敗するか、「恋愛なんか糞食らえ」と言って外で男のようにセックスだけを楽しむか——つまり、サマンサのように——である。

これこそ、最近のニューヨークの女性たちが一番頭を悩ましている問題なのだ。マンハッタンの歴史が始まって以来初めて、三十代から四十代前半の女たちは金と権力を手にして、男と肩を並べるまでになった。いや少なくとも、セックス以外では、もう男なんていらないという気分になっている。このパラドックスがさまざまなところで話題の中心になっているとき、わたしの友人のキャリー（三十代半ばのジャーナリスト）が、〈メイフェア・ホテル〉での仲間内のお茶会のときに、わたしが実社会でそれをなしとげてみせる、と断言した。心の平安のために、恋愛は諦めて、権力を手にする道をひた走る、と。そしてわたしたちが見ている限り、それはうまくいっているようだ。

男性ホルモン過剰の女、頭の足りない男

「わたし、だんだん男になっていってるみたい」とキャリーは言って、目覚めてから二十本目の煙草に火をつけた。するとすぐに給仕長がやってきて、ここでの喫煙はご遠慮くださいと言ったので、彼女は「おや、これで迷惑かけてるとは夢にも思わなかったわ」と、絨毯の上に煙草を投げ捨てた。

「わたし、ドゥルーという男と寝たことがあったでしょ」とキャリーが訊いたので、わたしたち全員頷いた。キャリーがその男とつきあいだしたとき、わたしたちみんなはほっとしたものだった。それまで彼女は何カ月もセックスと遠ざかっていたからだ。「それで、そのあと何の感情もないの。じゃあ、仕事に行くわよ、ベイビー、連絡してね、というような感じでね。すっかり彼のことを忘れちゃった」

「でも、感情なんてなくたってかまわないでしょうが」とマグダが言った。「男には感情なんてないわよ。わたしだって、セックスしたあと何の感情もわかない。もちろん、セックスは好きだけれど、感情なんて大事なものじゃないわ」

わたしたちはみんな気取った風に胸をそらせ、お茶を飲んだ。まるで特別なクラブの会員でもあるかのように。わたしたちは近寄りがたいし、それを自負しているが、この境地に達するまでの道のりは遠かった。男をセックスの対象としか捉えないという贅沢な立場、まったく独立した人間になるのはそう簡単なことではない。必死で働いて、孤独を感じて、ようやく、自分にふさわしい相手なんているはずがないのだから、あらゆる意味で自分のことは自分で面倒を見なくてはいけない、ということを悟るのだ。

「それは、傷つけられっぱなしだったからだと思うわ」とわたしは言った。「男にはとことん絶望させられたもの。しばらくはなんの感情も持ちたくないのよ。静かな暮らしをしたいのよ」

「わたしは、ホルモンに関係があるんだと思うな」とキャリー。「いつだったか、美容院で強いコンディショニング・トリートメントをしてもらったときにね――だって、美容師がしょっちゅうわたしの髪が抜け始めているって言うんだもの――『コスモ』を読んでいたら、女性の身体のなかには男性ホルモンがあるって書いてあったのよ。男性ホルモンを多く分泌する女性は、積極的で、成功を摑み、セックスの相手も多くて、結婚している人が少ないという調査報告が載っていたの。これを読んで、とてもほっとしたわ。自分が変人じゃないという気持ちになれたから」

「そのおかげで男ともうまくつきあえるようになるわね」とシャーロットが言った。

「この街の男どもは、どっちつかずなの」とマグダが言った。「恋愛はいやだ、でもこっちが男をセックスの対象としか見なくなると、それもいやだ、ってわけでしょう。期待される男性像を演じたくないだけなのよ」

「夜中に男に電話をかけて『すぐこっちに来て』と言って、相手がすぐ行くと言って飛んできたためしがある？」とキャリーが訊いた。

「問題なのは、セックスがちゃんと機能していないってことよ」とシャーロットは言った。

彼女にはファンタスティックな恋人、つまり性神がいることで有名だ。そういう彼女ですら、なかなかうまくいかない。最近の彼女が口説き落とした相手は、詩人で、ベッドでは素晴らしかった。しかしその詩人は彼女のことを「一緒にディナーに連れていって、お喋りに花を咲かせる相手」としか見ていなかった。つい最近、彼からの連絡が途絶えたそうだ。「あの人、自分の詩をわたしに読んで聞かせたがっていたんだけれど、わたし、相手にしなかったのよ」

さらにシャーロットは続けた。「誘惑と反撥とは紙一重よね。たいていの男って、自分を愛玩具ではなくちゃんとした人間として扱ってもらいたくなると、急に反撥し始めるの」

そこでわたしは、実際に「男のようにセックスをする女」を実行する方法があるかどうかを訊いた。

「本物の売女になればいいのよ」とシャーロットが言った。「そうでなければ、びっくりするほど優しくて気のいい女になるか、どちらかだわね。わたしたちはその裂け目を落下しているの。男はそれでとまどっている」

「優しくなるには手遅れだものね」とキャリー。

「だから、売女になるしか他に道はないって思っているわけね」とマグダ。「でも、忘れているのがもうひとつある」

「なによ？」

「恋に落ちること」

「そうは思わないけれど」キャリーは言った。そして椅子の背もたれによりかかった。ジーンズを穿きイヴ・サンローランの着古したジャケットを着ている。彼女は男のように、股を開いて座っている。「わたしはそうするつもりだわ。本物の売女になるつもり」

わたしたちは彼女を見て、声をあげて笑った。

「何がおかしいのよ」とキャリーが訊いた。

「だって、とっくに売女じゃないの」

ミスター・ビッグに会う

キャリーは「男のようにセックスをする女」を調査する一端として、午後の三時に『ザ・ラスト・セダクション』を観にいった。彼女はこの映画が、お金と激しいセックスと徹底的な支配を求めて、会った男をことごとく利用し、虐待し、決して後悔したり「ああどうしよう、どうしてこんなことになったのかしら？」といった思いを抱いたりしない女性を描いたものだと聞いていた。

キャリーが映画を観にいったというのは、尋常ではないことなのだ。彼女のWASP《ワスプ》の母親は、病弱の子どもがいる貧しい人たちだけが子どもを映画館に行かせるものだという信念の持ち主だったので、キャリーは映画館に行ったことがなかったからである。彼女が映画館に着くと、開演時間はとっくに過ぎていた。もぎりの係が、もう映画は始まっていると言うと、キャリーはこう言い返したそうだ。「ばかじゃないの。わたしは調査のために来たの。わたしがこんな下らない映画を本気で観にきたとでも思ってるわけ？」

映画館から出るとキャリーは、主人公のリンダ・フィオレンティーノがバーで男を拾ってきて、駐車場の鉄条網のフェンスを握ってその男とセックスをするシーンのことばかり考えた。あれはいったい何事なのだろう、と。

そしてキャリーは紐付きサンダルを二足買い、髪を短くした。

ある日曜の晩、キャリーはデザイナーのジョープが開いた、映画の一シーンのような素敵なカクテル・パーティに出席した。会場は人々でごった返し、ゲイの少年たちは大はしゃぎしていた。キャリーは翌日も仕事に行かなければならなかったが、きっとお酒を飲みすぎて、帰宅は夜更けになりそうだと思っていた。キャリーは家に帰りたくもなかったし、眠りたくもなかった。

ミスター・ジョープは賢明にも、パーティ半ばでシャンパンを切らしてしまったので、人々はこぞってキッチンに駆け込み、ウェイターにワイン・グラスを所望した。口に葉巻をくわえた男が通りかかったとき、キャリーと話していた男たちのひとりが「わあお、あの男はいったい何者だい？　まるで若がえったハンサムなロン・パールマン（個性的な映画俳優）みたいじゃないか」

「何者か知っているわ」とキャリーは言った。

「誰？」

「ミスター・ビッグよ」

「それなら知ってたよ。ぼくはミスター・ビッグとパールマンの区別がつかないんだ」

「いくらくれる？」とキャリーは訊いた。「わたしが彼のところに行って話をしたら、いくらくれる？」キャリーは髪を短くした今、すべきことがあった。短い髪を手で膨らませる彼女を見て、ゲイの少年たちは笑った。「どうかしているよ」と。

キャリーは前にもミスター・ビッグに会っていたが、彼がそれを覚えているかどうかわからなかった。彼女がときどき仕事をする雑誌の編集部に行ったとき、チワワのことを書いた彼女の記事についてインサイド・エディションからインタヴューを受けた。そこへミスター・ビッグがやって来て、パリにはチワワがそこら中にいるぞ、とカメラマンに話しはじめた。そのときキャリーは身を屈めて、ブーツの紐を結んだ。

そのパーティで、ミスター・ビッグは居間のラジエターの上に腰を掛けていた。「こんにちは。わたしのこと、覚えている？」とキャリーが言った。ミスター・ビッグの目には、彼女が誰だかわからないという表情が浮かんだ。キャリーは、ミスター・ビッグがうろたえているのかもしれないと思った。

彼は葉巻を口の中でまわすようにしてから、口から離した。そして灰を落とすために葉巻を見て、それから彼女の方に視線を戻した。「覚えてるなんてもんじゃないね」

もうひとりのミスター・ビッグ〈エレーヌ〉で

キャリーは何日間もそのミスター・ビッグと顔を合わせることはなかった。その間、あることが起きていた。二カ月も会っていなかったライターにたまたま出会ったとき、そのライターがこう言ったのだ。「いったいどうしたっていうんだい？　すっかり見違えちゃったじゃないか」

「まるで、ヘザー・ロックレアみたいだ。歯を治したのかい?」

「そう?」

そして〈エレーヌ〉で彼女は、初対面の大物ライター(これもビッグだ)に中指を突き立てられるという侮辱を受けた。おまけにその男は彼女の隣の席に座ってこう言ったそうだ。

「おまえは自分が思っているほど強くはねえよ」

「失礼ですが?」

「ベッドのなかじゃあ最高よ、って顔して歩いていたじゃねえか」

「そうですか?」と言おうと思ったが、そう言わずに彼女はおおらかに笑ってこう言った。

「そうねえ、そうかもしれない」

彼は煙草に火をつけた。「おれがあんたと関係をもつとなったら、長く続く関係にしなくちゃならん。一晩限りの相手はごめんだ」

「だったらね、ベイビー。誘う相手を間違えているわよ」とキャリーは言った。

それからキャリーがペギー・シーガル映画のオープニング・パーティに行くと、また別のボス、大物プロデューサーに会った。彼は彼女を〈バワリー・バー〉まで車に乗せていった。

しかしバーにはミスター・ビッグがいたのである。

ミスター・ビッグは彼女のバンケット席に滑り込んできた。腕がふれあうほど近くにきた。

ミスター・ビッグは言った。「それで、最近なにしてるんだ?」

「毎晩デートをする以外にってこと?」

「そうだ。仕事はうまくいってるのか？」

「これがわたしの仕事よ」とキャリーは言った。「友だちの代わりに、男みたいにセックスをする女についての情報収集をしているわけ。ほら、セックスをしたあとでも、まったく何の感情も持たない女がいるでしょう」

ミスター・ビッグは彼女をじっと見つめた。「しかし、あんたはそうじゃないだろ？」

「あなたはどう？」と彼女は訊いた。

「まったく違うね。徹頭徹尾、違うね」

キャリーはミスター・ビッグを見た。「身体のどこかが悪いんじゃない？」

「そうか、わかった。あんたは本当の恋をしたことがないんだな」

「そう思う？」

「思うね」

「じゃあ、あなたは？」

「あるなんてもんじゃないね」

そしてふたりは彼のアパートメントに行った。ミスター・ビッグはクリスタル・シャンパンを開けた。笑いながらはしゃいでいたキャリーは、そこで立ちあがると「帰らなくちゃ」と言った。

「朝の四時だぜ」ミスター・ビッグはそう言って立ちあがった。「こんな時間にあんたを返すわけにはいかないよ」

ミスター・ビッグは彼女に自分のTシャツとボクサー・ショーツを渡してよこした。彼女が着替えている間、彼はバスルームに入っていた。キャリーはベッドに入り、枕の上で仰向けに横たわった。目を閉じた。それほど彼のベッドは寝心地がよかった。これまで寝たベッドの中で、最高に寝心地のいいベッドだった。

彼が寝室に入ってきたとき、キャリーはぐっすりと眠っていた。

7 世界をまたにかける美女

もしもあなたが運がよければ（あるいは運が悪ければ——あなたがそれをどう見るかによる）、ある日ニューヨークで、ある決まったタイプの女性に遭遇するだろう。ひっきりなしに移動する明るい色の翼を持つ鳥のように、その手のタイプの女性は常に旅行をしている。浮き世離れした旅ではなく、システム手帳を駆使しての実際的な旅行だ。国際的に有名な場所から別の場所へと移動していく。ロンドンのパーティ・シーズンに飽き、アスペンやクシュタートでのスキーを満喫し、南アメリカの徹夜のパーティにうんざりすると、つかの間このニューヨークに舞い戻ってくる。

一月のある雨の午後、ひとりの女性が（アマリータ・アマルフィーと呼ぶことにしよう）ロンドンからケネディ国際空港に到着した。白いフェイク・ファーのグッチのコートを着て、ニューヨーク・レザーの特別注文品である黒いレザー・パンツを穿き（「このレザーで作った最後の一着だったの。エル・マクファーソンと奪い合う羽目になったのよ」とのこと）、サングラスをしている。十個のT・アンソニーの旅行鞄を携えて、まるで映画スターのようだ。足りないのは出迎えのリムジンだけ。しかし彼女は金がありそうなビジネスマンをうまく言いくるめて荷物を持たせ、お抱え運転手役を押しつける。ビジネスマンは断れない——実際、アマリータの申し出を断れる男などいない。そして何が起きているのかわからないまま、ビジネスマンは、公用のリムジンの中にアマリータと十個のT・アンソニーの鞄と一緒に乗り込み、いつの間にか彼は、今夜ディナーをご一緒にとアマリータを誘っているのである。

「光栄ですわ、ダーリン」と、アマリータは上流社会の令嬢が行くスイスの花嫁学校や宮殿主催の舞踏会にいるときのようなアクセントで、囁くように言った。「でもわたくし、とても疲れていますの。ニューヨークには息抜きに来ただけですもの、おわかりでしょう？　でも明日ならお会いできます。〈フォー・シーズンズ〉でお茶でもいかがかしら？　その後で少し買い物をしたいものですから。〈グッチ〉に寄って受け取るものがありますの」

そのビジネスマンは彼女の申し出を受け入れる。ビークマン・プレイスに建つアパートメントの前で彼女を下ろすと、ビジネスマンは彼女の電話番号を聞きだし、電話をかける約束をする。

アパートメントに入ると、彼女は〈グッチ〉の店に電話をする。イギリス上流階級のアクセントを効かせて、「レディ・キャロライン・ビーヴァーです。預けていたコートがありますでしょう。今日街に着いたばかりですから、明日取りに伺うわ」

「結構ですとも、レディ・ビーヴァー」電話口の売り子が言う。アマリータは電話を切って笑い声をたてる。

その翌日、キャリーは昔からの友人ロバートに電話をかけた。「アマリータが戻ってきたわ。明日彼女とお昼を食べるの」

「アマリータだって！」とロバートは叫んだ。「相変わらず潑剌としているだろうか。相変わらずの美しさだろうか。ああ、彼女は近づいてはいけない女なんだ。でも男なら、特に彼女と寝たことがある男なら、彼女とつきあうのは特別クラブの会員になったような気がするんだ。彼女はジェイクとも、カポーティ・ダンカンともつきあった。ロックスターも、億万長者も総なめだ。それが絆なんだよ。いいかい、男はこう考えるんだ。おれとジェイクが同じ女と繫がっているんだと」

「男っておかしな生き物よね」とキャリーは言った。

ロバートは聞く耳を持たない。「アマリータのような女性はそういないよ。ガブリエラもそういう女のひとりだったし、マリットもサンドラもそうだ。でもアマリータはとりわけ美しい。それに本当に楽しい人だ。しかもとても勇敢で、つまり、傑出した女性だ。パリであいった女性にめぐりあって、しかもシースルーのドレスなんかを着ていたりしたら、男はもうめろめろになっちゃうよ。『W』やそういった類いの雑誌に載っている写真を見るけど、彼女たちのオーラは今も健在だ。それにあのセクシーな魅力ったらないよな。こっちの人生を狂わせてしまうような目を眩ませる力。それに触れられるものなら、そんなことありえないんだけど、でも、ああ……」

キャリーは電話を切った。

午後二時に、キャリーは〈ハリー・シピリアーニ〉のバーに腰を掛けて、アマリータがやってくるのを待っていた。いつものように、アマリータは三十分遅れてやってきた。バーではひとりのビジネスマンとその女性の連れと顧客らしき人物がセックスの話題で盛りあがっていた。「女って、最初のデートでセックスまでいった男には興味をなくしてしまうものだと思うけれど」と女性が言った。堅苦しい紺のスーツを着ている。「だから真剣に男とつきあいたいと思っている女性は、せめて三回目のデートまで待つわね」

「それは女性によるんじゃないかな」と顧客が言った。三十代後半でドイツ人のように見えるが、スペイン人のようなアクセントで喋っている——アルゼンチン人だ。

「そうかしら」と女性。

アルゼンチン人が彼女の方を見た。「きみのような中流階級のアメリカ人女性は、いつでも男を誘おうとしているけれど、ルールを守らなくてはいけないのは、そういうきみの方だよ。勘違いをしちゃいけない。でもね、ある種のタイプの女性——とても美人でちゃんとした階級出身の女性——は、自分の望みどおりのことをしてもいいのさ」

ちょうどそのとき、アマリータが入ってきた。給仕長が彼女を抱きしめると、入口で派手な騒ぎになった。「まあ、素敵。なんてスリムなんでしょう。今でも毎日五マイル走ってるの？」とアマリータが給仕長に話しかけた。彼女のコートやら何やらがさっと取り去られた。彼女はジル・サンダーのツイードのスーツと（スカートだけでも千ドル以上はする）、緑色のカシミアのブラウスを着ていた。「ここはちょっと暑くないかしら？」そう言って、手に持っている手袋で顔に風を送った。そして上着を脱いだ。レストラン全体が息をのんだ。「スイートピー！」と彼女はすぐにバーにいるキャリーを見つけて、声を上げた。

「お席のご用意ができました」と給仕長が言った。

「話したいことがたくさんあるのよ。わたし、運命から逃げてきたばかりなの！」とアマリータは言った。

四月に、アマリータは知人の結婚式に出席するためにロンドンに行った。そこでスカンク・プー卿（もちろん、仮名だ）に会った。「でも、本物の貴族なのよ、ダーリン。イギリス王室と親戚関係で、お城に住んでいて、フォックスハウンドを飼っている正真正銘の貴族なの」と彼女は言った。「教会でわたしを見たとたんに恋をしてしまったんですって。ばかでしょう。披露宴の席でわたしに近づいてきて『ダーリン、あなたがすっかり気に入りました。とりわけその帽子が気に入りました』って言うの。きっとうっかり本音を漏らしてしまったんだと思うわ。でもそのときはわたし、頭がはっきりしていなかったのね。ロンドンではキャサリン・ジョンソン・ベイツの家に泊まっていたんだけれど、彼女のせいで、わたし、本当に頭がおかしくなりそうだった。わたしが彼女のフラットを散らかり放題にしていると、ひっきりなしに文句を言っていたのよ……そういえば、あの人、乙女座なんだわ。期待した方がいけなかったわね。そんなわけで、わたしの頭の中にあったのは、一刻も早く別の滞在場所をさがさなくちゃ、ということだけだった。それに、キャサリンがスカンク卿にお熱をあげていたのに——彼女、ものすごいウーステッドの毛糸で彼にマフラーを編んであげていたのよ——卿は彼女に会うためにわざわざ時間を割こうとしないのを知っていたから、ほら、わたしだってついつい誘惑に勝てなかったわけよ。そのうえ、滞在場所を探していたものだから」

その夜、知人の結婚式が終わってから、アマリータはイートン・スクエアのお城に移った。最初の二週間は何もかも申し分なかった。「まるで芸者のように尽くしたわよ」とアマリータ。「背中を流し、お茶を運び、彼の興味を惹く記事を教えてあげられるように新聞も先に目を通した」スカンク卿は彼女を買い物に連れていった。ふたりは充分に楽しみ、お城でパーティも開いた。アマリータは招待客のリストを作る卿の手伝いをし、上流階級の人々と知り合いになり、召使いも素晴らしく、卿も魅力的だった。ところが、ロンドンに帰ってみると、目も当てられないようなことが起き始めたのだ。

「ここ何年にもわたって集めてきた衣類を全部、わたしが持ち歩いているのは知っているわよね」とアマリータは言った。キャリーは頷いた。キャリーは、アマリータの集めたデザイナー・ブランドの膨大な衣類のことはよく知っていた。どれもこの十五年間に手に入れたものだった。どうしてキャリーがよく知っていたかと言えば、アマリータが特別な薄紙にそれを一枚一枚丁寧に包んでいくのを手伝ってあげたからだ。全部包むのにまるまる三日かかった。「それでね、わたしがちょうど着替えているときに彼が部屋に入ってきてこう言ったのよ。『ダーリン、そういう素敵な服を身につけるというのは、どういう感じなのだろうと常々思っていたんだがね。もしよかったら……試してみてもかまわないかな。そうしたら、きみがどんな気持ちでそれを身につけているのかわかるだろうし、ね』
いいわよ、とわたしは言ったわ。その翌日、あの人はわたしに、新聞でお尻を叩いてくれって言うの。それでわたしはこう言ったわ。『ねえ、ダーリン、新聞を実用的に使うなら、読んだ方がいいと思うけれど』そうしたら『うるさい。ぼくは素敵な鞭打ちがいいんだ』って、こうよ。それで応じてしまった。それも間違いのもとだった。とうとう、あの人ったら、朝起きてわたしの服を身につけたら最後、一歩も外に出なくなってしまったの。それが何日も続いたわ。おまけにわたしのシャネルのアクセサリーまで着けると言ってきかなくなったの」

「女装した彼ってどんなだった?」とキャリーは言った。

「まあまあ《パ・マル》ね」アマリータは言った。「綺麗なイギリス人タイプだったわ。でも、ほら、相手が同性愛者か異性愛者かは、なかなかわからないものでしょう。でもあれは本当に滑稽だったわ。四つん這いになって、裸のお尻を突きだしているのよ。それでわたし、結婚する前に考える時間があってほんとによかった、と思ったわ。

ともかく、出ていきます、と彼に告げたの。でも彼はそうさせてくれない。寝室に鍵をかけて閉じこめられたから、窓から逃げ出してやった。ところがばかげたことに、そのとき履いていたのはマノロ・ブラニクのかかとの尖ったハイヒールで、グッチの履き心地のいい靴じゃなかったわけ。というのも、彼がわたしの靴をとてもかわいがっていて、そのなかで彼が嫌ったのがマノロの靴だったからなの。流行遅れなんだそうよ。そうしたら、今度はわたしを家の中に入れてくれないのよ。衣類は、わたしが使った電話料金の形《かた》として押さえておくというの。それが、ばかばかしいほどわずかな電話代なのよ。たった二千ポンド。『ねえ、ダーリン、誰に電話をかけていたと思っているの？　わたしの娘と母に電話をしなくちゃいけなかっただけなのに』って言ったわ。

でもわたしには最後の手段があった。彼の携帯電話を持ち出して、外の通りから電話をかけたの。『ねえ、ダーリン、キャサリンのところにお茶を飲みにいってくるわね。帰ってきたら、きちんと荷造りのできたスーツケース全部が、正面玄関のところに並んでいると嬉しいわ。そうしたらわたし、それを持って出ていきます。何かひとつでも、小さなイヤリングや、ブラジャーや、靴の踵についているゴムひとつでもなくなっているとわかったら、ナイジェル・デンプスターに電話をするつもりですから』と言ったの」

「それで敵は言うとおりにしたわけ？」キャリーはいくぶん畏れを抱いて訊いた。

「もちろんよ！」とアマリータ。「イギリス人は死ぬほど新聞記者を恐れているの。どうしてもこちらの言うとおりにさせたかったら、新聞社に電話をするわよ、と言えばいいのよ」

そのとき、近くの席にいたアルゼンチン人が、彼女たちのテーブルまでやってきた。「アマリータ」と彼は言うと、手を差し出して、軽くお辞儀をした。

「まあ、クリスじゃないの。お元気？《コモ・エスタ》」アマリータはそう言うと、キャリーにはまったくわけのわからないスペイン語でぺらぺらと話し始めた。それからクリスが「ぼくは一週間ニューヨークに滞在します。ご一緒にどこかにまいりましょう」と言った。

「もちろんよ、ダーリン」とアマリータは彼を見上げた。彼女がこうして笑みを浮かべながら目を輝かせているときは、とっとと消え失せろという意味なのだ。

「うんざりだわ。金持ちのアルゼンチン人よ」とアマリータは言った。「一度だけ、彼の農場に泊まったことがあるの。大草原のなかを子馬で走ったわ。奥さんが妊娠していたし、彼があまりにかわいかったのでファックしてあげたら、奥さんに見つかっちゃってね。それで奥さんの神経がまいってしまったの。あいつはろくでもない野郎よ。あいつを持ち去ってくれる人がいたら、奥さんはきっと大感謝すると思うわ」

「ミス・アマルフィー？」ウェイターが来て言った。「お電話でございます」

「ライティだわ」彼女は勝ち誇ったように言って席を立つと、数分して戻ってきた。ライティは有名なロック・バンドのリードギタリストだ。「ツアーに一緒についてきてほしいって言うの。ブラジルとシンガポール。考えとくわ、と言っておいた。ああいう男たちは足元に跪く女たちに慣れっこになっているから、こっちは少しばかりもったいをつけないといけないのよ。そうすれば下らない女の仲間とは一線を画せるわ」

突然、入口付近が騒々しくなった。キャリーは目をあげてそちらを見たとたん、うつむいて、じっと自分の爪を調べるふりをして言った。「今見ちゃだめ。レイが来たわ」

「レイ？　ああ、知っている」アマリータは言った。そしてその目が不審げに細くなった。レイは男ではなく、女である。いささか大雑把に分類すると、アマリータと同じ範疇に入る女だ。レイもまた、世界中を股にかけて飛びまわる美女で、男がふるいつきたくなるような女だ。しかし彼女の場合は変わっている。七〇年代後半のモデルあがりで、表向きは女優のキャリアを積むためと称してロサンジェルスに移った。ところが何の役ももらえず、ただ何人かの非常に有名な俳優と浮き名を流しただけだった。さらに、アマリータと同様、私生児を産んだ。噂ではスーパースターの落とし種ということだ。

レイは店内を見渡した。彼女は（顔のつくりのなかでも）特徴的な目でよく知られている。大きくて丸く、光の中では白く見えるというライトブルーのアイリスの花のようだ。その目がアマリータのところで止まった。そして手を振った。歩いてくる。

「元気でやってる？」と彼女が嬉しそうに訊いた。もっとも、噂では、アマリータとレイはロスでは仇敵のようだったそうだ。

「帰ってきたばかりよ。ロンドンから」とアマリータ。

「あの結婚式に行ったの？」

「レディ・ベアトリスのこと？」アマリータが訊いた。「そうよ。素敵だったわ。ヨーロッパの貴族がみんな来ていたわ」

「損したなあ」とレイが言った。彼女の言葉にはかすかに南部の訛《なま》りがある。彼女はアイオワ出身だから、わざとそうしているのかもしれない。「行けばよかった。でもスネークといろいろ忙しかったから」彼女はアクション映画で有名な俳優の名前を言った。スネークは六十代も後半になろうというのに、まだ映画を作っている。「それに、ほら、あの人から逃げ出すのって簡単じゃないでしょう」

「わかるわ」とアマリータがちょっと目配せしながら言った。

レイは気づいていないようだった。「ここで友だちの女の子と待ち合わせようと思って来たんだけれど、わたし、スネークに三時にホテルに戻ると言ってしまったの。彼、こっちに来て映画の宣伝をしているわけ。もう二時十五分でしょう。遅れると、スネークは手がつけられなくなるじゃない。それなのにわたしはいつも遅れちゃうの」

「どうすればちゃんと男を操れるかということね。でも、思い出したわ。確かにスネークは待たされるのが嫌いよね。ねえ、ダーリン、わたしからよろしくと伝えてくださる？　でも忘れてしまってもいっこうにかまわないのよ。ひと月もしないうちに彼に会うことになっているから。スキーに一緒に行こうと誘われているの。もちろん、友だちとしてよ」

「もちろん、そうでしょうとも」レイは言った。そして手強い沈黙が流れた。レイはキャリーをまともに見つめた。キャリーはナプキンで顔を隠したい衝動にかられた。どうか、わたしの名前をきかないで、と心の中で祈っていた。

「そうね、じゃあ、友だちには後で電話をするわ」とレイ。

「あら、今すればいいじゃないの」とアマリータ。「電話ボックスはあそこよ」

レイが席を立ったので、キャリーは急いでアマリータに言った。「レイは誰とでも寝るのよ。ミスター・ビッグともね」

「ああ、お願いよ、スイートピー。わたしそんなことどうでもいいの」アマリータは言った。

「女が男と寝たければそうすればいいのよ。それは女の問題なの。でもあの女はいい人じゃないわ。聞いた話では、〈マダム・アレックス〉の専属になりたかったんだそうよ。でも〈アレックス〉でも、レイは頭がイカレ過ぎていると思ったんですって」

「それで、彼女はどうやって暮らしているの？」

アマリータは右の眉毛をくっと上げた。しばらく口を閉ざした。やはり、アマリータはまったくの上流階級のレディである。五番街で育てられ、社交界のデビューを果たし、上流階級につきもののいろいろな仕事をしてきた。しかしキャリーはどうしても知りたかった。

「もらい物をするのよ。ブルガリの腕時計、ハリー・ウィンストンのネックレス、服、車、誰かの所有のバンガロー。援助したいと思っている男からね。もちろん、現金もよ。彼女には子どもがいるの。同情を寄せる金持ちの男はたくさんいるのよ。大金持ちの俳優たちもそう。五万ドルの小切手を渡したりする。それが手切れ金のときもあるわ」

アマリータはキャリーを見て言った。「あら、お願いよ。そんなに衝撃を受けないでちょうだい。あなたって本当にうぶなのね、スイートピー。でもあなたにはキャリアがあるわ。たとえ貧しい暮らしをしていても、腕に恃《たの》むところがある。レイやわたしのような女ってね、働くのがいやなのよ。ただ楽しく暮らしたいだけ。

でも、だからって、そのほうが生きやすいってわけではないのよ」アマリータはずっと禁煙していたが、キャリーの煙草を一本抜き出すと、そのままウェイターが火をつけに来るまで待った。「わたし、これまでにいったい何回あなたに電話で泣きついたことがあった？お金がない、どうすればいいかわからない、次にどこに行こうか、って。男たちはいろいろなことを約束するけれど、それを果たしはしないのよ。コールガールになったほうが、ずっと楽じゃないかと思うわ。セックスをしているからじゃないの。男が好きならセックスをしたっていいの。問題なのはね、わたしたちが男と対等には決してなれないということなのよ。あなたは人に雇われて仕事をしている。でも、少なくとも多少の現金を得れば、そこから逃げ出すこともできるでしょう」

アマリータは眉を上げて肩をすくめた。「それに、わたしみたいな生き方をしている女に未来があると思う？　現状を維持するのが大変よ。身につける物、美しい身体。エクササイズ・クラスに通い、マッサージを受ける。お化粧。整形外科。とてもお金がかかるわ。レイを見てよ。彼女は胸の整形をしたし、唇もお尻も整形している。彼女は若くはないのよ、ダーリン。もうとっくに四十を過ぎている。あなたが見ている彼女は、全部彼女が自分で手に入れたものなの」

アマリータは煙草の火を灰皿でもみ消した。「どうして煙草なんて吸ってるのかしら。お肌にとても悪いのよ。あなたも止めたほうがいいわ、スイートピー。でも、覚えている？　わたしが娘を妊娠したときのこと。ひどく体調が悪かったわ。しかも、一文なしになってしまってね。それでどういうわけか、騒がしい安アパートで、ある学生とふたりで寝室を使わなければならなくなった。それというのも、わたし、そのころは月に百五十ドルしかもらっていなかったからなの。結局、福祉課に行って、出産手続きをする羽目になった。郡立病院にはバスで行ったのよ。本当にあのときは助けが欲しかったわ、スイートピー。でも男は誰もついていてくれなかった。ひとりぼっちだった。わずかな思いやりのある女友だちを除いてはね」

そのときレイがまたやってきた。下唇を嚙んでいる。「失礼」と彼女は言った。「連絡したら、すぐに来るって。でもわたしは飲み物がほしいわ。ウェイター、ウォッカ・マティーニを持ってきて。ストレートでね」そして座った。レイはキャリーを見もしなかった。

「ねえ、スネークのことを話しましょうよ」とレイがアマリータに言った。「あの人、あなたとつきあっているって言ったわ」

「あら、そう？」アマリータは言った。「でもね、わたしと彼は、ほら、知的な関係だから」

「今はってことでしょう。わたしだって彼のこと、息子によくしてくれる素敵な男だと思っているだけ。まったく心配はしていない。あの男が信頼できるとは思っていないもの」

「彼は婚約しているんじゃなかったかしら」とアマリータは言った。「彼の子どもを産んだ黒い髪の女性と」

「ふん、なによ。カルメリータとかいう女ね。素性のわからないばかな女よ。いまいましい。スネークがスキーに行ったとき車が壊れてしまって、修理に出したら、そこにその女がレンチを持って待っていたってわけ。物欲しそうなヴァギナと一緒に。今は、彼、なんとか別れようとしているわよ」

「だったら簡単だわ」とアマリータ。「スパイを使えばいいのよ。わたしは自分のマッサージ師とメイドを使っているわ。あなたのマッサージ師なりお抱え運転手なりを彼のところにやればいいの。そうしたら逐一報告してくれるでしょう」

「それはすごい！」レイは叫んだ。そして大きな赤い口紅の塗りたくられた唇を大きく開けて、背もたれに寄りかかるようにしてヒステリックに笑った。彼女の金髪はほとんど白といってもよく、完璧な直毛だ。どう見ても変人ではあるが、確かに目を見張るほどセクシーだ。

「あなたを気に入ってたのよ」とレイは言った。椅子が倒れかかり、彼女は危うくテーブルにぶつかりそうになった。レストランにいる客が全員振り返った。アマリータも笑いながら、しゃっくりの発作を起こしそうになった。「どうしてわたしたち、いい友だちになれなかったのか。それが知りたい」とレイが言った。

「あらあら、レイ。わたしにわかるわけがないでしょう」とアマリータが言った。ようやく普通の笑みになっている。「もしかしたらブルースターと関係があるのかも」

「あの下らないちっぽけな俳優のことだけど」レイが言った。「つまりね、あの男にあなたのことでいろんな嘘をついたのはね、彼を独り占めにしたかったからよ。まったく、そういうわけよ。わたしのこと責められる？　あいつはロスで一番大きなおちんちんを持っている。わたしがそれを見たのは、レストランでディナーをとっているときだった。あいつがテーブルの下で、わたしの手を自分の股のところに持っていったの。わたし、とても興奮しちゃって、ズボンからそれを出して撫で始めたら、通りかかったウェイトレスがそれを見て悲鳴をあげたの。だってあまりにも大きかったから。それでわたしたち、そこを追い出されちゃったわけ。これはわたしのものよ、と言ったわ。もう誰にもわたさない、って」

「確かに、とても大きいわね」とアマリータ。

「とても大きい？　ハニー、あれは馬並みよ」とレイが言った。「わたしがベッドのなかでは凄腕だって、知っているでしょう。あんな大きいのこれまでに見たことがなかった。でもわたしのレヴェルになると、ちょっと違うのよ。普通の大きさのペニスじゃ、もう何にも感じられないの。もちろん、これからもいろんな男と寝るでしょうけど、男たちにこう言うわね。これから出かけていってちょっとしたお楽しみを味わってくるわって。それで満たされる」

レイはマティーニを四分の三しか飲んでいなかったのに、急におかしくなった。まるでハイビームが点いているのに、運転している人がいない、というような感じだった。「そう、いい」と彼女は言った。「この満ちてくるような感じ。それをちょうだい、はやく。して」彼女は椅子に自分の骨盤をこすりつけるようにしている。右腕を半分上げて、目を閉じている。「そうよ、そこよ、ああベイビー。ああ、ベイビー。ああ！」彼女は声をたてるのをやめて目を開けた。そしてそのとき初めてキャリーがいるのに気づいたと言わんばかりに、まっすぐにキャリーを見つめると、「なんという名前なの、ハニー？」と訊いた。キャリーは突然、カポーティ・ダンカンが、あるパーティ会場の真ん中にある長椅子で、みんなが見ているなかで、レイとセックスをしたという話を思い出した。

「キャリーよ」と彼女は言った。

「キャリー……？」レイが訊いた。「会ったことある？」

「ないわよ」とアマリータが言った。「彼女は立派な女性よ。わたしたち同様に。でも知性があるわ。物書きなのよ」

「じゃあ、わたしの話を書くといい」とレイが言った。「わたしが話して聞かせるから。わたしの半生はベストセラーになるわ。いろんなことがこの身には起こったから。わたしは生き抜いてきたんだから」レイは同意を得るようにアマリータを見た。「わたしたちを見てよ。ふたりとも生き抜いてきたのよ。他の女たちもね……サンドラでしょ……」

「彼女は断酒会《AA》にいてそこで暮らしている。もう外には出てこないわよ」とアマリータが言った。

「ガブリエラでしょ……」

「コールガールになったわ」

「マリット……」

「ちょっとおかしくなって、入院して、今はシルヴァーヒルに住んでるわ」

「そのこと聞かせてよ」とレイ。「わたしが聞いた話では、あなたの家の長椅子でおかしくなって、精神病院に運ばれたそうだけれど」

「もうよくなったわ。仕事についている。PRの仕事」

「PRって、プア・リレーションのことだとわたしは思っているけど」とレイが言った。

「会社はあの子の社会的な繋がりを利用したかったから雇ったんだわね。でもあの子、目はどんよりしちゃってて、みんなが何を話しかけても反応がないんだって。みんなが彼女の身体を撫でまわしていても、あの子はお化けみたいにそこに座っているだけなんだそうよ」

キャリーは我慢できなくなって、吹き出してしまった。

レイはじっとキャリーを見つめてこう言った。「これは笑いごとじゃないの。わかってる？」

8　七人の男たちの避けられない夢

　ある男とディナーを食べている最中のこと。一九八二年物のシャトー・ラトゥールの二本目のボトルを開ける。今日で三度目のデートか。あるいは十度目なのかもしれない。そんなことはどうでもいい。というのも、いつかは決まってそれが起こるのだから。避けられない事態が。

「あのねえ」と相手の男が言う。

「なあに?」わたしは身を乗り出して訊く。彼の手はわたしの太腿に置かれている。もしかしたら「例の質問を持ちだす」のかもしれない。でも、そうではなさそうだが、ひょっとすると。もう一度、なんなの? と訊く。

　再び彼は口を開く。「きみはこれまでに……」

「ええ」

「これまでに、他の女性……」

「なんですって?」

「他の女性と……セックスをしたいと思ったことがある?」勝ち誇ったように彼が言う。

わたしはそれでも微笑んでいる。しかし実は、反吐《へど》の塊のようになって座っているのだ。

その次に何を言うのか、よくわかっている。

「もちろん、ぼくも一緒にさ」と彼。「つまり、三人で、ね」そしてとどめの一撃がくる。

「できれば、きみの友だちを連れてきてくれるといいんだけれど」

「どうしてわたしがそんなことしなくちゃならないの？」わたしの女友だちがそういうことに興味を持つだなんて、どこから思いつくのか、それを詮索する気も起こらない。

「いや、なに。ぼくはそうしたいなと思って。それに、きみだってしたいのかもしれないと、ね」

さあ、それはどうかしらね。

性の多様性

ニューヨークは、人々がそれぞれの夢を満たすためにやってくる場所である。金、権力、デイヴィッド・レターマン・ショウへの出演。そのニューヨークにいるのだ、ふたりの女を望んで何が悪い、頼んでみたってかまわないだろう、というわけだ。誰もが、少なくとも一度は、そういう誘いをしたことがあるのかもしれない。

「あらゆる夢のなかでも、これほど胸躍らせるものはないね」と知人のカメラマンが言った。

「だいたい、人生というのは絶望の連続じゃないか。しかしふたりの女相手なら違うかもしれない。それに何が起こっても、きみは失うものがないんだし」

そんなことは嘘だということが後でわかった。しかし、3Pはニューヨーカーたちの抱く最高の夢のひとつには違いない。わたしの男友だちが言った。「それは性倒錯とは逆の、性の多様性ということだよ」あらゆる選択肢があるこの街の、ひとつの選択。あるいは3Pは社会悪の表れなのか。こうした嗜好は、ニューヨークの堕落の象徴――マンハッタンならではの絶望と欲望との産物なのだろうか。

いずれにせよ、誰もがこれには一家言ある。実際に3Pを体験した者、知り合いに体験した人物がいる者、この行為を眺めていた者などが大勢いる。最近男性モデルを〈トンネル〉の男性用トイレに押し込んで、むりやりドラッグを飲ませ、そのまま家に連れていったと、ふたりの〝トップ・モデル〟が話していた。

三角関係には、あらゆる人間関係のなかでも一番手に負えない数字が入っている。つまり三だ。自分のことを世慣れていると思いこんでいる人も、三角関係ではうまくたちまわれないだろう。傷つくのは誰か。本当に三は二よりもましなのか。

お酒にマリファナ、蜂蜜をつけて煎ったピーナッツをただで飲み食いできる、という餌に釣られたわけではないだろうが、七人の男性が3Pのことについて話をしに、つい先日の月曜日、ソーホーの画廊の地下に集まってくれた。地下に行くと、写真家であり一九八〇年代の稀代の女たらしピーター・ベアードが四つん這いになって仕事をしていた。コラージュを作製しているのだ。自分が撮った白黒の動物写真の上に絵を描いている。何枚かの写真の上には、彼の靴跡がついている。それでわたしは、ピーターが自分の血液で絵を描いているという噂を聞いたことがあるのを思い出した。彼はジーンズとトレーナーを着ていた。ピーターは一種の〝野生の男〟であり、彼にまつわる噂は枚挙にいとまがない。いわく、一九七〇年代のスーパースター、シェリル・ティグズと結婚した（これは本当）。以前アフリカで、両手両足を縛られて獣の餌にされかかった（これは本当ではなさそう）。話をしているあいだも作業を続けているから、とピーターは言った。「いつでも手を動かしていたいだけなんだ。そのほうが退屈しないからね」と。

全員が自分でカクテルを作り、マリファナ煙草に火をつけた。ピーターを除く他の男性たちは、この記事に載せるにあたっては匿名にしてほしいと言った。「本名が載ったら、仕事にさしつかえると思うからさ」とある男性は弁解した。

さて、それから話しあいに入った。

「今はそれが流行なんだな」とピーターが言った。「知り合いの女の子と今夜会ったんだが、彼女が言うには、女友だちの九割からそういう誘いを受けたそうだ。これは明らかに新しい現象だと思うね」

ピーターは赤いペンキのなかに絵筆を浸けた。モデル業界は3Pのために女を訓練しているとしか思えないという。「エージェントと興行主は、モデルの女の子にいい仕事をまわしてやるといって、その代償を求めるんだ」ピーターはそう言うと、こう付けたした。「モデルはすべてトイレでセックスをさせられるのさ」

四十一歳の優れた建築家のタッドは、それを疑ってかかった。「その正確な数字は、政府の国勢調査局にしかわからないと思うな」そしてこう続けた。「女性というのは、さらなる官能と美とを形にした存在だからね。男がふたりの女性と一緒にいたいと夢見るのも当然のことだよ。これがふたりの男、となったら、不快きわまりないものな」

ピーターは床の上の定位置から目を上げて、「女同士でベッドで寝ていても、誰もあやしいとは思わないからな」と言った。

「まったくその通りさ」とソフトウェア会社を経営している四十八歳のサイモンが言った。

「男同士で同じベッドで寝るなんてことは絶対にありえないな。それだけはしたくないね」と、やはり四十八歳で、東海岸のレコード会社の重役職にあるジョウンジーはそう言うと、他の男たちを見まわした。

「男同士で寝ないのは、いびきをかくからじゃないのか」とピーター。「それに、神経組織にもよくないし」

「心の奥に潜んでいるあらゆる恐怖を呼び覚ますんだ」とサイモン。一瞬の沈黙が訪れ、わたしたちは視線をさまよわせた。

漂う緊張感を破ったのはピーターだった。「正体を隠したこの現実のあり方は、ネズミの生態研究そのものだよ。過密、ストレス、そのうえ同じところに人がいすぎるんだ。数が増えすぎたネズミの群れでは、まず雄と雌が離れるという現象が起きる。そしてニューヨークの住人たちは、弁護士が多すぎるし、人口が増えすぎているせいで、信じられないほどの圧迫感に苦しめられている。圧迫感はホルモンを異常に高める。ホルモンが分泌過剰になると、今度は同性愛者が増える。つまり、同性愛というのは、人口を抑制しようとする自然の力なのさ。今われわれが話題にしているような不自然な現象は、加速度的に増加しているよ」

「それで全部説明がつくな」とタッドが冷静に言った。

「百パーセント感覚を使い果たした生活を送っている」とピーター。「高密度、緊張感、無数の予約、次から次へと続く弁護士との面会、単純なことではもう面白くもなんともない。それで今では、複数の女の子を相手にセックスしたり、〈ピュア・プラチナ〉の卑猥なストリッパーとセックスしたりしなければ、興奮もしないんだよ」

「ということは、複数のセックス相手が必要なのは、好奇心のためだけということじゃないか。たいして分析することもない」とタッドが言った。

ピーターはかまわずに続けた。「不誠実だからじゃないかな。ますます不誠実かつ不正直になっている。心からひとりの女の子を求めているのなら、他の女の子になんて関心が向かないはずだ。ところが近頃は、誠実なやつなんかいないんだ」

「それはあり得るね」と興味深そうにジョウンジーが言った。

「ニューヨークで人と会うと、でたらめばかり聞かされる」とピーター。絵筆が乾いてしまったのに気づかずにいる。「パーティで耳にするのは、みんな下らないほら話ばかりだ。どこのパーティに行っても同じことの繰り返しだから、出かけないに越したことはない」

「撤退だね」とジョウンジーが頷いた。

「しかもバスルームにいけば、ファッション業界の女がフェラチオをしてくるんだから」ピーターが言った。ほんの一瞬、わたしの気のせいでなければだが、畏怖に満ちた沈黙が流れた。ピーターがさらに続けて「そんなものは現実ではない。コミュニケーションではない。誠実さではない。ただのストレスに満ち満ちた生活の一場面でしかない」

「ああ、それで、ぼくはあのとき、寝たかっただけなんだと思ったんだ」とタッドが話し出した。

むなしきEラヴ

三年前、初歩的な3Pを体験したときのタッドの精神状態は、まさにそれだった。彼はそれを「Eラヴ愛撫集会」と呼んでいる。

タッドはそのとき、五年間つきあってきた女性と別れたばかりだった。彼はあるパーティに出かけて行ったとき、とても魅力的な二十歳の女性を見かけた。彼女の後をついていくと、タクシーに乗り込むのが見えた。それでタッドも急いで愛車のメルセデスに乗ってその後を追った。タクシーが信号のところで停まったので、彼は急いで近づいていった。ふたりはその翌日、あるクラブで会う約束をした。

彼女はアンディという女友だちと一緒にきた。「幸いにもアンディがへべれけに酔っ払ってしまったんだ」とタッドは言う。アンディはイタリアから飛行機でやってきたばかりで、キツネの毛皮のコートを着ていた。エクスタシー錠(Eタブ——覚醒剤の一種)を飲んでから、三人はタッドのロフトに行き、そこでシャンパンを飲み、そのグラスを床に落として割り、身体を愛撫しあった。二十歳の方が眠ってしまったので、アンディとタッドは事に及んだ。二十歳が寝ている同じベッドの横で。

ピーターが熱心に話し出した。「もっとすごいことが、毎日のように起きている。することはどんどんと増え、しかも絶えず迅速に処理しなくてはならないんだよ！　なんたってやるべきことはたくさんあるんだから。それはもう許容量をはるかに超えている。図に乗って危ない橋をわたり、新しい状況を作りだし、手広く……」

「まるで、通りがかりの人が持っているクッキーのトレイから、勝手に二個つまみあげるようなものだ」とダウンタウンでバンドをやっている三十歳のギタリストのギャリックが言った。

タッドはピーターの意見に同意した。「たしかに許容量を超えているよな。乳房が四つだよ。ふたつじゃないんだ」

ありがたいことに、そこへ投資銀行員のサムがやってきた。サムは四十一歳で、いつでも結婚がしたいと言っているのに、デートをした相手の女性に電話をするのをしょっちゅう〝忘れる〟タイプの男である。それでいまだに独身だ。彼は何度か3Pをしたことがあるそうだ。

「どういう成り行きで？」とみんなが訊いた。

サムは肩をすくめた。「それはいろいろだよ。デートするのに疲れたりしたあとなんかにさ」

サムが言うには、3Pに至る基本的な状況には三つあるという。

その一。男が、自分の恋人と別の女とが一緒にベッドで愛し合うところを見たいと長い間ひそかに夢見てきた場合。男が退屈しているからかもしれないし、本当は恋人の友だちと寝たいのかもしれない。

その二。恋人の方が女性と寝てみたいとひそかに思っている場合。男を巻き込んだ方が、お膳立てをしやすくなるからだ。

その三。ふたりの女性がすでに親密な関係であり、さらに男を参加させようとした場合。

サムには半年間つきあっていたリビーという女性がいたそうだ。そして彼は、リビーが彼女の親友のアマンダと本当にセックスをしたがっている、と思いこんでいたという。もちろん、実際には、今でこそ認めているが、彼自身がアマンダとセックスをしたかったのである。

リビーは彼の要求に負けて、ついにその晩、そのように手はずを整えることを承知した。アマンダがやってきた。三人でワインを飲んだ。そして長椅子に腰を掛けた。サムはふたりの女性に服を脱ぐように言った。それで？「完璧に失敗だった」とサム。リビーがまだ長椅子でワインを飲んでいるときに、サムはアマンダをベッドに連れていった。「ぼくはそのときアマンダのことしか頭になかったんだ。人というのは普通、ふたりいればどちらか一方を気に入るものだし、そうなるともうひとりの方は放っておかれることになる。それがまずかった」ようやくリビーがベッドに来た。「今にして思えば、あのとき彼女たちはぼくにどうしてほしいか指示してもらいたかったんだ。その場を取りしきるやり方をね。ところが、ぼくはアマンダに夢中になっていて、そんなこと頭になかった」とサム。リビーは最後まで参加できなかった。二カ月後、サムとリビーは別れた。リビーとアマンダはしばらくは口もきかなかったという。

サムは3Pをすればそういう〝結末〟になることはわかっていたと言った。「でも、そうせざるを得ないんだよ。男というのは」

そこで3Pにおける鉄則。その一、「決して自分の恋人としてはいけない。とんでもないことになる」。これはギャリックの発言。

その二、「計画を練ってはならない。必ず狂いが生ずる。成り行きにまかせるに限る」。これはサイモン――彼は3Pを六、七回したことがあるそうだ。

その三、に行こうとしたときにブザーが鳴った。二十一歳の手品師のジムと、二十五歳のテレビ・ディレクターのイアンがやってきたのだ。ジムは、一週間前に3Pを体験したばかりだという。その三は、「その後、友人に話すようになる」と彼が言った。

「なんかお手軽な感じだった」とジムは言った。「だってぼくたち三人は『スリーサム』という映画を見たばかりだったんだ」

彼がその先を続けようとしたとき、またもやブザーが鳴った。わたしたちは顔を見合わせた。「だれだろう？」予定していた出席者はもう全員そろっている。

ピーターが制作中の絵から顔を上げて「もうひとりの女性さ」と物静かに言った。

わたしは階段を上ってドアを開けた。たしかに女性がひとり立っていた。わたしたちはお互いに驚いて顔を見つめあった。「ここで何をしているの？」と彼女が言った。

「わたしも同じ質問をしようと思っていたところ」とわたしは言い、それからニューヨークの女性たちが、本当のところどんな感情を抱いているかに関係なく、いつもすることをした。つまり頰にキスをしあったのである。

「こんばんは、クロエ」とわたしは言った。

クロエは豹柄のジャケットを着て、ピンクのスカーフを首に巻いていた。彼女はこの街ではとても有名な、とても華やかな女性である。しかし彼女の行く末は誰にもわからない。

男たちは、わたしたちが階段を下りてくるのを見つめていた。ジムが椅子に座りながら身体を後ろにそらせて、「さあ、なにか始まるかもしれないぞ」と言った。

クロエとわたしは顔を見合わせて「さあ、それはどうかしら」と言った。

クロエは部屋の中を見渡して「なんだか割り込んじゃったみたいね」と言った。誰かが彼女にウォッカの飲み物を作った。これまでわたしたちが話していたことを、ざっと説明した。

「女の子は誰でも、3Pだけはごめんだと思っているわよ」とクロエは言った。まるでヘア・アクセサリーのことを話題にしているかのような口調だった。「女の子って、一対一が好きなのよね。献身的にされるのが好きなの」

クロエはウォッカを一口飲んだ。「わたしだって、そういう状況に身を置かざるをえなかったことが、それはもう、たくさんあったわ。男が3Pをしたがってね。恋人ともしたし、夫婦者としたこともある。その夫婦はね、SMの真似事をしたかったの。わたしは夫の方と寝室に入ったわ。もう何年もその人とは知り合いだったんだけれど。わたしたちは顔を見合わせた。わたしはこう言ったの。『わたしたち従順だから、こんなことうまくいきっこないわ。冗談なのよ。やめにしましょう』」

わたしが知りたかったのは、ふたりの女性が男をまったく相手にしなかったらどうなるか、ということだった。

「仲間に入れてくれ、と哀願するね」とサイモン。

「だってやりたくて仕方がないんだからさ」とタッド。「現実に繰り広げられているわけだろう。自分のベッドで、本物の映画が上演されているって感じだな。ふたりの女性の相手をするためなら、なんだってやるよ」

ジョウンジーは、3Pが少し違った結果をもたらすと思いこんでいるようだった。彼は「プロ」という言葉を使った。それが3Pやなにやらを専門にする、本物の娼婦のことを言っているのかどうかはよくわからないが。

「普通は、プロが女性と寝たがるからそういった事態になるんだ」とジョウンジーが言った。「本当はレズビアンなんだけれど、女を手に入れる手段として男と寝るんだよ。プロは夢中になって男の相手をする。できるかぎり長いあいだ男を持たせるようにする。それで、プロのお目当てのもうひとりの女は、自分が男からまったく無視されていてもかっかしたりしない。プロはできるだけ長く時間をかけて男を終わらせる。それから、こんどはお目当ての女にとりかかるんだよ」

「ぼくはそうは思わないな」とサイモンは言った。「ジョウンジーは経験が浅いんだ」

いやだ、と言うこともできた

「ぼくが体験した3Pでは、ひとりの女の子がセックスがとても好きだった」とジム。「彼女はぼくの知り合いの男全員とセックスしていた」

「ちょっと待ってよ」とクロエが言った。「どうしてその女の子が男たちとセックスするのがとても好きだってわかるの？」

「だって、イアンだって彼女とセックスしたんだぜ。彼女はイアンとセックスしたとき、どんな男とでもセックスするのが大好きだと言ったんだそうだ」とジム。

「どうしてイアンにそんなことがわかるの？」とクロエは憤慨して言った。「もしかしたら、その子はイアンとセックスするのが好きだっただけかもしれないでしょう。それがあなたたち男のいけないところよ」

「あの子の頭にあるのは、男のようになりたいということなんだ」とイアンが説明した。

「つまりね、女性と男性とが違うなんておかしい、と。男が寝たい女の子なら誰とでもセックスをするのなら、女だって寝たい男全員とセックスしてもかまわないだろう、と思っているんだ」

「おいおい、サイモンが彼女の名前と電話番号をすぐに教えてほしいって言ってるぞ」とジョウンジーは茶々を入れた。

ジムは続けた。「もう片方の女の子はまったく正反対で、お堅い子だったんだ。これまでにつきあったボーイフレンドはふたりしかいなかった。ところが、そのふたりが一緒に暮らすことになった。そうしたらセックス好きの女の子が、お堅い方の生き方をすっかり変えてしまった。一週間後に会ったら、お堅い方は、誰とでも寝る女の子になってたよ。

ぼくらはみんな仲がいい。セックス好きの方と寝てたけれど、ぼくが一年以上もつきまとっていたのはお堅い女の子の方だったんだ。ぼくたちは映画に行ってから、ワインを一本買って彼女たちのアパートメントに行った。それでそのワインを三人で飲んだ」

「でもワイン一本だと、グラスに三杯半しかないわよ」とクロエが異を唱えた。

「クロエ、きみもワイン三杯半でご機嫌になれたときもあったよな」とタッドが茶化した。

「いいかい」とジム。「ぼくらは彼女たちのアパートメントに行き、買っていったワインを三人で少しずつ飲んだ。それから、ぼくとセックスの好きな子は寝室に入っていった。ベッドだけしか置いてなくて、動ける場所といったらベッドの上しかないというような狭い寝室だよ。それでその子とぼくはふざけはじめた。彼女はもうひとりの子に来てほしがった。ぼくもうひとりの子を求めていた。だからふたりで彼女が来るのを待っていた。彼女はアパートメントの中を歩きまわって、自分の用事を片づけていた。バスルームや台所に行ったり、そのあたりをうろうろしていた」

「服は着ていた？」とサイモンが訊いた。

「さあ、覚えてないな。しかし、ようやくぼくらはその子の手を摑んで寝室の中に引き入れた」

「それでレイプしたんだな」

ジムは首を振った。「とんでもない。三人でベッドの上に座った。そしてその子の身体を愛撫しはじめたんだ。背中を撫でた。次にベッドの上に引き倒した。ふたりの女の子が離れたので、ぼくはひとりの女の子の手を、もうひとりの子の胸の上にのせた。そうしたらふたりはとても興奮してきた。ぼくもまだ参加していたけれど、なんとかうまく抜けだして、ただひたすら見ていたよ。その後、彼女たちは一緒にほっつき歩いては、ニューヨークにいる誰とでもそれをするようになった。〈ブッダ・バー〉にいた男で彼女たちと寝たのは二十人にのぼるよ」

イアンも3Pの経験があった。「一度だけだけど、女の子とセックスをしているベッドの横に、もうひとりの女の子がいたということがあったな。そのとき、もうひとりの女の子と目が合って、そのままずっと見つめ合ってしまった。五分間くらいじっと互いを見つめていただけなんだ。それが誘い水になった。そのときはすごくよかったよ。とても親しくなれた」

ピーター・ベアードはそれまでずっと、彼らしくもない沈黙を守り続けていたのだが、急に口を出した。「3Pはしない、と言うことだってできたはずだ」と彼は言った。「おまえたちは最低の男だよ」

「それはスポーツだ」

「しかし、心から大切に思っている女の子とはそんなことは絶対にしたくないね」とタッドが言った。

「最高なのは、いい友だちか、いい遊び相手とするときだよな」とイアン。

「男たちがきみと3Pをしたがるのは、きみがそういう相手だということさ」とタッドはクロエに向かって言った。「きみがとてもいい友だちだからなんだ」

クロエはにらみつけた。

そのときイアンがだしぬけにこんな発言をした。「ぼくはふたりの男にひとりの女という状況はよく体験したよ」そして急いでこう付け足した。「もうひとりの男とセックスするのが目的だったんじゃないぜ」

一瞬驚き呆れたような沈黙が満ちた。わたしは耳にしたことが本当なのかどうかわからなかった。

「3Pを一番やりやすいのは、この組み合わせだよ」とイアンは肩をすくめた。「スポーツなんだ。相手の女の子を道具だと思えばいいんだ。じゃないと、もうひとりの男が女の子とセックスするのなんか耐えられないだろうが。女の子なんてどうでもいいんだよ」

「それにかなり安上がりだしな」と、投資銀行員のサムが口をはさんだ。

わたしの女友だちで、ふたりの男と寝る夢を思い描いていると打ち明けた人がいたのを思い出した。今度会ったら、そんな夢はさっさと捨てた方がいいと言うことにしよう。

クロエはまだ疑い深そうに言った。「ふたりの男を相手にしたことはないわ。それに、男って競争意識が強いから、そんなことできないのじゃないかしら」

「ぼくも、他の男とセックスしたばかりの女としようとは、絶対に思わない」とピーター。

タッドが反対意見を述べた。「ぼくは、親友とならなんだってできるけどね」

「そのとおり」とイアン。

「気になるのは、どっちが先にするか、どんなことをするかということだな」とタッドが言った。

「ふたりの男のあいだには共犯意識がある」とイアン。「友だちと一対一になるわけだ。友だちの前で、ちゃんとやり遂げられるかどうか、と。それでもしうまくやれたら、やったぜ！　って感じだね」

ジムはむきになって頭を横に振った。「その意見には反対だな」

「ジム、どうして反対だなんて言える？」とイアンが訊いた。

「そうさ、おまえだって、イアンと一度やったことがあるじゃないか」とテッド。

「好きでやったんじゃないよ」とジム。

イアンはジムを指さして「でもこいつは、ぼくを女の子に押しつけたんだぜ」と言った。

「最低のムードだった」

ギャリックが話しだした。彼は十回ほど3Pをしたことがあって——「いいかい、おれは三十五だぜ。そりゃあ、いろんなことがあったよ」——そのうちの何回かは男ふたり女ひとりの3Pだった。「その場合、親友のビルが相棒だった」

ビルはモデルで、ギャリックが彼と会ったのはダウンタウンのスポーツジムだった。そこでビルがギャリックにベンチプレスをするときの補助を頼んだのが知り合うきっかけだった。「そこでトレーニングをしている男の大半はゲイなんだ」とギャリック。「その後、ジムからの帰り道で、おれたちはゲイでないことを証明しようっていうノリでね。3Pをしたのは、おれたちが女とできるという証《あかし》を示すためのようなものだった。自分の男らしさを他の男の前で実証するってことだ。

おれとビルとの3Pは、まるできわどいフリーク・ショウみたいだったぜ。ふたりで同時に女の子の中に入っていったときもある。女の子が、ふたりの男と寝てもいいって言ったら、もう何をしてもオーケイだった」

ギャリックが椅子の上で前屈みになり、煙草を深く吸いこんだ。「ビルは他の男と一度だけ3Pをしたことがあった」と彼は続けた。そして声を立てて笑った。「そのことでいつも冗談を言ってあいつをからかってたよ。ふたりのあいだに通い合うものがあったんだろう。おれにはわからない。そのおかげでおれは、自分に潜在的な同性愛嗜好があることがわかった。おれにはそんな嗜好があったのか、という具合にね。よくわからんが。ビルがおれのタイプではなかったのかもしれない」

年若い男たちはすっかり黙りこくってしまった。

その代わりにピーターが口を切った。「おれはホモ嫌いではないがね——かつて親友だった男とひとりの女をめぐってこんなことがあった。その親友と女が、クイーンサイズのベッドで寝ていた。おれも同じ部屋にいた。そのうちふたりが何やらもぞもぞとやっているような気配がしたんだ。静かになったとき、やつの手はだらんとして使いものにならなくなってた。親友ではあったが、あのときは下らないやつだって思った。なんとも後味が悪かったよ。おれはあいつの手を押しのけた。最低のムードだったよ」

しばらくわたしたちは身を引くようにしていた。時間もかなり遅くなっていた。ディナーに行く時間だ。

「そうそう、おれにはわからないが」とギャリックは言った。「3Pは精神的にはいいと思うよ。型にはまらない性的体験だ。数には入らないって感じで。終わったとたんに、もう思い出せないようなものだな。妻や恋人をいじめたなら、後味はよくないけれど、これだとべつに何の関係も続くわけではないから、まったく恐れることはないしな。それに、そのおかげで男と親しくもなれる。絆が強まる。それ以外で絆を強めるものがあるかい。最高に個人的な体験を分かちあえるんだから」

それでその後はいったいどうなるのだろう。その翌朝は？

「ああ、そんなの平気さ。一度なんか、三人一緒に朝飯を喰いにいったぜ。よく覚えているよ。というのも、おれのおごりだったからな」とギャリックは言った。

9　自転車小僧の愛するもの

数週間前に、自転車小僧（といってもれっきとした大人だが）に遭遇した。並木道に建つ立派な大理石のホールで開かれた出版記念パーティでのことだった。人目につかないようにしてスモーク・サーモンを頬張っているときに、ライターの友人（男）が駆け寄ってきてこう言った。「今、とびきり愉快な男と話をしてきたばかりなんだ」

「あら、そう？　どこにいるの？」と期待に胸躍らせながらも、半信半疑で会場を見渡した。

「考古学者だったんだが、今は科学の本を書いているらしい……素敵な男だよ」

「それ以上言わないで」とわたしは言った。問題の男をもう見つけていた。その男はサファリ・スーツの都会版のような服を着ていた。カーキ色のズボンにクリーム色のチェックのシャツ、そしてちょっとけばだったツイードのジャケット。灰色がかった金色の髪は後ろに撫でつけられているので、彫りの深い端整な顔がよく見えた。それでわたしはすばやく行動を開始した。もっとも、ハイヒールのサンダルを履いて動けるかぎりの速さでだが、会場を横切っていった。その男は年輩の男と夢中で話をしているところだったが、わたしはすばやくあいだに割って入った。「今しがた、あなたがとても魅力的な人だと聞いたのね。きっとわたしの期待を裏切らないだろうと思って」と言って、彼をその場からひっさらって窓辺に行き、煙草と安っぽい赤ワインをしきりに勧めたのだ。二十分経って、わたしは彼とそこで別れて、他の友人たちとディナーに行った。

その翌朝、二日酔いでまだベッドに寝転がっているときに、彼から電話があった。彼をホーレス・エクルズと呼ぶことにしよう。彼はロマンスについて話した。ずきずきする頭でベッドに横たわり、ハンサムな男の囁き声を耳にしているのはなかなかいい気分だった。わたしたちはディナーの約束をした。

たちまち厄介なことが持ちあがった。まず彼から、約束の時間より一時間ほど早く到着するという電話がかかってきた。それから、また電話で、時間通りに行けると言い、さらにまた、三十分遅れるという電話があった。そのあと、またまた電話で、すぐ近くまで来ていると言った。そして結局、約束の時間に四十五分遅れてやってきたのだ。

そのとき彼は自転車に乗ってきた。

はじめ、わたしはそのことにまったく気がつかなかった。ライターにしてはいささかだらしない服装をしているし、どうして息を弾ませているのだろうと思った。もっとも、息を弾ませているのは、わたしがそばにいるので無理もない、と解釈していたのである。「どこで食事をしようか？」と彼が訊いた。

「予約しておいたわ。〈エレーンズ〉に」とわたしは言った。

彼の顔が歪んだ。「しかし、ぼくはこの近所で食事をするものとばかり思っていた」

わたしはちょっとにらみつけてからこう言った。「この近所では食事はしません」一瞬、これでおしまいになりそうな展開になった。ようやく彼は言葉を漏らした。「ほら、ぼく自転車で来てるから」

振り向くと、癪《しゃく》にさわる乗り物が、街灯に繋がれているのが見えた。

「そうとは知らなかったわ」とわたしは言った。

ミスター・ニューヨーカーと彼の三段変速ギアつき自転車

マンハッタンで、わたしが自転車小僧と呼ぶ文学的ロマンティストの人種に遭遇したのは、なにもこれが初めてではない。前にも、あるディナーの席でとても有名な自転車小僧に会った。その人物をミスター・ニューヨーカーと呼ぶことにしよう。ミスター・ニューヨーカーはある出版社の編集者で、三十五歳に見え（実際にはもっと歳がいっていると思うが）、茶色の柔らかい髪に、素晴らしい笑顔の持ち主だ。外出するときはいつでも独身女性をひとり選んでお供に連れていく。独身女性たちが彼になつくのは、ニューヨーカー誌に何かを書きたいと望んでいるからだけではない。ミスター・ニューヨーカーは愛想がよく、ちょっと間が抜けたところがある。たとえばあなたの隣に座って政治の話をし、あなたに意見を求めてくる。するとあなたはなんだか賢くなったような気分になるのだ。さらに彼は、あなたに気取られないうちに姿を消してしまう。「あれ？　ミスター・ニューヨーカーはどこに行ったの?」十一時頃になると誰もが口々にそう言い合う。「電話をかけに行ったのよ」とある女性が言う。「自転車に乗って行ったわ。誰かに会いに行ったのかもしれない」

困ったことに、わたしはしばらくのあいだ、ミスター・ニューヨーカーのイメージ——ツイードのジャケットを着て夜の道をひた走る姿（ズボンが汚れないようにフェンダーがついている）、三段変速ギアの自転車にまたがって狂ったようにペダルをこぐ姿——が頭から離れなかった。彼がアッパー・イースト・サイドのエレヴェーターのない建物（あるいはソーホーのロフトのビルでもいい）の前で、身をかがめてブザーを押し、手をぱんぱんと軽く叩き、自転車のハンドルを持って階段を上っていく。ドアが開くと、彼と恋人はくすくす笑いながら、自転車をどこに置くかいろいろと検討する。置き場所が決まると、ふたりは優しく抱擁しあう。床には間違いなくフトンが敷いてある。

自転車小僧は、ニューヨークでは長いあいだ、文学的社会的な伝統として実際に存在してきた。自転車小僧の守護神は、白髪のライター、ジョージ・プリンプトンである。彼の自転車は、パリス・レヴュー誌の編集室で、彼の部下の頭上に逆さまに吊り下げられていたものだ。そしてもうひとりはニュースデイ誌の白髪のコラムニスト、ミューレイ・ケンプトン。このふたりは長年自転車に乗っていて、次の世代の自転車小僧の精神的よりどころであり、彼らの精神を継ぐ、先に述べたミスター・ニューヨーカーや、若者雑誌、週刊誌、新聞の編集者やライターたちは、孤独な自転車乗りとしてマンハッタンならではのロマンティックな風景を旅していると言い張っている。自転車小僧はニューヨークの独身男の変種でもある。

頭がよく、愉快で、ロマンティックで、ほっそりしていて、非常に魅力的で、女子学生の理想の男をそのまま絵に描いたような男たちだ。ツイードのジャケットを着て自転車に乗っている男には、とんでもない魅力がある。それに変てこな眼鏡でもかけていたら、魅力は倍増する。

女性はそこに、情熱と母性愛的な思いがないまぜになったような感情を抱くものらしい。しかしもちろん、悪い面もある。たいていの自転車小僧は結婚していない。そしてこの先もおそらく結婚することはないだろう。すくなくとも、自転車に乗るのをやめないかぎりは。

どうしてジョン・F・ケネディ・ジュニアは自転車小僧ではないのか

「自転車に乗るには、それほど体力はいらないんだ」とミスター・エクルズは言う。「ジョージ・プリンプトンみたいな腕力のある人が乗れば、それはそれですごいけれど。ただね、街角に自転車を隠しておかなくちゃならないし、靴下からズボンをこそこそ抜き出したりして、面倒なところもあるね」自転車小僧は、運動のために自転車に乗っているのではない。よく公園で自転車を乗りまわしている間抜けな者たちとは違うのだ。自転車小僧は自転車を移動手段として使っているのであり、そしてここが大事なところだが、文学に登場する少年時代をとても大事にしているのだ。シャーウェル川の川岸で、華やかなドレスを着てイエイツの本を抱え待っている女の子のもとへ、自転車に乗って丸石の上を軽快に向かっていくオックスフォードの夕暮れ時を思い描いているのだ。タクシーやマンホールを避けながらマンハッタンを自転車でこいでいく自転車小僧たちは、まさに自分たちをそのように思い描いているのである。ところで、ジョン・F・ケネディ・ジュニアはまぎれもなくニューヨーク一有名で引っ張りだこの自転車好きの独身男だが、スポーツマンであるために、自転車小僧の世界ではあまり評判がよくない。そもそも自転車小僧というのは、短パンとぴっちりしたTシャツよりも、シアサッカー地のスーツを着て街中を駆けめぐりたいのだ。お尻の方にまで柔らかいフォーム材の下敷きが縫い込んである、身体にぴったりした自転車用のズボンを蔑んでいる。硬いサドルによる拷問のような痛みをさほど苦にしない。むしろ文学の足しになると思っている。「スパンデックスのズボンなんて一本も持っていないね」とミスター・ニューヨーカーは言う。寒い冬には防寒としてズボン下を身につけるそうだ。

他の自転車乗りよりも自転車小僧の方が肉体的な攻撃を受けやすいのも、そこに原因があるのかもしれない。それに、自転車小僧はどんな時間帯でも（時間が遅ければ遅いほどいいのだ。よりロマンティックになる）、どんな体調のときでも、どこへでも、自転車に乗っていくのも原因として挙げられる。

「酔っぱらいが深夜に窓から顔を突きだして、こっちの気分を悪くするようなことを怒鳴り散らすんだよ」とミスター・エクルズ。そしてもっとひどいことも起こる。

ハロウィーンの日に、イギリスの警官のマントで仮装したミスター・ニューヨーカーは、十二歳の少年たちの集団のなかを自転車で通り過ぎようとしたとき、自転車から引きずり下ろされた。「それでぼくは『きみら全員と喧嘩なんてできないね。一対一ならしてもいいぜ』と言った。すると、一番大きな少年だけ残して、全員が一歩後ろにさがった。そのときぼくは、こいつとだって喧嘩なんかするのはごめんだと思ったよ」全員が一丸となってミスター・ニューヨーカーに襲いかかり、袋叩きにしようとしたちょうどそのとき、心ある通行人が悲鳴をあげてくれたおかげで、ギャング団は逃げていった。「運がよかったよ。ぼくの自転車は無事だったんだ。でも籠に入れておいたレコードが何枚かやられてしまった」（ミスター・ニューヨーカーが〝レコード〟を持っていたことに留意していただきたい。CDではなく、ビニールの袋に入った例のアルバムだ。これも真の自転車小僧の証といえる）

ミスター・エクルズも似たような話をしてくれた。「二日前のことなんだけど、夜の十時にセントラル・パークを横切っているとき、ローラーブレードを履いた強盗団に囲まれてしまったんだ。まだ髭も生えていないような子どもたちでさ。側面攻撃でぼくを摑まえようとしたんだが、ぼくはまんまと自転車で中央突破することができた」

しかし、自転車小僧にとって危険きわまりないものはセックスだそうだ。チェスターという友人がそのことを教えてくれた。チェスターは一年ほど前、激しい情事のあとにとんでもない自転車事故を起こし、それ以来頻繁には自転車に乗らなくなっている。ローラという女性との友情が芽生え始めたとき、彼はトップレス・ダンサーを題材にした小説を書いていた。もしかしたら、ローラは自分をマリリン・モンローに、彼をアーサー・ミラーに準《なぞら》えていたのかもしれない。もっとも、そんなことは誰にもわからないが。チェスターがわかっているのは、ある晩彼女から電話があって、今トランプ・パレスの彼女の寝室のベッドで横になっているところだから、すぐに来てほしいと言われたということだけだ。彼は自転車に飛び乗ると、十五分後には彼女のベッドにたどり着いていた。そしてふたりは三時間も事に及んだ。それからローラは、今他の男と暮らしていて、そろそろその相手が帰宅する時間だから、すぐに帰ってくれ、と言った。猶予はない。

それでチェスターは建物を飛び出して自転車に飛び乗った。ところが具合の悪いことに、激しいセックスをした後だったので彼の両脚はぶるぶると震えだし、マレー・ヒルを下ったあたりで痙攣を起こして脚が動かなくなってしまい、自転車は曲がり角をつっきって舗道を横滑りに滑ってしまった。「ひどい怪我をしたよ」と彼は言った。「皮膚がこんなふうにめくれあがってしまって、まるで軽い火傷《やけど》をしたみたいだった」幸いにも彼のすりむけた乳首は徐々に回復していった。

ぼくの股のあいだにある鋼鉄の巨大なもの

マンハッタンで自転車に乗るのは、危険に満ち満ちたスポーツである。こういった自転車乗りのライターたちが西部に住んでいたとしたら、きっと腰にはピストルを携え、ラリー・マクマートリーやトム・マッガーニーやコーマック・マッカーシーばりの格好をしていただろう。ところが彼らが住んでいるのはニューヨークであるから、自転車小僧たちもクラーク

・ケントのタイプに近い。昼には厳しい女性編集者の相手をしなければならない優しい物腰のライターたちは、夜には反社会的な危険分子になる。しかし、そんな彼らを誰が責められよう。「赤信号なんかなんのその。交通規則なんて守らない。悪党になれるんだ」とチェスター。「ぼくの股のあいだにはずきんずきんと脈打つ鋼鉄の巨大なものがあるような感じがする」と、名前は匿名にしてくれと言った自転車小僧は言った。「今だって自転車に触っている」と、自分のオフィスから電話をかけてきてくれたリテラリー・エージェントのキップは言った。「この街では、自転車に乗っているとまったく自由になれるんだ。まるで雑多なものの上を漂っているような感じだよ。自転車に乗っていると恐怖感をまったく抱かない。もう自転車なくしては生きられないね。自転車に乗っているときの自分が真実だという感じ。街と自分とがひとつに溶け合ったような最高の気分になる」

自転車小僧は自分たちの乗る自転車にはことのほかうるさい。通常、スピードが出るように改良した、ハイテクのマウンテン・バイクには乗らない。シマノXT多段変速ギアや、エラストマー・サスペンション・フォークなどは好まない。たいていはミスター・ニューヨーカーのように、控えめな三段変速ギアつきで、後ろに籠とフェンダーのある自転車に乗っている。こういう自転車がノスタルジアをまき散らすのだ。「買い物をするために籠はどうしても必要だし、パソコンや仕事道具を乗せなくちゃいけないだろう」とミスター・ニューヨーカーは言う。「ぼくの自転車は犬や赤ん坊といったところかな」とはキップの発言。「手がかかるし、ちゃんと面倒をみなくちゃならないもの」

しかしこうした自転車小僧たちが愛車の話をするとき、女性のことを話しているのではないかと思わざるを得ないことがたびたびある。

「自分の自転車には惚れているよ。きみだって自転車には愛着をもつようになるさ。でも、本当は、自分の自転車と別の自転車とは見分けがつかないくらいよく似ているけれどね」とある自転車小僧は言った。

「とことん入れ込んでしまった自転車があったんだ」とキップ。「それはアルミニウムのフレームがついていて、ぼくはそれを手ではずして磨きに磨いた。ちょっとしたものだった。それが盗まれたんだ。ぼくはもうがっくりきちゃったよ。新しい自転車を手に入れてそれをすっかり綺麗にしたてあげるまで、立ち直れなかったね」

恋人と同様に、ニューヨークでは自転車も絶えず人にかすめ取られている。「十分ほど本屋に入って出てきてみると、もう自転車はかき消えている」とミスター・エクルズは言う。しかし、ミスター・ニューヨーカーが言うには、盗まれることとは別に大した問題ではないそうだ。

「自転車一台分の値段なんて、地下鉄の運賃の三カ月分にしかならない。タクシーを使っているのなら一カ月分だ」と彼は指摘する。

自転車は、女性とお近づきになるときには格好の話題も提供してくれるという便利さもある。「言葉を交わすきっかけを作るにはもってこいだよね」とサッドというライターは言った。「その話で盛り上がれば、自意識過剰にならずにすむしね」

そしてもちろん、自転車は、相手の女性がベッドをともにするに値する人物かどうかを見きわめる指針ともなる。「あるときね、ぼくが自転車を家の中に入れてもかまわないかと言ったら、怒り狂った女がいたよ。逆に、『その自転車をなかに入れたらどう』なんて言ってくれる子がいたら、ぼくはめろめろになっちゃうね」とサッドが言った。「相手の女性が自転車を部屋の中に入れさせてくれるかくれないかが、その子がいかにぴったくるかどうかの目安になるんだ」とミスター・エクルズ。「相手が、フロイトの言うところの肛門性格だったりすると、身近なところに自転車を置かせるようなことは絶対にしない」

しかし、自転車が単なる自転車ではすまなくなる場合もある。そのことを女たちはうすうす勘づいている。「胡散《うさん》臭い男だと見られるんだ。あまりに順応性があって、勝手なやつだとね。そしてしまいには、いささか軽薄なやつだと思われる」とミスター・エクルズ。「ピーターパンじゃないが、大人になりきれていない感じはするな」とキップ。「だからぼくはもう自転車でいろいろなところに行かないことにしたんだ」「利己的な匂いはするよな」とミスター・エクルズ。「自転車には人を乗せられないし。それに、同じように自転車に乗っているやつと気楽につきあい過ぎてしまっている」とも言った。ちなみにミスター・エクルズは五十代前半だが、彼が結婚しなかった理由は十個ほどもある。「そのうちのどれも、特別な理由ではないんだが」とのこと。

さらに、自転車には安っぽさがつきまとう。男性誌の編集助手をしているある女性は、本のサイン会で会った自転車小僧とデートをしたことがある。その男は彼女になれなれしく話しかけてから、アッパー・ウェスト・サイドにあるお洒落なステーキハウスでデートをしようと誘った。彼はその店に遅れてやってきた。もちろん自転車に乗って(彼女は店の外で、煙草を吸いながらいらいらして待っていた)。そして店に入って席に着き、メニューを見てから彼はこう言った。「ねえ、気を悪くしないでほしいんだけれど、ピツァを食べたい気分だってことに、たった今気づいてね。それでかまわないかい?」そして彼は席を立った。「でも、いまさら……」と彼女はウェイターの方をちらちら見ながら言った。彼は彼女の腕をむんずと摑むと、さっさと店の外に連れ出した。「きみが口をつけたのは水だけだろう。ぼくはそれすらしていないんだ。そんなことで勘定を払うことはない」

ふたりは彼女の住まいに行ってピツァを食べてから、ベッドをともにした。その後、何度かつきあったが、そのたびに、男の方は夜の十時に彼女の住まいにやってきてはテイクアウトを食べたそうだ。とうとう彼女はその男と縁を切って、銀行員とつきあうようになった。

股の問題

自転車小僧は、恋人を自転車娘に仕立てようとして間違いをおかすことがよくある。ジョアンナは五番街で生まれ育ち、今はインテリア・デザイナーをしているが、そんな自転車小僧と実際に結婚していたことがある。「ふたりで自転車に乗ったわ。はじめの頃はたいして問題はなかったのよ。でもね、わたしの誕生日のプレゼントに自転車のサドルをもらったときからなんだかおかしくなったわけ。それからクリスマスには、車に自転車を取り付けるためのラックをくれたのよ。離婚したとき、彼はそのラックを車からはずしたの。自分で使うために。信じられる？」

「自転車の好きな男？　ごめんだわよ」と小説家のマグダが言った。「あいつらの股がどんなに臭いか想像できる？　まったくごめんこうむりたいわ。これまでに自転車好きの男には何度も組み敷かれちゃったけれど。自分勝手なカミカゼ野郎ばかりよ。自転車に乗っているような激しいセックスをするのはいいわよ、でもね、スピードが勝負じゃないでしょうが」

「女って、自転車に乗るのがセクシーだとは思っていないんだよな」とサッドが言った。「幼稚だって思ってる。でもある歳になると、自分が違う人間ででもあるかのような、間違った印象を女性たちに与えながら生きていくのに耐えられなくなるもんなのさ」

10 ダウンタウンのいかした女がオールド・グリニッチの女に会う

郊外にひっこんでしまった友人をはるばる訪問することは、マンハッタンで暮らすたいていの女たちが経験していることである。そしてそれはまったく不愉快な経験なのだ。実際、マンハッタンに戻ってきたときには、めまいがして崩壊寸前といった精神状態になっている。今回はまさにその話なのである。

ジョリー・バーナードはその昔、〈インターナショナル・クリエイティヴ・マネージメント〉で、ロックバンドを一手に引き受けていたエージェントだった。五年前、カウボーイ・ブーツで地球のあちこちを闊歩してロック・スターとベッドをともにしていたときには、彼女はニューヨークの、黒の革張りのソファと巨大なステレオ装置が置かれたワンルームのアパートメントに住んでいた。長い金髪に大きな胸の小柄な女性で、家に戻ると留守番電話には決まって聞ききれないほどの伝言がたまっていた。そして彼女は、ドラッグとお金をバッグに入れるや、すぐさま遊びに飛びだしていくのだった。彼女はそういった有名人のひとりだった。

ところがどういうわけか、事件が起きた。誰も想像だにしなかったことが起きたのだ。彼女の事件は、想像だにしないことでも起こり得る、という教訓になった。つまり彼女は三十五歳になったとき、〈サロモン・ブラザーズ〉に勤めている銀行員に出会った。そしていつの間にかふたりは結婚し、彼女は妊娠し、郊外のグリニッチに引越していったのである。

「なにも変わらないわよ」と彼女は言った。「みんなとはいつだって会えるわ。いつでも家に来てちょうだいね、夏にはみんなでバーベキューをしましょうよ」

それでわたしたちみんなはこう言った。そうよね、そうよね。

二年が過ぎた。彼女に子どもが生まれたという噂を聞いた。それからまたひとり生まれた、という噂も聞いた。わたしたちはその子どもの名前も思い出せなかったし、女の子なのか男の子なのかもわからなかった。

「ねえ、ねえ、ジョリーはどうしてる?」とわたしはミランダによく訊いた。ミランダは一時期ジョリーの親友だったからだ。

「さあね」といつもミランダは答えた。「電話をかけてもまともに話せたためしがないのよ。スプリンクラーの修理人が来ているとか、子守《ナニー》が洗濯場でマリファナを吸っていたのを見つけたところだとか、子どもがぎゃあぎゃあ泣いていたりしてね」

「わあ、恐ろしい。恐ろしすぎる」とわたしたちは声をそろえて言い、それですっかり忘れた。

ところがひと月前に、避けられないことが起こった。小さな紫色の花に縁取られた招待状が舞い込んできたのである。それには、ジョリーが自宅で主宰する結婚祝福パーティへ都会の四人の友人を招待したいと書いてあった。土曜の午後一時からとなっている。ミランダによれば、こんな最低の時間にこんな最悪なことをするために、コネティカットまでのこのこ出かけていって貴重な土曜の午後をむだにしたくなんかないわ、ということになる。「ジョリーに電話で泣いて頼まれたのよ」とミランダ。「都会の友だちに来てもらわなければ、退屈すぎる集まりになるからって」

「致命的だわ」とわたしは言った。

しかし結局、四人の友人は出かけていくことにした。三十二歳でケーブルテレビの重役のミランダ、広告会社を経営している三十八歳のサラ、いわゆるジャーナリストの三十四歳のキャリー、そしてやはり三十四歳の銀行員で、このなかで唯一結婚しているベルである。

オールド・グリニッチ、新しい敵

当然のことながら、その当日は今年一番のさわやかな陽気だった。太陽が燦々《さんさん》と輝き、気温は摂氏二十二度。四人がグランド・セントラル駅に集合したとき、口々に不平を言いだしたのは言うまでもない。どうしてこんなにいいお天気にジョリーの家の中にこもらなくちゃならないわけ、と。とは言っても、根っからの都市生活者であるため、たとえいいお天気の日でもよほどのことがないかぎり、家の外に出る者などひとりもいやしないのだ。

電車のなかでさっそく厄介なことが持ちあがった。いつものように、キャリーは明け方の四時まで飲み歩いていたので、二日酔いでふらふらで、今にも吐きそうになっていた。ベルが前の座席の女性と言い合いになった。その女性の子どもが前の座席から顔を突きだしてはベルにあっかんべーをしていたのである。

サラは、ジョリーが断酒会《AA》にいたことをばらした——たった三カ月の間だったが。ということは、今日のパーティにはカクテルは出そうもないということだ。

キャリーとミランダはそれを聞いて、ただちに次の駅で降りてマンハッタンに引き返すべきだと言いだしたが、ベルとサラに引き留められた。しかもサラはキャリーに、あなたも断酒会に入るべきなんじゃないの、と言った。

電車はオールド・グリニッチに着き、四人の女は白と緑のタクシーの後部座席になだれ込んだ。

「わたしたち、どうしてこんなことをしているんだろう」とサラが言った。

「義務だからよ」とキャリー。

「流行の庭いじりの道具がそこいらじゅうに転がっていないことを祈るわ。わたし、庭いじりの道具を目にしたら、きっと悲鳴をあげちゃう」とミランダ。

「わたしはガキを見たらきっと悲鳴をあげる」

「見てよ、この芝生。木々。刈られたばかりの芝生っていい匂いねえ」とキャリーが言った。彼女は不思議なことに、すっかり気分がよくなっていた。他の三人が怪訝《けげん》そうに彼女を見つめた。

タクシーは白いコロニアル調の家の前で停まった。屋根をスレートぶきにしてバルコニーを二階にとりつけたので、この家の資産価値は大幅にはねあがったに違いない。芝生は見事なまでに緑色で、庭に点在している木々は鉢植えのピンク色の花に囲まれている。

「あらあ、かわいいわんちゃん」とキャリーが言うと、ゴールデンレトリヴァーの子犬が、吠えながら芝生を横切ってきた。ところが、その犬は庭の端まできたとたん、まるで透明な綱にでも引っ張られたかのように、急に後ろにひっくり返った。

ミランダはダンヒルに火をつけて言った。「目には見えない電流の柵が張りめぐらされているのよ。どの家にもこういう防衛設備があるの。賭けてもいいわよ、この話は耳にタコができるほど聞かされるから」

しばらくのあいだ四人の女は家の前で立ちつくし、今やなんともなかったように庭の真ん中あたりに座ってしきりに尻尾を振っている子犬を見つめていた。

「ねえ、今からでも遅くないわ、マンハッタンに戻らない?」とサラが尋ねた。

家の中に入ると、六人の女性が居間の椅子に座っていた。足を組み、その上にお茶やコーヒーのカップを上手に乗せている。ご馳走がテーブルの上に並んでいた。キュウリのサンドイッチ、ケサディィヤとサルサ・ソース。その片隅に、まだ栓を開けられていないし手も触れられていない白ワインの瓶が一本置いてあり、そのまわりはすっかり濡れそぼっていた。花嫁となるルーシーは、都会の女たちの登場ですっかり怖じ気づいたような様子だった。

ひとりひとり紹介された。

ブリジッド・チャルマーズという女性は、頭から足の先までエルメスで飾りたて、ブラディ・マリーとおぼしき飲み物に口をつけていた。「ずいぶん遅かったのね。ジョリーは、あなたたちが来ないいんじゃないかと気をもんでたわ」彼女は、女が同性に対してだけ見せる嫌味たらしい口調で言った。

「ええ、電車がなかなか来なくて」とサラがすまなそうに言った。

「ねえちょっと、覚悟はいい？」とミランダはキャリーの耳元で囁いた。これは、ミランダが知っている限りでは、ただいまからブリジッドと戦闘態勢に入るという意味だった。

「それはブラディ・マリー？」とキャリーは訊いた。

ブリジッドともうひとりの女性が目と目を見交わした。「いいえ、純粋なトマトジュース」そう言うと彼女は、一瞬ジョリーのいる方に視線を這わせた。「何年もずっとこうやってきたのよ。そういうパーティなわけ。だから、退屈じゃないかしら。あなた方はもっと大事なことをしに帰った方がいいわね」

「わたしにとって今一番大事なことはウォッカを飲むこと」キャリーはそう言うと、両手で頭をかかえた。「ひどい二日酔いなの。ウォッカを飲まなければ、わたし……」

「ラリー！」ソファに座っていた女性のひとりが、身を屈めるようにして別の部屋をのぞきこんで叫んだ。「ラリー！　外へ行って遊びなさい！」

ミランダはキャリーに身を寄せてこう言った。「あの人、犬に命令してるの？　それともガキに？」

夫婦のセックス

ミランダはブリジッドに向かって「それで、ブリジッド」と言った。「厳密に言えば、あなたは何をしてらっしゃるの？」

ブリジッドは口を大きく開くと、三角形のケサディヤを品よく押し込んだ。「家で仕事をしているわ。コンサルティング会社を経営しているの」

「なるほど」ミランダはそう言って頷いた。「なんのコンサルトかしら」

「コンピュータよ」

「ブリジッドは地元のビル・ゲイツといった存在なのよ」とマルガリータという名の女性が口を挟んだ。ワイン・ゴブレットでエヴィアンを飲んでいる。「コンピュータがおかしくなったときブリジッドに電話をすると、すぐに直してくれるの」

「コンピュータを持っていれば、それは大事なことよね」とベルが言った。「コンピュータってほんとにあてにならないんですもの。とりわけ毎日使っていないとね」そこで笑みを浮かべて、「ところであなたはいかが、マルガリータ。お子さんはいらっしゃるの？」

マルガリータはちょっと顔を赤らめて、目をそらした。「ひとりいるわ」そして少し思い悩むような口調で続けた。「かわいい天使のような子ども。あら、もちろん、もうすっかり大きくなってしまったけれど。八歳の息子は今少年期にさしかかっているの。でも、もうひとり欲しくてがんばっているんだけれど」

「マルガリータは人工授精に挑戦しているのよ」とジョリーが言った。それから部屋の中にいる人たちに向かって、こう付け加えた。「さっさとふたり産んでおいてよかったわ」

間の悪いことに、キャリーはわざわざそのときを選んで、氷をふたつ浮かべた大きなグラスに入ったウォッカをすすりながら台所から現れた。「子どもって言えばね」と彼女は言った。「ベルの夫は子どもがほしいんだけれど、ベルはほしくないんだそうよ。それでこの人ったら、薬屋へ行って、排卵期を調べる検査薬を買ったわけ。そうしたらカウンターにいた店員が『うまくいくといいですね』と言ったんですって。そうしたらこの人、『違うのよ、そうじゃないの。これを使えばいつセックスをしてはいけないかがわかるでしょう』ですって。笑っちゃうでしょう？」

「できれば夏のあいだには妊娠したくないのよ」とベル。「お腹の膨らんだ水着姿なんて見られたもんじゃないもの」

ブリジッドが話題を元に戻した。「それで、ミランダ。あなたは何をしているの？　たしか、ニューヨークにお住まいよね」

「ええ。実はケーブルテレビ局の専務取締役なの」

「まあ、わたし、ケーブルテレビは大好きよ」とリタという名の、どっしりとした三連の金のネックレスを首に巻いた女性が、十二カラットのサファイアの婚約指輪とサファイアがちりばめられた結婚指輪を見せびらかして言った。

「そうなのよ」とベルはにっこりと微笑みながら言った。「ミランダはわたしたちのボブ・ピットマンてところね。ピットマンはMTVの設立者よ。ご存じでしょうけど」

「もちろんよ」とリタ。「わたしの夫はCBSにいるの。あなたに会ったことを彼に話さなくちゃ。きっとあの人──本当はね、わたし、あの人のアシスタントだったのよ！　わたしたちがつきあっていることがみんなに知られるまではね。だって、その当時は彼、結婚していたから」リタとその他のコネティカットのご婦人たちは顔を見交わした。

キャリーがリタの隣に腰を下ろすと、手にしたウォッカを誤ってリタの服にこぼしてしまった。

「あらら、ごめんなさい」とキャリー。「わたし、今日は本当にそそっかしいわ。ナプキン、いる？」

「だいじょうぶよ」とリタが言った。

「すごくかっこいいわ」とキャリーが言った。「妻子持ちを奪っちゃうなんて。わたしには絶対に真似できないことだもの。わたしならきっと、相手の奥さんと仲良くなっておしまいだわね」

「だからカルチャー・センターの〈ラーニング・アネックス〉に講座があるんじゃないの」と冷やかな口調でサラが言った。

「まあね。でも、負け犬たちと一緒にあんな講座を受けるなんてごめんだわ」とキャリー。

「〈ラーニング・アネックス〉の講座を受けた人は何人も知っているけれど、みんないい人たちよ」とブリジッドは言った。

「わたしたちのお気に入りの講座はなんだったかしら」とリタが言った。「そうそうSM講座だわ。女王様になる方法」

「たしかに、夫を眠らせないでおくには鞭を使うしかないものね」とブリジッド。「夫婦のセックスにはそれが必要よ」

ルーシーが大胆に声を上げて笑った。

郊外の驚異――ビデ

キャリーが立ちあがってあくびをした。「トイレはどこかしら?」

だが、キャリーはトイレには行かなかった。しかも、見かけほど酔っ払っていたわけでもない。彼女は東洋の長い絨毯で覆われた階段を忍び足で上がっていった。階段を上がりながら、もしも自分がジョリーだったら、これがどんな種類の東洋の絨毯かよく知っているのだろうと考えていた。というのも、金持ちの銀行員と結婚し、郊外に家を買うような女であれば、いかにも考えつきそうな代物だったからだ。

キャリーはジョリーの寝室に入っていった。床は真っ白なふかふかの絨毯に覆われ、銀の額に入った写真がいたるところに置いてあった。専門家の手で撮られたような水着姿のジョリーの写真が何枚かあった。金髪の長い髪が肩で揺れている。

キャリーはそれらの写真を長いあいだ、穴が開くほど眺めていた。彼女に惚れてこんなに大きな家を買ってくれる男をどうやって見つけたのだろう。ジョリーはいったいどんな女性だったのかしら。何が起きたというのだろう。キャリーは三十四歳で、こんな暮らしを手に入れられるような兆しはまったくない。だからこれは二度とないいいチャンスだ。

それに、これこそキャリーが子どもの頃から憧れてきた生活であり、大人になれば叶うものだと信じていた生活だった。しかし、キャリーが望んだ男はそれを求めなかった。いや、彼女を求めなかった。そして彼女とのこういう生活を望んだのは退屈な男ばかりだった。キャリーはバスルームに入っていった。床から天井まで黒い大理石でできていた。ビデがあった。郊外に住む夫たちは、ビデで洗いたての妻でなければ事に及ぼうとはしないのかもしれない、都市に住む男とは違って。そのときキャリーは悲鳴をあげそうになった。

ジョリーが写っているカラー写真があった。デミ・ムーアのような格好で、薄いネグリジェだけを身につけた裸のジョリー。ネグリジェの前がはだけていて、たっぷりした乳房とせりだした大きな腹が見えている。ジョリーは自信たっぷりにカメラを見返している。その手はおへその上に置かれていて、そのおへそは小さな茎のようにまっすぐ上に突きだしていた。

キャリーはそこを飛びだすと息もつかずに階段を降りていった。

「プレゼントを開けているところよ」とブリジッドが蔑んだ口調で言った。

キャリーがミランダの隣に腰をおろすと、「どうかしたの？」とミランダが訊いた。

「写真よ。上の主寝室のバスルームにある。見てきて」とキャリーは言った。

「ちょっと失礼」ミランダはそう言って居間から出ていった。

「ふたりで何をしているの？」とジョリーが言った。

「べつに何も」とキャリーは答えて、花嫁になる女性を見た。黒いレースの縁取りのある、股の部分が開いている赤いシルクのパンティをつまみあげている。みんなは笑いさざめいた。これが結婚祝福パーティですることなのである。

びっくり仰天

「あの写真、信じられる？」とミランダは訊いた。マンハッタンに帰る電車の動きに、四人は優しく身をゆだねていた。

「もしも妊娠したらね、わたしは九カ月間家に閉じこもっている。誰とも会いたくない」とベルが言った。

「わたしもあの人たちの仲間になれたのよね」とサラが窓の外を眺めながらしみじみと言った。「あの人たちには大きな家と車があり、子守《ナニー》がいる。暮らしやすそうだわ。羨ましいわ」

「あの人たち、一日中何をしているわけ？　わたしが知りたいのはそのことよ」とミランダ。

「セックスもしていないしね」とキャリーは言った。彼女は新しい恋人のミスター・ビッグのことを考えていた。今はうまくいっているけれど、一年後、二年後――そもそもそんなに長く続くだろうか――にはどうなっているだろう。

「ブリジッドのことでわたしが耳にした話、あなたたちは信じられないだろうな」とベルが言いだした。「あんたたちふたりが上に行っているとき、ジョリーがわたしを台所まで引っ張っていって、『ブリジッドに優しくしてあげて』って言うのよ。『あの人、夫のタッドが浮気しているのを知ったばかりなの』ですって」

その相手というのがブリジッドの隣家のスーザンという女性で、スーザンとタッドはマンハッタンに通勤している。去年一年間、ふたりは駅まで毎日一緒に車に乗っていき、同じ電車で通勤していた。ブリジッドがふたりの関係に気づいたのは、ある晩の十時頃のことだった。ふたりは行き止まりになっている通りの道ばたに車を停めて、夢中で事に及んでいたそうだ。そのときブリジッドは犬の散歩に出ていたのだ。

ブリジッドは車のドアを引き開けて、夫のむき出しになったお尻をとんとんと叩いた。「ウォートンが風邪をひいていて、パパにおやすみなさいって言いたいそうよ」彼女はそれだけ言うと、家の中に入っていった。

その翌週、ブリジッドはこの問題には一切触れずに押し通したが、夫のタッドはますます動転し、オフィスから一日十回も電話をかけてよこしたときもあったそうだ。さらに、夫がその話を持ちだそうとするたびに、彼女はふたりの子どものことに話題をすり替えた。とうとうある土曜の晩、タッドがすっかり酔っ払ってテラスでマルガリータを作っているときに、彼女はこう言った。「わたし、また妊娠したわ。三カ月よ。だから今回はもう、流産の心配はないわよ。どう、あなた？　幸せ？」そしてマルガリータのピッチャーを取りあげると、夫の頭の上からぶちまけた。

「彼女らしいわ」とキャリーは言って、マッチブックのやすりの部分で指の爪を掃除した。

「わたしは夫を信頼できて幸せ」とベルが言った。

「わたしはびっくり仰天してる」とミランダが言った。四人は、電車が橋を渡るときに、ほの暗い茶色い姿を現した大都会の姿を見つめていた。「飲みたいわね。誰かつきあってくれる？」

〈イシ〉でカクテルを三杯飲んでから、キャリーはミスター・ビッグに電話をかけた。

「おう、おう、どうだった？」と彼は言った。

「すさまじかったわ」と彼女はくすくす笑った。「わたしがああいったことが大嫌いなのは知っているでしょう。あの人たちの話題といえば、赤ん坊のことと私立学校のこと、仲間の誰々さんがカントリー・クラブから除名処分にされただの、子守《ナニー》がメルセデスの新車をぶつけてしまっただの」

電話の向こうでミスター・ビッグが葉巻を口から離す音が聞こえてきた。そして「心配しなさんなって。そのうち気にもしなくなるさ」と言った。

「さあ、それはどうかしらね」とキャリーは言った。

彼女は振り返って自分たちのテーブルを見た。ミランダは別のテーブルにいたふたりの男を強引にこちらのテーブルに引きいれ、そのひとりとサラはすっかり盛りあがっている。

「避難するわ――〈バワリー・バー〉に」そうキャリーは言って、受話器をおいた。

11 妻の園から、トップレスの夜の楽しみに逃げて

郊外で暮らす子持ちの既婚友人の家を訪問してきた都会の女たちを、災いが待ちかまえていた。

キャリーとミランダとベルとサラがグリニッチでの結婚祝福パーティから戻ってきたその翌朝、電話のベルが何度も鳴った。

サラは朝の四時にローラーブレードをしていて踝《くるぶし》を骨折したという。ミランダはあるパーティでクローゼットの中で、コンドームを使わずに男とセックスをしてしまったそうだ。キャリーはあまりにも恥ずかしいことをしてしまったので、もうこれでミスター・ビッグとの短いおつきあいもおしまいだと確信したそうだ。そして、ベルの姿がかき消えたのである。

太いやつ

ミランダはそのパーティで我を忘れるつもりはなかった。ミランダ自身が言うところの「グレン・クローズ（『危険な情事』の主演女優）の真似」にのめりこむつもりはなかったのだ。

「まっすぐに家に帰ってゆっくりと睡眠をとり、目が覚めたら日曜出勤をするつもりでいたのよ」日曜日に仕事ができる。それは、結婚しておらず、子どももおらず、独りでいる身の

すばらしさだった。

しかし、サラがそのパーティに行こうと、しきりにミランダを誘った。「顔つなぎができるかもしれないわよ」と言ったのだ。広告会社を経営しているサラは、絶えずこの手の〝顔つなぎ〟に気を配っている。もっとも〝顔つなぎ〟は〝デート〟とも受け取れる言葉なのだが。そのパーティは東六十四丁目にある、金持ちの老人のタウンハウスで開かれていた。来ていた女たちはそろいもそろって三十代で、黒いドレスを身につけ、金色の髪の毛をしていた。この手の女性は、金持ち老人の家で開かれるパーティにいつも出席し、しかも必ず女友だちを連れてくる。その結果、目を皿のようにして男を探してはいるもののそんな素振りをまったく見せない女たちが、そこここで小隊を組んでいるのが目につくのだ。

サラは人だかりのなかに姿を消してしまった。それでミランダはあてもなくバーの近くに立ちつくしていた。ミランダはウェーヴのかかった黒髪で、身につけているものはニットのズボンとブラウスだったので、とても人目を惹いた。

娘がふたり、近くを通りかかったとき、ミランダは（いささか被害妄想に陥っていたのかもしれないが）片方の娘が確かにこう言ったのを耳にした。「ほらほら、あれがミランダ・ホッブスよ。とんでもない雌犬」

それでミランダは大声で「そのとおり。わたしは本物の雌犬よ、ハニー。でも、わたしが

あんたじゃないことを神に感謝するわ」と言ったが、誰の耳にも届かなかった。それで彼女は、郊外で過ごした長い午後の最後のシーンを思い出した。低脂肪のクリームチーズが振りかけられた低脂肪のキャロット・ケーキが、小さな銀のフォークと一緒に出されたが、そのフォークの尖った部分は皮膚を貫きそうなほど鋭かった。

ひとりの男が彼女に近づいてきた。とても高価なテーラードのスーツを着ている。はっきり言えば、彼はたかだか三十五歳なので正確には男とは言えない。しかし彼はしかけてきた。ミランダはダブルのウォッカ・トニックをバーテンダーに注文しているところだった。そこへ男がやってきて「喉がからからなのかい？」と訊いた。

「いいえ。本当に口に入れたいのはステーキよ。わかる？」

「それじゃあ、ぼくがおごってあげよう」そう言った男の言葉にはフランス風の訛《なま》りがあった。

「そのうちね」そう言ってミランダはそこから離れようとした。彼女はこのパーティで男漁《あさ》りはしたくなかった。この場にそぐわないような感じがしていたし、疲れてもいた。といって、家にも帰りたくはなかった。独りでいるのに疲れていたし、多少酔っぱらってもいたからだ。

「ぼくはガイ」と男は言った。「七十九丁目で画廊を経営している」

ミランダはため息をついて言った。「そうでしょうとも」

「聞いたことはあるだろう」

「ねえ、ガイ……」と彼女。

「なんだい？」彼は熱心に言った。

「あんたのペニス、お尻の穴まで届く？」

ガイはずるそうに笑った。そして彼女にさらに近づいた。手を彼女の肩にかけた。「ああ、もちろん」

「だったら、自分をファックしたほうがいいわよ」

「これはいい！」とガイが言ったので、ミランダは、この男は本当にばかなのか、それともフランス人だからばかに見えるのか、どっちなのだろうと思った。男は彼女の手を摑むと、強引に彼女を引っ張って階段をのぼっていった。ミランダが男を振り払わなかったのは、侮蔑されても冷静さを失わないような男に悪人はいないと思ったからだった。ふたりはとうとう金持ち老人の寝室まで来た。ベッドは赤いシルクのカヴァーで覆われていた。そこでこのガイという名の男はコカインを吸った。それから、ともかくふたりはキスをした。人々がその寝室を出たり入ったりしていた。

どういうわけか、ふたりはウォークイン・クローゼットの中に入った。松の木の羽目板、上着とズボンのかかったラック、カシミアのセーターと靴の入った棚があり、ミランダはラベルを調べてみた。サヴィル・ロウだ。つまらない。振り返ると、ガイが目の前に立っていた。それからは暗中模索状態。ニットのレギンスが下ろされた。太いやつが飛びだしてきた。

「大きかった？」とキャリーは電話で訊いた。

「大きい。しかもフランス製」ミランダは言った（暗闇でどうしてわかったのだろう）。そして、事が終わると、男が「そうそう、ぼくの恋人には内緒にしておこう」と言った。それから男は最後に、舌を彼女の口の中に突き入れた。

後はべらべらとまくしたてた。恋人とは二年間同棲していて、婚約しているようなものなんだが、自分としては本当に結婚したいのかどうかまったくわからない。それでも彼女とは一緒に暮らしているんだ、どうしたらいいのだろう。

それからは、『危険な情事』とは違って、兎を茹《ゆ》でて仕返しなんかできないグレン・クローズの様相を呈した。

その翌日、ガイはミランダの電話番号をつきとめて、もう一度会いたいと電話をかけてよこした。「わたしたちにはこんな選択肢しかないのよ」とミランダは言った。

ニューバートの気がかり

正午になって、キャリーのところにベルの夫のニューバートから、ベルを見かけなかったかという電話がかかってきた。

「ベルが死んでいれば、わたしが知らないはずないけれど」とキャリーは言った。

ローラーブレードの純情

さて、ミランダの話では、サラは朝の四時に地下室でローラーブレードをしていたという。酔っ払って。三十八歳の女が。しかも大人の女が無理をして純情娘の役割に徹したせいで。みっともないにもほどがあると？　わたしはそうは思わない。

しかし、サラは何をするつもりだったのだろう。彼女は三十八歳で未婚。誰かと一緒にいたいと思うのは当然のことだ。しかし、ご承知のように、男というものは若い女に惹かれる。結婚祝福パーティに来ていた女たちも、今はサラよりもずっと年上だが、結婚したときは今のサラよりずっと若かった。サラにとってもはや選択の余地などないのかもしれない。それで、彼女は二十五歳の若者と一緒に地下室でローラーブレードをしたのである。セックスをする代わりに。若者の方はセックスをするつもりだった。でも彼女は、自分の肉体がしなびていると若者に思われるのが怖かったのだ。

キャリーがその午後に電話をかけると、「あらー、こんにちはー」とサラは言った。サラは、二番街の西に建っている高層ビルのなかにある、狭いが素晴らしいワンルームのアパートメントのソファに横になっている。「ええ、とーっても元気なのよー。信じられる？」サラは異常なくらい威勢がいい。「ちょっと踝《くるぶし》を折っただけ。救急治療室の医者は素敵だったし、ルークはずっとそばにいてくれた」

「ルーク？」

「ルーカスっていうの、本当はね。とってもかわいい子。わたしの年下のお友だち」そしてくすくすと笑う。不気味な声で。

「どこでローラーブレードなんて手に入れたのよ」

「彼がそれでやってきたの。パーティにね。かわいいでしょ?」

ギプスは一カ月半でとれる。その間は、足をひきずりながら、できるかぎり支障なく広告会社を運営していくことになる。サラは高度障害保険に入っていない。ビジネスは細々となからも続けられるだろう。

彼女の生き方は、結婚して郊外で暮らすよりもましなのか、ひどいのか。ましなのか、ひどいのか。

そんなことは誰にも決められない。

〈カーライル・ホテル〉のベル

ベルが〈カーライル・ホテル〉から電話をかけてよこす。〈フレドリック〉で会った、マイアミ・ドルフィンズのワイド・レシーヴァーの選手の話をし、夫のニューバートのことを話し、スパゲッティ・ソースのことを話す。「それはそれはおいしいスパゲッティ・ソースを作れるのよ、わたし。いい奥さんなんだから」と彼女は言い、キャリーはそのとおりだと言う。

ところで、ベルは結婚祝福パーティから帰ってから、ニューバートと喧嘩をした。ベルは家を飛びだして、ナイトクラブの〈フレドリック〉に行った。くだんのワイド・レシーヴァーはその店にいた。彼はベルに、夫はベルのことを大して愛してはいないのだと熱心に説いた。「愛しているのよ。あなたにはわからない」とベルは言った。「ぼくだったらもっと深く愛せるのに」と彼は言った。彼女は大笑いして、ふたたびそこから逃げだし、〈カーライル・ホテル〉のスイート・ルームをとったのだ。「今ちょうどカクテルをもってきてもらったところ」と彼女は言う。

ニューバートが動揺しているのは、小説を出版社に送ったばかりだからかもしれない、とベルは言う。ニューバートが動揺しているのは、わたしが子どもをほしがらないせいかもしれない、とも言う。彼の小説がものになるまで子どもはいらないそうだ。彼女が妊娠するときには、なにもかもがすっきりしているだろう。だから、今は楽しんだほうがいい。

すべての道は〈ベビー・ドール〉に通ず

結婚祝福パーティのあと、そして新しい恋人ミスター・ビッグと電話で話をしたあと、キャリーは〈バワリー・バー〉に出かけていった。四十代の映画製作者のサマンサ・ジョーンズがいた。キャリーの親友だ。いつもではないが。

二十五歳の将来性のあるアーティストでありモデルの追っかけをしているバークレイが、サマンサのテーブルに入り込んでいた。

「ときどきぼくのロフトに寄ってくれたら、こんなに嬉しいことはないんだけれど」と、目の上の金髪をかきあげながらバークレイが言った。

サマンサはキューバ産の葉巻をふかしていた。彼女は葉巻をひと吸いしてから、バークレイの顔に濃い煙を吹きかけた。「それはそうでしょうけどね。わたしがあなたの絵を気に入るってどうしてわかるわけ？」

「ぼくの絵を好きになってもらわなくてもいいんです。ぼくを好きになってもらえれば」とバークレイ。

サマンサは意地悪そうに笑った。「三十五歳以下の男はごめんなのよ。経験が乏しすぎて、わたしの趣味には合わないから」

「つきあってみなければわからないでしょう」とバークレイ。「それも嫌なら、せめて飲み物でもおごってくださいよ」

「もう出かけるの。新しい店を探さなくちゃいけないから」

キャリーとサマンサはその店を見つけた。〈ベビー・ドール・ラウンジ〉だ。トライベッカの歓楽街にあった。バークレイをどうしても振り払えなかったので、ふたりは仕方がなく彼も引き連れてきた。もっとも、トップレス・バーには女だけで行くよりも、男がついていた方がよかった。それに、バークレイはマリファナを持っていた。三人はタクシーのなかでマリファナを吸った。そして、〈ベビー・ドール・ラウンジ〉の前で車を降りたとき、サマンサはキャリーの腕を摑んで（サマンサが人の腕をとることなどめったにないのだが）こう言った。「わたし、ミスター・ビッグのことを知りたくてたまらないの。あなたにふさわしい男だとはどうしても思えないわ」

キャリーは、この発言に対して言い返したほうがいいものかどうかと考えた。というのも、ふたりの間ではこういったことがしょっちゅうあるからだ。キャリーが男とうまくいっていると、サマンサがやってきて必ずこうした疑問を投げかける。まるで、ぴったり重なりあった板の間にぐいぐい金梃子《かなてこ》を差し入れるように。「さあ。でもわたしは彼に夢中みたい」とキャリーは言った。

サマンサは「でも、本当に彼にはあなたの素晴らしさがわかってるの？　あなたがいかに素敵な女かということが？」

キャリーはこう考えた。「いつかサマンサと一緒に同じ男と寝ることがあるかもしれないけれど、今日はありえないな」

女性のバーテンダーがやってきてこう言った。「女性のお客さまに来ていただけて嬉しいわ」そして無料《ただ》のお酒を注いでくれた。この酒というのが、いつでもくせものなのだ。そのときバークレイが相談をもちかけてきた。どうしても映画監督になりたいということ、そしてアーティストは誰しもそれを望んでいるということなどをくどくど喋った。だったら退屈なアーティストなんかやめてしまって、今すぐにでも監督業につけばいいではないか。

ふたりの女がステージで踊っている。本物の女性のように見えるが、あまりスタイルがよくない。胸はぺちゃんこだし、お尻が大きすぎる。今や、バークレイはがなり立てていた。

「しかし、デイヴィッド・サル監督よりぼくの方がましだ！　ぼくはとんでもない天才なんだ！」

「あらそう。誰がそう言ってる？」とサマンサが怒鳴り返した。

「わたしたちはみんなとんでもない天才なのよ」とキャリーは言ってからトイレに立った。

トイレに行くには、ふたつのステージの間にある狭い通路を通って、階段を降りなければならなかった。トイレの灰色の木のドアは、ちゃんと閉まらなかった。しかもなかのタイルは割れていた。彼女はグリニッチのことを考えた。結婚のこと、子どものことを考えた。

「まだ早いわ」とキャリーは思った。

彼女は階段をのぼり、服を脱いでステージに上がると、そこで踊りだした。サマンサはそれを見て大笑いした。しかしバーテンダーがやってきて、舞台から降りるようキャリーに慇《いん》懃《ぎん》に言ったころには、もうサマンサも笑ってはいなかった。

その翌朝八時に、ミスター・ビッグから電話があった。ゴルフに行くつもりだという。緊張したような口調だった。「何時に家に帰ってきたんだ？」とキャリーに訊いた。「何をしていた？」

「べつにたいしたことなかったわ。〈バワリー・バー〉に行って、それから別のところに出かけていったのよ。〈ベビー・ドール・ラウンジ〉に」

「ほお。そこでなにか面白いことがあったかね」

「飲み過ぎちゃった」とキャリーは笑った。

「他に話すことはないか」

「ええ。全然ない」とキャリーは、いつもミスター・ビッグをなだめるときに使っている、幼い女の子の声で言った。「あなたはどうだったの？」

「今朝電話がかかってきた。そいつが言うには、〈ベビー・ドール・ラウンジ〉でトップレスになって踊っていたあんたを見たそうだ」

「まあ、本当？　どうしてわたしだとわかったのかしら」

「わかったんだよ」

「怒ってる？」

「どうしておれに話さなかった？」と彼が訊いた。

「怒ってる？」

「話さなかったことに怒っているんだ。正直になれなければ、とてもつきあっていけないだろうが？」

「でもあなたを信頼できるかどうかわからない」

「おれを信じるんだよ。あんたが信頼できる唯一の男だぜ」

そして彼は電話を切った。

キャリーはジャマイカで撮った写真を出してくると（写真のなかのふたりは、お互いに知り合ったばかりでとても幸せそうにみえる）、葉巻を吸っているミスター・ビッグの姿を切り取った。彼と寝たときの様子や、彼の背中に巻き付くようにして眠ったときのことを考えた。

写真を全部取り出して工作用紙に貼り付けて、「葉巻を吸うミスター・ビッグの肖像」と上の方にタイトルを書き、下の方には「あなたがいないと寂しい」と書き、たくさんのキスをしてみたかった。

彼女は長い間、それらの写真を見つめていた。しかし、結局なにもしなかった。

[12] スキッパーとミスター・マーヴェラスの淫らな欲情

たいていの人は日に焼けると見栄えがする、というのに議論の余地はないだろう。もしかしたらこれは、ニューヨーカーでさえ、セックスへの欲求が社会的な野心より勝っているという証《あかし》かもしれない。いずれにせよ、ヴァージニア州のハンプトンは、お手軽な性的な出会い（たいていの人が翌朝起きたら思い出しもしないくらいの、うろたえるほど短い関係）の舞台として一役買っている場所である。

それは、肌の露出度（メディア・ビーチのトップレスの女性たち）と地理的条件（サウサンプトンからイースト・ハンプトンまでは車を飛ばしてもいやになるほどの時間がかかる。とりわけ午前四時にはなおのこと遠く感じられる）と地形的条件（カップルが隠れやすい小高い生け垣や茂みがたくさんある）と関係がある。

しかし、こうした条件を有利に使いこなす方法を知るには、あなたが男であればなおのこと、かなりの熟練が要求される。それに、若さが必ずしも強みにならない。まずあなたはそのコツを知り、しかるのちに上品にそれを使う術《すべ》を学ばなければならない。さもなければ、それなりの結末を迎えたとしても、それはきっとあなたの期待通りのものではないだろう。

さて、七月四日の独立記念日の週に、期待に胸躍らせてハンプトンにやってきた三人の独身男の教訓話に入ることにしよう。

だがその前に、三人の競争者を紹介しよう。

独身男その一は、スキッパー・ジョンソン。二十五歳。プレッピー。エンターテインメント業界専門の弁護士。天才少年。いつの日か大きな映画スタジオをニューヨークで経営するという壮大な夢を抱いている。ビーチでの小道具は、小型のメルセデスとブルックス・ブラザーズの服（「ブルックス・ブラザーズがぴったりの体格をしているのさ」とのこと）、それに携帯電話（ひっきりなしに使っている）。ある友人が不満げに言うには、最近、スキッパーはビーチの駐車場で、二時間も携帯電話で女の子と話をしていたそうだ。「ビーチに行くのは時間の無駄だよ。それにぼくは砂だらけになるのはいやなんだ」とスキッパー。近頃、ナンパ成功率が下がっているのを気にしているのだろうか。周囲の者に「女の子たちはぼくをゲイだと思っているのかな」と熱心に訊いてまわっている。

独身男その二は、ミスター・マーヴェラス。六十五歳（本人は六十歳だと言っている）。角張った顎。銀色の髪。明るく青い目。運動好き――身体のどの部分も必要に応じてちゃんと機能する。五回の結婚（そして離婚）経験あり。子どもが十二人――二人目と三人目と四人目の妻とは、今でもいい友だち。友だちにもその秘訣はわからない。ビーチでの小道具は、なし。しかし、パーク・アヴェニューにペントハウスのアパートメント、ベッドフォードに豪邸、パーム・ビーチにアパートメントを所有しているという話を必ずする。週末はイースト・ハンプトンのファーザー通りで友人たちと一緒に過ごす。ここに家を買うことを考慮中。

独身男その三は、スタンフォード・ブラッチ。三十七歳。脚本家。第二のジョー・エスターハス（有名な脚本家）。ゲイだが、異性愛者の男を好む。カールした長髪の黒髪。その髪を切るのも結んでまとめるのも嫌っている。いつかは結婚して子どもを持つかもしれない。サウサンプトンのホールシーネック通りの祖母の家に滞在中。祖母はパーム・ビーチで暮らしている。ビーチでの小道具は、運転をしないということ。つまり、一家のお抱え運転手が週末にやってきては、彼をいろいろなところに連れていく。最高の小道具は、知り合う価値ある人々とすでに子どものころから知り合いだということ。だから、わざわざそれを証明する必要がない。

スキッパーの冷たいシャワー

金曜の晩。スキッパー・ジョンソンはサウサンプトンまで車を飛ばした。そこの〈バジリコ〉で友だちと会うよう、段取りを決めていた。その友だちというのが、ラルフ・ローレンに勤める二十代後半の四人の女性たちで、その女たちは裸眼ではみんな同じに見えて区別がつかない。スキッパーは、彼女たちの毒のないかわいらしさが気に入っている。少人数であるのも気詰まりでなくていい。つまり、その夜を過ごすために、そのうちのひとりを楽しませるという重荷を背負わなくてもすむからだ。

みんなでバーに行ってパイン・ハンプトンを飲む。スキッパーが勘定を払う。十一時にみんなで〈M‐80〉に繰りだす。店の外は人だかりがしているが、スキッパーはドアマンと顔見知りだ。全員、プラスチックのカップでカクテルを飲む。スキッパーはたまたまそこで、友人にばったり会う。モデルたらしのジョージとチャーリーだ。「この週末には十二人のモデルたちと一緒なんだ」とジョージはスキッパーに自慢げに言う。ジョージは、スキッパーがなんとしても一緒に来たがっているのを知っているので、あえてスキッパーを招待しようとはしない。ふたりのモデルがカクテルをかけあって笑っている。

午前二時、女の子のひとりがマリファナを吸って気分が悪くなる。スキッパーは四人を家に送っていく。彼女たちの家はサウサンプトンの高級地に入る手前に建っている。冷蔵庫にはビール以外何も入っていない。スキッパーは寝室に行って、女の子のひとりとベッドに腰を掛けてビールを飲む。彼は横になって目を閉じ、女の子の腰に腕をまわす。「酔っ払っちゃったから家に帰れないな」と甘えた声で言う。

「わたしは眠りたいの」と女の子が言う。

「おいおい、ここにいてもいいだろう。ただ眠るだけなんだからさ。なんにもしないから」とスキッパーが言う。

「じゃあいいわ。でもベッド・カヴァーの上で、服を着たまま寝てちょうだい」

スキッパーは言われたとおりにする。彼は眠りにつき、いびきをかき始める。夜中に、女の子に蹴飛ばされて、長椅子に移る羽目になる。

土曜の朝。スキッパーはイーストハンプトンにある自分の家に戻る途中、ブリッジハンプトンのキャリーとミスター・ビッグのいる家に立ち寄ることにする。ミスター・ビッグは上半身裸で、庭で葉巻をふかしながら、プールのまわりの植木に水をやっている。「休暇中だ」とミスター・ビッグは言う。

「何をしているんです？　庭師がいないんですか」スキッパーが訊く。キャリーは煙草を吸いながらニューヨーク・ポスト紙を読んでいる。「その人が庭師なの。洗車もするのよ」

スキッパーはトランクスだけの姿になって、漫画の登場人物のように、プールサイドで膝を曲げてから正確な角度でプールに飛び込む。彼が水面から顔を出して息を吸うと、ミスター・ビッグが「あんたが女とセックスできないわけがようやくわかったね」と言う。

「どうすればいいんでしょうか」とスキッパーが訊く。

「葉巻を吸うんだな」

ミスター・ブラッチの恋

土曜日。ホールシーネック通り。スタンフォード・ブラッチはプールのそばに座って、電話で話をしながら、弟の恋人（彼はこの女が大嫌いだ）が彼のニューヨーク・オブザーヴァー紙を読んでいるのを眺めている。スタンフォードは、この女が消えてくれないものかと思いながら、とりわけ大きな声で話している。「だけど、きみには来てもらわないと」彼は電話に向かって言った。「おかしいよ。何か予定でもあるのかい。この週末ずっと街にとじこもって仕事をしているのか？　すぐに水上飛行機に乗れよ。払いはおれがもつよ。しかし、だったら、原稿を持って来ればいいじゃないか。たしかにきみはエージェントさ。働きすぎだよ。もちろん、部屋はたくさんある。おれは二階を全部使っているから」

スタンフォードは電話を切る。そして弟の恋人のところまで歩いていき、「ロバート・モリスキンを知ってる？」と訊く。その女は虚《うつ》けたように見上げたので、スタンフォードは「知らないとは思わなかったな。彼は一番有能なリテラリー・エージェントだよ。尊敬に値する男だ」と言う。

「物書きなの？」と女が訊く。

スキッパーの失敗

土曜の夜。スキッパーは友人のラパポート家のバーベキュー・パーティに出かける。いつ離婚してもおかしくない若い夫婦だ。スキッパーはまたもや酔っ払って、シンディという女の子相手に「ビールを飲んでベッドで横になろう」と口説いている。うまく行きそうになったのだが、彼が「ジム・キャリーは天才だと思うな」と口にしたとたんにだめになる。

「わたし、恋人がいるの」とシンディに言われる。

日曜日。ミスター・マーヴェラスは友人に電話をかけて、ベッドフォードにいるのがうんざりしたので、これからフェラーリに乗って出かけようと伝える。

スタンフォード・ブラッチは、ペイズリー柄のアルマーニのカバナ・スーツ（半袖の上着にぴっちりしたトランクス）を着て、プール・サイドに腰を下ろしている。もう一度ロバート・モリスキンに電話をしているところだ。「どうして今夜こっちに来られないんだよ。すごいパーティがあるんだぜ。ここではもう豪華なパーティなんてそうめったにないんだ。デートの約束があるのか？　よかったらその相手も連れて来いよ。かまわないさ」

とんでもないことが起きる

日曜の夜。テッド・フィールズの家で開かれるクールト・フェルスキーの出版記念パーティ。スキッパーは招待されていなかったので、かんかんになった。それでも、顔見知りのスタンフォード・ブラッチの運転手役をかって出て、ブラッチと一緒にそのパーティに行く手はずを整えた。スタンフォードは、よく知らない人からも声をかけられ、あらゆるパーティに招待されるのだ。

屋外のパーティ。スキッパーはマーガレットという若い娘が、やけにこちらの関心を惹こうとしているのに気づいた。マーガレットは背が低く、黒い髪に大きな胸をしたかわいらしい女性だが、いかんせん、彼の好みではない。広告関係の仕事をしている。スキッパーとマーガレットはトイレに行くことにする。トイレに行くには、生垣の向こうの、ランプの灯りのついた、くねくねと曲がった小道を歩いていかなければならない。ふたりは生垣の方へと進んでいく。そしてキスをし始める。次にとんでもないことが起きる。

「わたし、本当にこれをしたくてしかたがないの」とマーガレットは言うと、跪《ひざまず》いて彼のズボンのチャックを下ろす。スキッパーはびっくり仰天する。事が終わるまで二分とかからない。

「家まで車で送っていってくれるでしょう?」とマーガレットが言って、彼を軽く突つく。

「それはできないな」と彼。「スタンフォードを家まで送り届けることになっているんだ。きみの家は正反対の方角だろう」

ああ、ミスター・マーヴェラス

ファーザー通り。ミスター・マーヴェラスがベッドフォードからちょうどディナーに間に合うようにやってくる。招待主のチャーリーは、離婚して五年になる。彼は三十代から四十代前半の男女を数人招待している。ミスター・マーヴェラスはサブリナという女性の横に座った。サブリナは三十二歳で、ダナ・キャランの黒のタンクトップから胸がこぼれんばかりになっている。ミスター・マーヴェラスは彼女に飲み物を注ぎ、彼女が元夫の話をするのを思いやりをもって聞いている。十一時になるとサブリナは、アマガンセットにある〈スティーヴンズ・トーク・ハウス〉に行って、友だちと会うことになっていると言う。ミスター・

マーヴェラスは、彼女が少し酔っ払っているようなので、彼女の車を運転していってあげようと言う。結局ふたりがサブリナの家に着いたのは午前三時だった。

彼が家の中に入っていくと、サブリナの友だちが「変な事を考えているのなら、そんな考えはただちに忘れることね」と言う。そしてソファに横になり、明かりを消す。

朝の五時頃、ミスター・マーヴェラスは閉所恐怖症になりそうになる。サブリナの家は狭い。寝室のドアの向こうのソファで寝ている彼女の友人のいびきが聞こえてくる。「気が狂いそうだ」と彼は思う。

月曜日。ミスター・マーヴェラスは、一時間前に別れたばかりのサブリナに電話をする。留守番電話になっている。「ビーチに行きたくないかい？」と伝言を入れる。メディア・ビーチに行き、キャリーとミスター・ビッグに会う。それからコッカースパニエルを連れた魅力的な金髪に目を留める。彼はその女性のそばまで歩いていき、犬と戯れる。ふたりは話を始める。彼女を誘ってどこかに行こうと思っている矢先に、彼女の恋人が現れる。胸がやけに広い、短足の巨漢だ。ミスター・マーヴェラスは自分のタオルのあるところに戻る。サマンサ・ジョーンズが、キャリーとミスター・ビッグと一緒にいる。

犬を連れた金髪女とその連れがビーチの方へと歩いていく。ミスター・マーヴェラスのそばを通りすぎるとき、その金髪女は振り向いて手を振る。

「見たかい？　あの子は気があるって言っただろう。本当に気があるんだ」とミスター・マーヴェラス。

「あなたに？　まさか」サマンサはそう言って、からかうように笑う。

悩ましい携帯電話

スキッパーがテニスの試合をしていると、携帯電話の呼び出し音が聞こえる。

「もしもし、ハニー」マーガレットだ。「どうしているのかな、と思って」

「テニスの試合をしているところだよ」とスキッパー。

「それが終わったら、家に来ない？　お料理をご馳走したいのよ」

「ちょっと、無理だね」

「どうして来られないの？」

「いや、このあとの予定がはっきりしていないんだ。友だちの家に夕飯を食べにいくって言ってあるしね」

「だったら、一緒に行きましょうよ」

スキッパーは声を低める。「それはできない相談だと思うよ。というのもね、仕事がらみでね。どういうことかわかるだろう？」

「わたしの大事な大物さん」とマーガレット。

ロバート・モリスキンがようやく水上飛行機でやってくる。スタンフォードは、ロバートが日曜日に来なかったのでいささか腹を立てている。それでお抱え運転手を迎えにいかせるときに、メルセデスではなく、おんぼろのフォードのステーションワゴンを差し向ける。ミスター・マーヴェラスはビーチから戻ってくる。サブリナから伝言が入っている。すぐにかけ直したが、相変わらず留守番電話だ。

あれはエルじゃないか？

月曜の夕方。キャリーとミスター・ビッグとミスター・マーヴェラスがカクテル・パーティに向かっている。ミスター・マーヴェラスは大型のメルセデスを運転して、メコックス通りをゆっくりと進み、牧場を通り過ぎる。太陽は沈みかかっていて、牧草地は緑色の静寂に包まれている。車は小さな丘を走り、そのてっぺんまで来たとき、おっかなびっくりでローラーブレードの練習をしている女性がいるのに気づく。白いぴっちりとしたTシャツと黒い短パンをはいている。長い黒髪をポニーテールに結んでいる。しかし目を惹くのはその脚だ。

「惚れた」とミスター・マーヴェラスが言う。彼女が道ばたまで下ってきたとき、まっすぐに走らせていた車を停めて、手をハンドルの上に置く。「戻ろう」

キャリーはミスター・ビッグの顔を見たが、相手にされない。ミスター・ビッグは大笑いして、事の成り行きを楽しんでいる。

ミスター・マーヴェラスはスピードを上げて女の子のあとをついていく。「あれをごらんよ。あの子はローラーブレードの乗り方をまったく知らないんだよ。怪我でもしたら大変だ」その子に追いついたとき、ミスター・ビッグが言う。「あれはエルじゃないか。エルによく似ている」

キャリーは後部座席に座って、煙草をくゆらせている。「エルにしては若すぎるわよ」と言う。

ミスター・ビッグが窓を下げて声をかける。「やあ」

女の子が車に近づいてくる。「こんにちは」と言って微笑む。それから困ったような顔をして「お会いしたことがあるかしら」

「さあどうかな」とミスター・マーヴェラスが助手席の方に身を乗りだして言う。「わたしはミスター・マーヴェラスだ」

「わたしはオードリー」と女の子は言う。彼女はミスター・ビッグを見て「わたしの知り合いにそっくりですね」と言う。

ミスター・マーヴェラスは車から飛びだすと「止まり方を知っているかね？　ちゃんと止まり方を教えてもらったのかい？　ローラーブレードは危ないんだよ」と言う。

女の子は笑う。「こうしなくちゃだめだ」ミスター・マーヴェラスはそう言うと、一方の足を前に出して腰をかがめ、両腕をまっすぐに突きだしてみせる。

「ありがとう」と娘は言って、また滑りだす。「きみはモデルをしているの？」とミスター・マーヴェラスが訊く。

「いいえ」と彼女は肩越しに振り返って言う。「学生です」

ミスター・マーヴェラスは車に戻る。「指輪をしていたよ。ひとりでローラーブレードをさせるなんて、どういう夫なんだろう。わたしと結婚しようと言えばよかった。素晴らしい女性だった。見ただろう？　そして彼女の名前といったら。オードリーだ。あの子の名前はオードリー。ちょっと奥ゆかしいじゃないか、え？」

青い木綿更紗の少年

スタンフォードはロバートのために〈デラ・フェミーナ〉にディナーの予約をしていた。その後、全員でホールシーネック通りに戻り、マリファナを吸う。深夜の二時にロバートは、午前中に原稿の山に目を通してしまいたいからもう休むよ、と言う。スタンフォードは彼を、伝統的なサウサンプトンの木綿更紗で飾られた寝室まで連れていき、「おれはこの部屋がとても気に入っているんだ」と言う。「もうこの青い更紗は手に入らないんだよ。あまり暑くないといいんだがね。夏にはカヴァーを掛けずに寝るのが一番いいと思っている。子どもの頃はいつでもそうしていたから。祖母がエアコンを発見する前まではね」

ロバートが服を脱ぐあいだ、スタンフォードは肘掛け椅子に座っている。ロバートは気にならない様子だ。スタンフォードは早口で世間話をし続けている。ロバートはベッドに入り、目を閉じる。「疲れたかい？」とスタンフォードが言う。彼はベッドのところまで歩いていき、目を閉じたロバートを見下ろす。「もう寝たのかい？」

独立記念日

七月四日、火曜日。携帯電話が鳴る。マーガレットだ。「もしもし、ハニー。みんなもう帰っていくけど、わたしは帰りたくないわ。いつ街に戻るの？　乗せてってくれない？」

「帰るのは明日の朝にしようと思っているんだ」とスキッパーが言う。

「あらあ、だったらわたしも、明日の朝帰る。そうオフィスに連絡する」

「わかった」とスキッパーは惨めな気持ちで言う。

「誰もが帰っていってしまって、ひとりで休暇の最後の日を過ごすなんていやでしょう？　一緒にディナーを食べましょうよ」

「できそうにないよ。友だちと約束があるし……」

「だいじょうぶ」マーガレットは明るく言う。「この週末には絶対会えるんですもの。その計画を明日車のなかで練りましょうよ」

火曜日の黄昏時。ミスター・マーヴェラスは、オードリーに出会った道へとメルセデスを走らせる。車から出て、トランクを開け、四苦八苦しながらローラーブレードを履く。二度ほど道を往ったり来たりする。それから車の横に身をもたせかけて、待つ。

13 美人のお話

ある午後のこと。ニューヨークの街でとびきり美しい娘でいるということはどのようなものか、ということを話し合ってもらうために、四人の女性にアッパー・イースト・サイドのレストランに集まってもらった。男にちやほやされ、おごってもらい、つきまとわれ、嫉妬され、誤解され、そして見るからに華やか――二十五歳にならないうちにこうしたことを経験するのはどういうものなのか。

最初にやってきたのはカミラである。五フィート十インチ、透き通るような肌、大きめの唇、丸い頬にかわいらしい鼻。カミラは二十五歳だが、もう「おばさんみたいな感じがする」そうだ。十六のときからモデルの仕事をしてきた。わたしが初めてカミラに会ったのは数カ月前のダウンタウンのことで、彼女は有名なテレビ・プロデューサーと〝デート〟をする義務を果たしているところだった。この〝デート〟とは、何か尋ねられたら微笑んでそれに答える、ということを意味する。それ以外、何もする必要はない。ただし、煙草に火をつけるのは自分でする。

カミラのような娘は努力をする必要がない。特に男に関しては。テレビ・プロデューサーのスコッティとデートができるのなら死んでもかまわない、と思っている女性は大勢いるのだが、カミラには彼とのデートは退屈だったそうだ。「あの人はわたしの好きなタイプじゃないの」年をとりすぎているし（まだ四十代前半だ）、魅力的じゃないし、たいしてお金持ちでもない、と。つい最近、彼女は、爵位のある若いヨーロッパ人と一緒にサンモリッツまで旅行してきたそうだ。楽しく過ごすっていうのはそういうことよ、と彼女は言った。スコッティがニューヨークでもっとも理想的な独身男であるということなど、彼女には何の意味もない。価値があるのは彼女の方で、スコッティではないのだ。

他の三人の娘が約束の時間を過ぎてもあらわれないので、カミラは喋り続けた。「わたしは娼婦じゃないわ」彼女はレストランを見まわしながら言った。「ニューヨークのほとんどの娘はただのばかよ。頭がからっぽ。彼女たちは会話すら満足にできないの。どのフォークを使えばいいのかもわからない。人の田舎の別荘に行っても、どうやってメイドにチップを渡すのかも知らないのよ」

カミラのような娘はニューヨークにはひと握りしかいない。彼女たちは、一種の秘密クラブ――都会の社交クラブ――の入会資格そのものである。その入会資格はそう大それたものではない。目もさめるような美人であること、若いこと（十七歳から二十五歳までのあいだ。二十五歳を過ぎたら資格はない）、頭がいいこと、初めて入ったレストランで何時間も座っていられること。

もっとも、頭がいい、というのは、あくまでも相対的なものらしい。カミラの友人のひとりアレクシスは、「わたし文学者よ。だって本を読むもの。椅子に座って、雑誌を隅から隅まで読むのよ」と言うような人物だ。

そう、たしかにニューヨークには、男と女の一対一の均衡をくつがえしてしまうような美しい女たちがいる。彼女たちは普通の分け前以上のものを手に入れている。注目され、招待状と贈り物をもらい、衣類をプレゼントされ、お金をもらい、自家用飛行機に乗せてもらい、南フランスでのヨットのディナーなどを申し込まれる。素敵なパーティとチャリティの催しに必ず出席する厚顔無恥な独身男とのつきあいもある。申し込まれるのは、あなたではなく、彼女たちなのである。彼女たちには権利がある。ニューヨークは彼女たちの思いのままなのだ。しかし、それは本当だろうか。

最低の男について話しましょう

他の娘たちがあらわれた。「基本的には独身だけれど、パーク・アヴェニューのおぼっちゃん専門につきあってるの」と自ら語るカミラ以外の、三人の娘を紹介しよう。二十五歳のキティは、名は売れているが仕事にあぶれている五十五歳の俳優ヒューバートと同棲している将来性のある女優だ。十七歳のシャイローはモデルで、三カ月前に失恋して以来デートはしていないそうだ。そしてティージーは、最近ニューヨークにやってきたばかりの二十二歳のモデルで、彼女のエージェンシーは、十九歳だと歳をさばよむよう彼女に命じたという。

四人は、夜、外出したときに何度か顔を合わせたことがあるという〝友人〟関係で、キティが言うには、四人ともが「同じ最低の男たち」とデートをしたこともある。

「その最低の男たちの話をしましょうよ」と誰かが言いだした。

「S・Pという男を知っている？」とキティが尋ねた。彼女はウェーヴのかかった長い茶色の髪に緑色の瞳、幼な子のような声をしている。「年寄りで白髪で、カボチャみたいな顔をしている男。どこででも見かけるわ。いつだったか、〈バワリー・バー〉にいたとき、そいつがやってきてこう言ったのよ。『きみは若すぎるから、わたしと寝たいという自分の欲求に気づいていないだろうね。しかし、その欲求に気づいたときにはもう歳をとりすぎていて、わたしの方がきみなんか鼻も引っかけなくなっているんだよ』ですって」

「男って、いつだって女を金ずくでなんとかしようとするのよね」とカミラ。「ある男にこんなことを言われたことがあるの。『一週間だけぼくと一緒にセント・バートに来ないかい。一緒に寝なくたってかまわないんだ。約束するよ。ただ、きみを抱きしめていたいだけなんだ』そして戻ってくると、『どうして一緒に来なかったんだ？　一緒に寝たりしないと言ったじゃないか』なんて言ったの。それでわたしはこう言ってやった。『わたしが男と出かけるときはその男と寝たいってことなの。それがわからない？』」

「以前、あたしね、前のエージェンシーの男のせいで、金持ちの男に売られそうになったことがあるのよ」とティージーが話しはじめた。ティージーは顔が小さく、白鳥のような長い首をしている。「その金持ちの男っていうのが、ある興行主の友だちだったわけよ。それでエージェンシーのやつがその男に、あたしと〝交際させてあげる〟と約束したってわけ」ティージーは怒り心頭に発したような顔つきになったが、すばやくウェイターに合図をした。

「すみません、あたしのグラスに染みがあるわ」

シャイローは競争意識からだろうか、突然声を張りあげた。「飛行機のチケットをよこした男がいたの。自家用ジェット機で連れていってやるって。あたし、あははって笑っただけで、もう絶対にその男とは口をきかなかったわ」

キティは身を乗りだしてこう言った。「わたしに胸の整形手術をさせてアパートメントをくれるって言った男がいた。『別れた後でもつきあった女の子たちの面倒をみるんだ』ってさ。ちんちくりんのハゲのオーストラリア人だったわ」

〈マーク・ホテル〉のダッシュ

「ブサイクな男たちって、女の子になにかしてあげようだなんて思いあがったことを、どうして考えるのかしらね」とティージーが訊いた。

「どの男もとってもいばってるって感じよね」とシャイローが言った。彼女はアーモンド色に日に焼けていて、まっすぐな長い黒髪と大きな黒い瞳をしている。タンクトップと長い巻きスカートという格好だ。「もうそんな男はたくさん。ようやくいばらない男を見つけたと思ったのに、今インドなんだ。彼にはいやな思いをしたことないわ。あたしに触ったり、撫でたりしなかった」

「男にはふたつのタイプがあるのよ」とカミラ。「女と寝ることだけしか考えていない浅ましいタイプと、すぐに女に恋をしてしまうタイプ。困ったもんだわ」

「すぐに恋をしてしまうのはどんな男？」とキティが訊いた。

「あら、わかるでしょう。スコッティやカポーティ・ダンカン、それにダッシュ・ピーターズよ」とカミラが言った。カポーティ・ダンカンは三十代の南部出身の作家で、いつも綺麗な若い女の子と一緒にいる。ダッシュ・ピーターズはハリウッドの有名なエージェントで、よくニューヨークにやってくる。かわいくて若い女の子《PYT》のエスコート役である。このふたりは、三十代で美貌の持ち主で大成功をおさめた女性たちとデートをしては彼女たちの心を粉々にしてきた。

「あたしもダッシュ・ピーターズとデートしたわ」とティージーは、短い黒髪に手を触れながら言った。「〈マーク・ホテル〉で一晩一緒に過ごさないかとずっと誘われてたの。それで真っ白い花ばかりの花束を贈ってきてね。一緒にサウナに入ろうって、涙を流さんばかりだった。それでハンプトンで開かれたつまんないパーティに行こうって言われた。あたしは行かなかったけど」

「南フランスで彼に会ったの」とカミラ。ときどきカミラはおかしな偽のヨーロッパ風アクセントで話すのだが、今その話し方をしている。

「何か買ってくれた？」とさり気なくティージーが訊いた。

「ぜんぜん」カミラはそう言うと、ウェイターを呼んだ。「よく冷えたマルガリータを持ってきてちょうだい。これは冷えてないのよ」と言ってから、ティージーを見た。「シャネルだけよ」

「服？　それともアクセサリー？」

「服」とカミラ。「シャネルのバッグはたくさん持っているもの。シャネルはもうたくさん」

一瞬の沈黙が流れたあと、シャイローが話し始めた。

「もうあたし、デートできない。もうむり。とても霊的《スピリチュアル》になったんだもの」シャイローは、小さな水晶がついている皮製のネックレスを首から下げている。どうしてそうなったかといえば、三十代前半の有名な俳優に出会ったせいだという。その俳優は雑誌に載っていた彼女の写真を見て、彼女のエージェントをつきとめた。エージェントは彼の電話番号をシャイローに伝えた。彼女はその俳優が出演している映画を観たばかりで、とても素敵だと思っていたところだったので、すぐ彼に電話をかけた。彼女は彼の誘いにのって、ロサンジェルスの家に二週間ほど滞在した。ところが彼は、ニューヨークにやってきてからおかしくなった。ストリップ・クラブに出かける以外、いっさい外に出なくなったのだ。そのストリップ・クラブで彼は女の子をつかまえては、お金を払わないで特別なことをさせようとした。「それも、彼が有名だからよ」とシャイロー。

キティはテーブルの上に肘をついた。「二年前にね、『もう何十回騙されたかしれやしない』って思って、今度は童貞の男をもてあそんで、ぽいっと捨ててやることにしたのよ。わたしもひどかったけど、二十一歳で童貞だっていう相手も相手よね。わたし、とっても優しくしてあげてから、それっきり口もきかなかったの。美人かどうかなんて関係ないわ。男の望みどおりの女を演じてあげたら、男なんて簡単に手に入るものよ」

「『ぼくは網タイツと赤い口紅が好きなんだ』って男が言うのなら、アクセサリーとして身につけてあげちゃう」とティージー。

「もしヒューバートが女だったら、世界一最低のくず女ね」とキティが言った。「『ええ、ミニ・スカートを穿いてあげたっていいけれど、下着はちゃんとつけるわよ』って言ってやったわ。一度だけ、あの人に仕返しをしてやったことがある。他の女と一緒に3Pをしようって、それはもうしつこく迫ってきたの。それで、ジョージっていう名のね、ゲイの友だちがいるの。ジョージとはときどきキスをするような間柄でね、ほら、子どもみたいなキスよ。それで、わたし『ねえ、ハニー。ジョージが今晩ここにやってきて泊まってくそうよ』と言ったの。ヒューバートが『ジョージはどこで寝るつもりだ？』と訊くから、『あら、わたしたちと同じベッドで寝ればいいじゃない。あなたはレシーヴァー（アメリカン・フットボールのレシーヴァー）をすればいいんだし』と言ったの。彼、すっかり怖じ気づいちゃって。それでわたし、『ハニー、わたしのことを本気で愛しているのなら、三人で寝てくれるでしょう？　それがわたしの望みなの』と言ってやった」そして、彼女はマルガリータをもう一杯頼んだ。「そうなったわよ。おかげで今では対等につきあってるわ」

「じじいには反吐《へど》が出るわね」とカミラが言った。「もうじじいとはデートしたくない。二年前に、わたし、つくづくそう思っちゃった。とても素敵なお金持ちの青年とデートできるのに、どうして醜い金持ちのじじいとデートしなくちゃならないのって。それに、じじいはわたしたちのことを本当はわかっていないんだもの。どんなにいろんなことをしてくれても、結局は世代が違うんだから」

「でも、わたし、じじいってそれほどひどいとは思わないな」とキティが言った。「ヒューバートが初めて電話をよこして、わたしとデートしたいと言ったとき、わたしは『へえ、あなたっていくつ？　髪の毛はどれくらい残っているわけ？』って感じだった。だからあの人、それはもう真剣にわたしを口説いたわ。初めて彼が迎えに来たとき、わたし、ぐちゃぐちゃの髪に、ノー・メイクだったの。つまり、わたしがそんなにほしいんなら、わたしの本当の姿を見てちょうだい、ってこと。それで初めて彼と一晩過ごして、翌朝に目が覚めたら、部屋中にわたしの大好きな花束が活けてあった。しかもわたしの好きな作家を聞きだして、その作家の本を全部そろえてくれてたわ。そして鏡には、シェーヴィング・クリームで『おはよう、キティ』って書いてあったの」

女たちは金切り声をあげた。「なんて素敵」とティージーが言った。「だからあたし、男って好き」

「わたしだって男は好きよ。でもちょっと離れていたいときだってあるわ」

「ヒューバートは、わたしが手に負えなくなっているときが好きなの。大量に服を買いこんで、その支払いができないでいるときなんか、彼にはたまらないみたい。しゃしゃり出てきてなにもかも面倒をみるのが好きなのよ。

つまり、男ってがつがつしているのよね。それに施しをしてあげる女神がわたしたちってわけ」とキティが勝ち誇ったように言った。二杯目のマルガリータを飲み干している。「別の言い方をすれば、男は……大きくて、抱擁力があって、居心地のいい相手ね」

「女にはできないことを、男はしてくれるよね」と頷きながらシャイローが言った。「男は恋人に気をつかうべきよ」

「ヒューバートといるととても安心するの。彼といると、わたしには一度もなかった幸福な子ども時代に戻ったような気になる。フェミニストの考え方にはついていけないわよね。男は優位に立ちたいのよ。だから、そうさせてあげればいいの。こっちは女らしさを大事にすればいいのよ」

「男ってなんて面倒なんだろうと思うけど、この男とうまくいかなければ別の男がいるからいいや、って思えるもん」とティージー。「だから、男はたいして厄介じゃないよね」

「本当に厄介なのは女の方にいるのよね」とカミラ。

「鼻持ちならないことを言うようだけれど、美しいってことはそれだけで力なのよ。欲しいものはなんでも手に入れられるの」とキティ。「美しくない女たちは、とりわけ年輩の女たちはそのことがわかっているから、それでわたしたちのことが嫌いなわけよ。わたしたちが彼女たちの領域を荒らしているって思ってるんだわ」

「たいていの女性は、三十を過ぎると自分の年齢を意識するようになるでしょう。それというのも、男たちが女たちに歳《とし》を感じさせるようなことをするからよ。もっとも、クリスティ・ブリンクリー（スーパーモデル）のように見える女には、そんな悩みはないでしょうけど」とカミラは言った。

「女たちは卑しくなるのよ。いろんなことを言いだすの。わたしのことをただのばかだと思ってね、何もわかっていないって決めつける。頭が空っぽだって。お金目当てにヒューバートとつきあっている、とも言っている。だからますますこっちも意地になって、もっと短いミニ・スカートを穿いて、化粧を入念にするようになるわけよ」とキティ。

「聞く耳を持たないって感じよね。決めつけるだけ」とティージー。

「だいたい、女の方が嫉妬深いよね。年齢とは関係がないよ」とシャイロー。「いやになっちゃうよ。素敵な女性を目にすると、ものすごく意地悪になる。それってとても悲しいし、ショックだよね。そういう女性たちがどんな思いでいるかよくわかる。不安で、今の自分を不幸せだと思っているのよ。他の女が幸せになっていると思うだけで、我慢できないんだ」

「だから、わたしの友だちは男ばかりなのよ」他の三人の女たちはテーブルを見まわしてうなずいた。

セックスについてはどう？　とひとりが言った。

「あなたのって、これまでに見たこともないほど大きいわ、ってわたしは誰にでも言うことにしているの」とキティが言った。すると他の女たちは、きゃっきゃっと笑った。キティはストローでマルガリータを音を立ててすすりながらこう言った。「それが秘訣よね」

14 下着モデル、ザ・ボーンの肖像

階段をのぼりきったところのドアが開いて、下着のモデル兼売り出し中の俳優ザ・ボーンの全身が部屋の戸口にシルエットで浮かびあがった。片方の腕を上げ、ドア枠に寄りかかっている。こげ茶色の髪が顔にかかり、息荒く階段をのぼってくるあなたを見て笑っている。「きみはいつでも忙しく動きまわっているんだね」と、まるで彼の望みが一日中ベッドで寝転がっていることだと言わんばかりに言う。そこであなたは、彼の友人である脚本家のスタンフォード・ブラッチの言葉を思い出す。「ザ・ボーンはどこに行くにも専属の照明係がついているような感じなんだ」とてもそんな程度のものではない。眩しくて目を逸らさないではいられない。

「ザ・ボーンは黒貂のコートそのものだ」これもスタンフォードの言。スタンフォードはこのところずっと、ザ・ボーンの話ばかりしてあなたをうんざりさせてきた。電話が鳴って、出てみるとスタンフォードからで、「ザ・ボーンとキアヌ・リーヴス、どっちがセクシーだと思う?」と訊いてくる。あなたはため息をつく。そして、ザ・ボーンという人物のことなど何も知らなくても、気にもかけていなくても、こう言う。「ザ・ボーンだよ」

それでちょっとした良心の呵責を感じるかもしれない。あなたはその人物を知らないはずがないのだ。タイムズ・スクエアの巨大な広告板に——筋肉もりもりの裸同然の格好で——でかでかと貼ってある彼の写真を目にしているはずだ。バスの車体にも彼の写真が貼ってある。しかし、あなたはタイムズ・スクエアには足を踏み入れないし、バスにも注意など払っていない。もっとも轢《ひ》かれそうになったときは別だけれど。

しかしスタンフォードはそれでもあなたに向かって言い募る。「ある日、ザ・ボーンと一緒にあの広告板のそばを歩いていたんだ。すると彼が、広告をちょっとちぎって、自分のアパートメントにもって帰りたいと言いだした。鼻のあたりがいいと言ったのかな。それでおれは、ズボンの膨らみのところをちぎったほうがいいよと言ったのさ。というのもね、もしも女たちに、どれくらい大きいの、と訊かれたら、ほら十四フィートさ、と答えられるじゃないか。

ザ・ボーンは今一番かわいい男だよ。おれにディナーをおごってくれようとした。『スタンフォード、ぼくはあなたにいろいろと面倒をかけています。何かお礼をしたいんですよ』と言ってね。『ばかなこと言うなよ』とおれは言ったけど、もちろん、嬉しかった。だって、これまでにディナーをご馳走してくれるなんて言ってくれたのは彼だけだったからな。美しいのにこんなにすがすがしいやつがいるなんて信じられないだろう？」

それであなたはザ・ボーンに会うのを承知したのである。

「きみはスターになれるよ」

初めてあなたが、スタンフォードと一緒に〈バワリー・バー〉でザ・ボーンに会ったとき、できるものならこんな男は嫌いになりたいものだと思った。二十二歳だし、しかもモデルだ。その他にも理由はいろいろある。相手の方も、あなたを嫌いになりたいと思っていることは充分に察せられた。彼は本当に頭が空っぽなのだろうか。さらにあなたは、セックス・シンボルと言われる男たちを本当にセクシーだと思ったことはない。最後にそういう男に会ったときに、これは青虫じゃないかと思った。文字どおり、青虫だと。

しかし今回の男は違う。彼は外見で判断できるような人物ではない。

「違った人々といるときは違った人間になれるんですよ」とザ・ボーンは言った。

そして、あなたは人だかりのなかで彼を見失った。

ふた月後、〈バロッコ〉で開かれたあるモデルの誕生パーティで、偶然、ザ・ボーンに出くわした。彼は会場の奥にあるバーに寄りかかってあなたに向かって微笑んでいる。そして手を振る。あなたは彼のところに近づいていく。彼があなたを抱擁して、カメラマンたちがあなたの写真をバチバチ撮る。それから、結局、彼の近くのテーブルにつく。あなたとあなたの友人は、いつ尽きるともわからない熱の入った話しあいを続ける。

ザ・ボーンは身を乗りだして、だいじょうぶですか、と尋ねる。あなたはだいじょうぶだと答えながら、ザ・ボーンはあなたと友人がいつもこうやって議論を戦わせていることを知らないので心配しているのだと思う。

ハリウッドに顔がきくスタンフォードは、ザ・ボーンをロスに行かせて、映画の端役のオーディションを受けさせた。ザ・ボーンはスタンフォードの留守番電話に伝言を入れる。「ここではみんなあなたのことを話していますよ。あなたってすごい人だ。あなたならスターになれますよ。ちゃんとあなたに伝えられるだろうか。あなたはスターだ。あなたはスターだ。あなたはスターだ」

スタンフォードは笑っている。「ぼくの真似をしているんだよ」と言う。

あなたとザ・ボーンは〈バワリー・バー〉で酒を飲むことにする。

これで〝A〟がすぐにとれる

ザ・ボーンは白で統一された小さなワンルームで暮らしている。カーテンもシーツも掛布団も寝椅子も、全部白。バスルームに入ると、特別あつらえの化粧品がある、と思う人がいるかもしれないが、そんなものはひとつもない。

ザ・ボーンはアイオワ州デモインで育った。父親は教師で、母親は学校の保健婦だった。高校では不良たちとのつきあいはなかった。いつも成績はオールAで、学校から帰ると年下の子どもたちの勉強をみてやっていた。誰からも敬愛されていた。

ザ・ボーンはモデルになるつもりはまったくなかった。しかし彼が八年生になったとき、美少年コンテストで一位になった。彼はひそかに血湧き肉躍るような仕事をしたいと思っていた。たとえば探偵のような。しかし彼はアイオワ州立大学に進学し、二年間文学を学んだ。それが父親の望みだった。講師のなかに、とても若くてハンサムな男がいた。その講師はザ・ボーンを面接に呼んだとき、彼の横にぴたりと座るや、脚の上に手を置いた。そして、だんだんとズボンの膨らみの方へと手を這わせていった。「これでAがすぐにとれる」と言った。ザ・ボーンは二度とその講義には出席しなかった。その三カ月後に、大学をやめた。

最近、ザ・ボーンのアパートメントに電話をかけてきて音楽だけを留守番電話に吹き込んだ人物がいる。はじめ、ザ・ボーンはその音楽に耳を傾けた。この音楽が終われば、友人の誰かが話しだすのだろうと思っていたのである。今は、なにか手がかりを摑めるのではないかと思いながらこの音楽を聴いている。「たぶん、男でしょう」と彼は言う。

アイオワの少年時代

ザ・ボーンと一緒にベッドに横になっているうちに（うつぶせになって、ベッドの横から脚を外に出している）、まるでふたりとも十二歳の頃に戻ったような気分になってきて、あなたは「話をしてくれよ」と言う。「そうですね、最近よく考えるのは昔の恋人のことなんですよ」とザ・ボーンは言う。

一九八六年の夏、ザ・ボーンは十四歳だった。その夏もいつものアイオワの夏と同じく、空はどこまでも青く広がり、トウモロコシ畑は綺麗な緑色だった。そしてその夏の間中、彼は友人たちと車に乗って、トウモロコシの育ち具合を見まわって過ごした。

ザ・ボーンと家族は収穫祭に出かけた。そして友人と一緒に家畜の展示会を見て歩いているときに、ザ・ボーンは彼女を見た。彼女は子牛にブラシをかけていた。彼は友人の腕を摑むとこう言った。「あの人はぼくの妻になる！」

それっきり一年以上、彼女を見かけなかった。ところが、ある晩、小さな町の若者たちの社交の場として用意されたダンスパーティに行くと、そこに彼女が来ていた。クリスマス・イヴのときに彼は彼女とデートをした。「でも、完全にふられてしまいましたよ。おかしなことに本当に立ち直れませんでした」と彼は言う。

一年半後、彼女は彼とつきあう気になった。しかし彼は受け入れなかった。「どうしても彼女と一緒にいたいと思ってはいたんですけれどね」と彼は言う。「でもある日、つきあうことにしました」

そしてザ・ボーンは彼女と一年以上デートを繰り返した。今彼女はアイオワ市でコンピュータ・プログラマーをしている。まだ電話で話をしているそうだ。いつかは彼女と結婚するのだろうか。彼は嬉しそうな顔をする。笑みを浮かべると、鼻の頭に皺が寄る。「そうなるかもしれません。でもこれはぼくが想像しているだけの美しい話だといつも思っていますよ。夢物語なんです」

「ザ・ボーンはアイオワに戻って子どもを持ち、お巡《まわ》りさんになれたらいい、といつも言っ

う言ったことでシニカルな気分になる。

「いつまでたっても実行しなけりゃ、綺麗な夢のままだもんな」と言ってから、あなたはそう言ったことでシニカルな気分になる。

神経症なんですよ

あなたとザ・ボーンはお腹がすいたので、日曜の午後六時に〈ベーグルラス〉に行く。ふたりの婦人警官が隅のテーブルに座って煙草をふかしている。みんな汗まみれの汚れた服を着ている。ザ・ボーンはあなたが注文したハムとチーズのサンドイッチを半分食べる。「普通ならこんなサンドイッチは四つくらい平らげるんですけど、そうもいきません。ハンバーガーなんて食べたら、その後とんでもない罪悪感を感じてしまいますから」

ザ・ボーンは外見をとても気にしている。「一日五回は服を着替えてますよ。外出する前に鏡を百回も見る男なんて他にいないでしょうね。ぼくは出かける前にアパートメントのふたつある鏡の前を行ったり来たりするんです。それぞれの鏡の中で映る姿が違ってるみたいにね。よおし、この鏡の中のおれは完璧だ、ちょっと待てよ、もうひとつの鏡ではどんなふうに見えるだろうって。こんなことをする男なんて、ぼくくらいのものでしょうね」

「ときどき、気になって仕方がなくなるんです」とザ・ボーンは言う。「ものすごくとりとめのないことを考えてしまって。頭の中がぐちゃぐちゃになって、まともでいられなくなります」

「今気になっていることはあるかい？」とあなたは尋ねる。

「あなたの鼻」

「それはどうも。この鼻は嫌いなんだ」

「ぼくも自分の鼻が嫌いなんですよ。大きすぎるんです。でも、それも髪型でなんとかなりますね。ある日、スタンフォードがこう言ったんです。『きみのその髪型いいよ。たっぷりしていてさ。そうしていると鼻が小さく見える』」そこで彼とあなたは大笑いする。

通りに出て歩いていると、彼は肘であなたをちょっと突いて、「あの子犬（puppies）という文字、間違っていますね」と言う。あなたは目を上げる。オーヴァーオールを着た男が、巨大な灰色のマスチフ犬のそばに立って、看板を抱え持っている。その看板に「小犬（puppys）売ります」とある。

「なんだって？」とその男が言う。汚れた白と赤のトラックが彼のうしろに停まっている。

「子犬（puppies）ですよ。字が間違っています」とザ・ボーンが告げる。

男は看板を見上げて、にたっと笑う。

「それに、通りの向こうでは、同じ犬を二百ドルで売っていますよ。二千ドルじゃなく」とザ・ボーンが言うと、男は声をあげて笑う。

そのあと、あなたはベッドの端に腰をかけて、頬杖をつきながらザ・ボーンを見つめている。彼はベッドで横になり、片手をジーンズのウェストバンドのところに置いている。

「ある瞬間には、とても気分よく通りを歩いていられるのに、次の瞬間にはわけもなく落ち込んでしまう。神経症なんですよ。自分でもそう思うし、そう感じます。ぼくは自己分析的だし、自己批判的だし、自意識過剰なんです。喋っていることを絶えず意識しています」

さらにザ・ボーンは続ける。「言葉を口に出す前に、頭の中で喋ってみるんです。だから言い間違いはしません」

「そうすると時間がかかりすぎるんじゃないか？」とあなたは言う。

「いや、ほんの一瞬のことですよ」

そこで間をおいて、また彼は話す。「外に出たときに、見知らぬ人がやってきて、モデルじゃないですか、と訊かれたりすると、ぼくは『いいえ、学生です』って答えることにしているんです」

「どうして？」

ザ・ボーンは笑う。「そうすると彼らは興味を失いますからね」と、まるでそんなこともわからないのかという風にあなたを見ながら彼が言う。

スタンフォードがあなたに電話をかけてよこす。「ザ・ボーンがとってもかわいい伝言を残してるんだ」そう言って録音した声を再生する。「スタニー、死んだんですか？　死んでいるんですか？　死んでいるようですね。だって電話に出ないんだから（笑）。後で連絡をください」

イヴァナ・トランプの執事？

あなたはザ・ボーンのアパートメントで意味もなく時間を過ごしているのが好きになる。そうしていると、コネティカットの小さな町に暮らしていた、十六歳の頃のことを思い出すからだ。申し分のないほどのハンサムな男の子とぶらぶらと過ごしては、マリファナをふかしたりしていた。しかし両親は、あなたが馬に乗りに出かけているものと思っていたものだ。両親は本当のことは知らなかった。

彼の部屋の窓から、古ぼけた小さなブラウンストーンの壁に太陽が当たっているのが見える。「ぼくは小さな頃から子どもがほしくて仕方がありませんでしたよ」とザ・ボーン。「それがぼくの夢です」

しかし、それもかつての夢だ。ザ・ボーンの身にこうした事が持ちあがる前のことだ。今の夢ではない。

二週間前に、ハリウッドの若くてかっこいい俳優が総出演するアンサンブル映画への出演依頼がザ・ボーンにあった。彼はパーティに出かけていき、偶然、別の俳優の恋人のひとり——新人のスーパーモデルだ——と一緒に帰宅する羽目になった。その俳優はザ・ボーンとスーパーモデルを殺すと脅かした。それでふたりはただちにニューヨークから飛びたった。スタンフォードだけがふたりの居場所を知っている。スタンフォードが電話で、彼とは絶えず電話で連絡をとっているよ、と言う。ハード・コピー誌が、ザ・ボーンが姿を現したら大金を払うと言ってきた。スタンフォードはその申し出に「彼のことをなんだと思っているんだ？　イヴァナ・トランプの執事だとでも？」と言い返した。

ザ・ボーンは言う。「ぼくはでたらめを信じないだけですよ。今だってそうです。ぼくは変わらない。みんなはぼくに、変わっちゃだめだ、と言うけれど、どう変わればいいって言うんです？　自分のことしか考えない男に？　愚劣なやつに？　見下げ果てた男に？　ぼくは自分のことをよく知っています。他のものに変わりたいだなんて思うわけありません」

そして「何を笑っているんです？」とザ・ボーンが訊く。

「笑ってるんじゃないさ」とあなたは言う。「泣いてるんだよ」

スタンフォードが言う。「ザ・ボーンがなんの匂いもしないということに、気がついていたかい？」と。

15 大好きな小さいネズミは、ママには見せられない

今回は、デートの世界につきものの、卑劣で小さな秘密のことを話そう。どちらの側に立つにしろ、誰にも関わりのあることだから。

ふたりの男がプリンストン・クラブで酒を飲んでいる。午後の遅い時刻だ。ふたりとも三十代前半で、かつてはかわいいプレッピーだった。そして今や容貌も衰え、お腹のまわりには余計な肉が十二ポンドもつき、それがいっこうに落ちない。このふたりは、一緒に大学に通い、卒業と同時にニューヨークにやってきた。気を許した友だちである。このふたりは、男にとっては珍しい友情で結ばれている。何でも話しあうのだ。ダイエットがうまくいかないといったことや、女性のことを。

ウォルデンは企業専門の法律事務所の共同経営者で、つい最近、皮膚科の医師と婚約をした。スティーヴンはここ三年間、ある女性とつきあっている。彼はテレビのニュース番組のプロデューサーをしている。

ウォルデンの婚約者は、コラーゲンの学会に出席していて、今街にいない。ひとりでいると、彼はいつも孤独を感じる。そして本当に孤独だったときのことを思い出す。そのいたた

まれないような孤独感を味わっていたのは、ほんの数カ月のあいだだったが、まるで何年も続いたような感じがした。そして今でもその思い出の中に入り込んでしまうことがある。一緒にいて幸せだった女性のこと、そして彼がその女性にした仕打ちのことを。

ウォルデンは、綺麗な女の子ばかりが集まるパーティで彼女に会った。マンハッタンなので、彼女は黒いミニ・ドレスを上手に着こなしていた。ふっくらと盛りあがった乳房がかたちよく見えた。しかしその顔は実に平凡だった。ただ、髪は黒く美しかった。巻き毛にしていた。「そういう女性には素晴らしい長所がひとつはあるものなんだ」とウォルデンは言って、マティーニを一口飲んだ。

この娘リビーには何か惹きつけられるものがあった。彼女はたったひとりでソファに腰を掛けていたが、居心地が悪そうではなかった。美人の娘が通りかかって、彼女に身を寄せてその耳になにか囁くと、リビーは笑った。しかし彼女は席を立たなかった。ウォルデンはそのソファのそばに立って、瓶のままでビールを飲んでいた。彼はどの美人に話しかけようかと、パーティが始まったときからずっと考えていた。ふとリビーと目が合った。彼女が微笑んだ。人見知りしないように見えた。彼はソファに座ってみると、そこがつかの間のオアシスだということがわかった。

彼は、はやく腰をあげて、だれか綺麗な女の子に声をかけなければとずっと思っていたのだが、それができなかった。リビーはコロンビア大学を出てからハーヴァードの大学院に行った。彼女は彼に法律のことを話した。子供時代のこと、ノース・キャロライナで四人姉妹と一緒に育ったことなどを語った。彼女は二十四歳で、ドキュメンタリーを作る助成金をもらっていた。彼女は身を乗りだすと、彼のセーターについていた髪の毛をとった。「わたしの毛だわ」と彼女は言って笑った。ふたりはすっかりお喋りに花を咲かせた。ウォルデンは二本目のビールも空けた。

「わたしの部屋に来たくない？」とリビーが訊いた。

彼は行きたかった。でも、それでどうなるか彼にはわかっていた。ふたりは一晩中セックスをして、翌日家に戻れば、彼はすぐにそのことを忘れ去るのだ。ニューヨークに住むたいていの男がそうしているように、彼もすぐに相手の女性をタイプ別に仕分けてしまえばいい。彼の分類――一晩限りの女、恋人になりそうな女、二週間の熱い恋愛をする女――のなかに。それまで彼は多くの女性と寝てきた。アパートメントのロビーで醜態を演じた女もいれば、もっとひどい別れ方をした女もいた。

リビーはどう見ても、一晩限りの女だった。デートに誘うほどの美人じゃないし、人前に連れていくような女じゃない。

「でも、本心はどうなんだ」とスティーヴンが遮った。

「つまり、ぼくよりも醜いと思ったんだよ」とウォルデンが言った。

それでふたりはリビーのアパートメントに向かった。彼女は三番街にある高層ビルの2LDKの部屋で、従妹と暮らしていた。彼女は冷蔵庫からビールを取りだした。彼女が冷蔵庫の光の前で身を屈めているとき、彼はその表情が物悲しげなのに気づいた。彼女は振り返るとビールの栓をひねり、その瓶を彼に手渡した。「これだけは知っておいてほしいの」と彼女は言った。「わたしね、本当にあなたとセックスをしたいと思ったのよ」

綺麗な女の子は決してこんなことは言わない、と彼は思った。彼はビールの瓶を置くと彼女の服を脱がせはじめた。彼女の首を嚙みながら、ホックをはずさずにブラジャーを一気に引きおろした。それから、パンティストッキングを剝がした。下着はつけていなかった。ふたりは寝室に行った。

「気がついてみると、いつもと全然様子が違っていたんだ」とウォルデンは言った。「だって、彼女は綺麗じゃない。気に入ったわけでもないのに、感情だけが高ぶっていた。それは彼女とデートしなくてもいいとわかっていたから、なんのプレッシャーもなかったせいだと思う」彼は、彼女の身体に腕をまわして眠った。

「翌朝目が覚めてみると、とても落ち着いた気分になっていたんだ。とてもリラックスしていた。ぼくはこういうときにひどく苦しい思いをしていたのに、リビーと一緒だと、たちまち穏やかな気分になれた。初めて素直に気持ちを通わせられた。それでぼくはいきなり混乱してしまったんだよ。すぐにここから出ていかなければ、と思った」

彼は両手をポケットに突っこみながら歩いて家に帰った。冬の寒い朝だったのに、彼女の部屋に手袋を忘れていた。

「そういったことが起きるのは、冬と相場が決まっているのさ」とスティーヴンが言った。

本物の友だち

ウォルデンはしばらくのあいだ彼女と会わなかった。苦しみの毎日が戻ってきた。彼女が綺麗な子だったら、デートに誘えるのに。そうはせずに二カ月間待ってから、彼はようやく彼女に電話をかけ、昼食を一緒に食べようと誘った。彼はずっとリビーのことを考えていたのだ。ふたりで昼食をとってから、その午後の予定を全部無視して彼女の部屋に行ってセックスをした。それから週に二度ほど会うようになった。ふたりは同じ通りに住んでいた。一緒に目立たない店にディナーを食べに行ったり、彼女が夕食を作ったりした。「自分の気持ちを話すのにまったく抵抗がなくなっていたよ。彼女の前でなら泣くことだってできた。長いこと憧れてきた性的な夢を語り、ふたりでそれを実行した。それに彼女の友人と3Pすることについても話しあったもんさ。

彼女もぼくに話してくれた。それはなかなか入り組んだ夢だったよ」とウォルデンは続けた。「お尻を叩いてくれ、と言うんだ。彼女には秘密があるのに、彼女はとてつもなく実際的なんだ。それはおそらく彼女が男とデートできるような女性でないから、こうした複雑な内面生活を作りあげたんだろうと思っている。だってほら、美人コンテストに出られないような女性は、とても興味深い人物になるだろう」

そうこうする一方、リビーは、ウォルデンの言うところの〝うすのろ野郎〟につきまとわれていた。ウォルデンはいっこうに気にかけなかった。

彼はリビーの友人にはことごとく会ったが、リビーを自分の友人に紹介することはなかった。リビーと週末をまるまる一緒に過ごしたこともなければ、まる一日過ごしたこともなかった。一緒にパーティに行ったこともない。「おかしなことを考えついてほしくなかったんだ」と彼は言った。

しかし、リビーは文句も言わず、彼にせがんだこともなかった。あるときリビーが、わたしを人前に連れていかないのは、綺麗じゃないからなの、と訊いた。「ぼくはとんでもない、と嘘をついた」とウォルデン。「だって、目さえ閉じてしまえば、彼女に悪いところなんてひとつもないんだから」

ウォルデンはお酒をもう一杯注文した。「彼女といるときには、ぼくの心は醜いんじゃないかといつも思った。それがふたりを結ぶ絆だったんだ」

「ああ、男は誰でも心のどこかでは綺麗な子を憎んでいるもんだよ。みんな高校時代にふられた経験があるからさ」とスティーヴンは言った。彼も似たような体験をしていた。

エレンの祖父はテレビ界では有名な人物だった。大物だった。スティーヴンは仕事がらみのパーティでエレンに会った。ふたりともバルコニーに出て煙草を吸っていたのだ。そこで話し始めた。エレンはとても愉快な女性だった。打てば響くような、とても賢い女性だった。彼女にはつきあっている男がいた。その後、ふたりはまた仕事がらみの催しで偶然に会った。「本当の友だちになったんだ」とスティーヴンは言った。「女性とそういう友情を持てるなんてめったにないことでね。彼女には下心をまったく抱かなかった。よく一緒に外で会っては、男同士のようにいろいろ話したんだ。彼女は映画にもレターマン・ショーにも詳しかった。テレビのこともよく知っていた。たいていの女性はテレビのことなんかわからないんだ。パーティなんかでかわい子ちゃんとテレビの話をしてみろよ、目がどんよりしてきちゃうからさ」

ふたりは映画を観にいった。ただし、「ただの友人として」だ。エレンはスティーヴンを密かに手に入れようと画策していたのかもしれないが、たとえそうであったとしても、スティーヴンにはまったくわからなかった。ふたりはつきあっている相手のことを話した。不満を述べたてた。スティーヴンの相手は三カ月間ヨーロッパに行っていた。そして彼はむりやり気の進まない手紙を書き送っているところだった。

ある午後、ふたりが昼食を食べているときにエレンが、最近恋人とおこなった性行為のことを話し始めた。ヴァセリンを使って手でマスターベーションをしてあげたのだ、と。スティーヴンのある部分が突然ぴくんとした。「そのとき初めて彼女を性的な対象として見たんだ」とスティーヴンは言った。「綺麗じゃない女の子にはよくあることなんだ。必ず性的な話題を持ちだしてくる。セックスなんてへっちゃらだって言いたいんだ」

エレンはつきあっていた相手とうまくいかなくなり、スティーヴンは大勢の女性とデートをするようになった。彼はエレンにそういった女性たちのことは話さなかった。ある晩、レストランで食事をしているときに、エレンが身を乗りだしてきて、スティーヴンの耳の中に舌を突っこんできた。スティーヴンの身体はつま先まで痺れた。

ふたりは彼女のアパートメントに行き、セックスをした。「素晴らしかったよ」とスティーヴン。「客観的に見て、他の女とするよりはるかによかった。二度も三度もいった。四十五分間セックスし続けたんだ」それからふたりの〝関係〟は躍進した。ふたりはベッドでテレビを見たし、テレビをつけながらセックスをした。「美人の女の子はセックスしている最中にテレビをつけるなんて許してはくれないよ。でも、テレビがついていると落ち着くときだってあるんだ。気が紛れるんだ。エレンのような女性といると、男はありのままの自分でいられる」

スティーヴンが言うには、エレンにしてみたら、この関係は素晴らしいものではなかったのかもしれない。「半年間は、ぼくらはよく外出した。というか、友だちだったときには映画をよく観にいったものなんだ。それがだんだんと、最悪のデートのかたちになっていった。つまり、テイクアウトの料理とヴィデオですませるようになったんだ。とても後ろめたかったよ。自分が薄っぺらになったような感じがした。彼女は容貌の点では満足がいくとは言いかねたけれど、彼女の顔のことを気にしている自分が情けなかった。エレンは本当に素晴らしい女性だったのに」

そして、破局が

次第にエレンはプレッシャーを与えるようになった。「『いつ祖父に会ってくれるの？』

と言うようになったんだ。『祖父があなたに会いたがっているのよ』ってね」

「ぼくだって彼女のおじいさんには会いたかったよ」とスティーヴン。「彼はこの業界ではとんでもない大物だ。でも会いに行けなかった。だって、相手の祖父母に会うとなったら、この関係が抜きさしならないものになるということだからね」

この問題を避けるために、スティーヴンはポン引きまがいのことをした。つまり、エレンに他の男を押しつけようとしたのだ。彼はエレンがデートできそうな男の話をよくした。ある晩、エレンはパーティに出かけた。そこでスティーヴンの友人と会うことになっていたのだ。ところが、いざ会ってみると、相手はエレンに見向きもしなかったので、彼女はすっかり途方にくれてしまった。彼女はスティーヴンのアパートメントに行って、セックスをした。

その二週間後、トライベッカのロフトで開かれたパーティで、スティーヴンはひとりの娘に会った。かわいらしい女だった。その娘とはエレンと交わしたような会話らしい会話などしたことがなかったにもかかわらず、ただちに彼はその娘を自分の両親に紹介した。そしてスティーヴンはふたりの女性とセックスを続けた。エレンとのセックスで学んだことを、そのまま新しい娘とおこなった。エレンは、新しい娘とのセックスについて知りたがった。どんなセックスをしているのか、と。新しい娘はベッドでどんな風なのか、どんな風に感じるのか、どんな話をするのか。

そしてとうとうエレンの堪忍袋の緒が切れた。日曜の午後、エレンはスティーヴンのアパートメントにやってきた。ふたりは激しい言い争いをした。エレンは彼を殴った。「文字どおりパンチが雨霰《あめあられ》のように降ってきたよ」とスティーヴン。彼女はそのまま出ていったが、二週間後に電話をかけてよこした。

「電話で仲直りをした。そしていつものように彼女の家まで出かけていった。しかし、いよいよセックスしようとしたとき、彼女はぼくをベッドから蹴りだしたんだ。ぼくは彼女を怒れなかった。自分自身に猛烈に腹が立った。しかしぼくは彼女を尊敬もしていた。よくやったよ、と思ったね」

ウォルデンはカウンターの下で足を組んだ。「リビーと会わなくなって半年後、彼女は婚約した。彼女から電話があって、結婚することになったと言われた」

「ぼくはエレンを愛していたけれど、一度もそう口にしたことはなかった」とスティーヴンは言った。

「ぼくだって愛していたさ。あれほど心から愛したことはなかったよ」とウォルデンは言った。

16 マンハッタンの無知な女の子

「ニューヨークに住んでいる、三十五歳の独身の女」という条件よりはるかに悪い条件がある。それは「ニューヨークに住んでいる、二十五歳の独身の女」だ。

この通過儀礼をもう一度やり直してみたいと思う女性はひとりもいないだろう。つまり、間違った男と寝て、ふさわしくない服を着て、気の合わないルームメイトと暮らし、的《まと》はずれなことを話し、相手にされず、仕事をクビになり、真面目に受けとられず、たいていはとるに足らないもののように扱われることを、もう一度体験したいと思うはずがない。しかし、これは一度は通り抜けなければならないものなのである。では、三十五歳の独身のニューヨーク女性とはどんなものなのだろう、とあなたが思うのなら、いや、ともかく、三十五歳の独身のニューヨーク女性たちよ、これを読みなさい。

二週間前のこと、キャリーはルイ・ヴィトンのパーティで、フラワーデザイナーの助手をしている二十五歳のシシーに偶然出くわした。キャリーが一度に五人に向かって挨拶をしようとしているところへ、シシーが薄暗がりから現れて「こんにちはあ」と言った。キャリーがその声の方を見ると、また「こんにちはあ」と大きな声で言った。

それでキャリーは知り合いの編集者から離れて、シシーのそばに行かなくてはならなかった。「どうしたのよ、シシー。なんの真似なの？」とキャリーは訊いた。

「ええと、わかんないです。お元気ですか？」

「ええ、元気よ。とても調子いいわ」とキャリー。

「最近なにをしていたんですか？」

「いつもどおりよ」編集者はもう他の人に話しかけようとしている。「シシー、今ちょっと……」

「ずいぶんとお会いしなかったから」とシシーがなおも言った。「寂しかった。あたしがあなたのファンだってこと、知ってますよね。あなたのことを最低の女だって言う人がいるけど、あたしはいつも『とんでもないわ。あたしはあの人と親しいのよ。最低の女なんかじゃないわ』って言ってるんです。いつだってあなたの味方です」

「ありがと」

シシーはそこにつっ立って見つめているばかりだ。「あなたは元気なの？」とキャリーは訊いた。

「ええ、最高です」とシシー。「毎晩ドレスアップして出かけていくんだけど、誰もあたしを振り向いてくれないから、家に帰ってきて泣くんです」

「あらあら、シシー。心配しないのよ。そういうことだってあるわ。ねえ、今わたしね……」

「わかってます」とシシー。「あたしのために時間を無駄に使わないでください。だいじょうぶですから。また後で」そう言って彼女は離れていった。

シシー・ヨークとその親友、キャロライン・エヴァーハートは、ふたりとも二十五歳で、今三十五歳の女性たちがかつてはそうであったように、キャリアを積むためにニューヨークにやってきた。

キャロライン・エヴァーハートは、ダウンタウンの刊行物のために夜の娯楽記事を書いているライターである。三年前にテキサス州から出てきた。綺麗な顔立ちをしている女性のひとりで、少し体重が増えたが、いっこうに気にしていない。少なくとも、人から太ったと言われたことはない。

シシーはキャロラインと反対に、金髪で華奢な体つきをしており、ちょっと変わった優雅な顔立ちをしているのだが、本人が自分を美人だと思っていないので、多くの人々は彼女の美しさに気づいていない。シシーは、人気があるが人づきあいの下手なフラワー・デザイナーのヨーギの助手をしている。

シシーは一年半前にフィラデルフィアからニューヨークにやってきた。「そのころ、あたしはメアリ・タイラー・ムーアみたいでした」とシシーは言う。「本当にハンドバッグの中に白い手袋を入れていたんです。ここに来てから半年は一歩も外に出ませんでした。自分の仕事を覚えるのに必死だったんです」

それで今は？「あたしたち、愛らしい女の子じゃないんです。愛らしいっていう言葉は、わたしたちにふさわしくないもの」と感情を表に出さないような東海岸独特のセクシーな口調でシシーは言う。

「わたしたちはいつでも人に不愉快な思いをさせているんですよ」とキャロラインが言う。

「キャロラインは、癇癪持ちで有名なんです」とシシー。

「そしてシシーは人とは口をきかないんです。ただ蔑むように見るだけ」

アラビアン・ナイト

キャロラインとシシーは、ニューヨークで女性同士の絆を深める例の暗い経験を経て、親友となったのである。つまり、下らない男をめぐって。

キャロラインはシシーに会う前から、投資銀行員の四十二歳のサムと知り合いだった。キャロラインは外出するたびにサムと顔を合わせていた。サムには恋人がいた。放送業界で名を売ろうとしているスイス娘だった。ある晩、キャロラインとサムは〈スパイ〉で顔を合わせたときに一緒に酒を飲み、それからつきあいが始まった。ふたりは別の晩にも偶然会ったので、そのままサムの家に行き、セックスをした。こんなことが二度重なった。そのうち彼の恋人がスイスに強制送還された。

それでもこの〝関係〟は同じようなやり方で続いていた。つまり、お互いに顔を合わせるたびにセックスをしたわけである。ある晩、〈システム〉でサムに会ったとき、キャロラインは店の隅で手で愛撫してあげた。それから店の外の路地に出て、ダンプスター（大型の鉄製のゴミ容器容器）の陰でセックスをした。事が済むと、サムはズボンのジッパーを上げながら、彼女の頬にキスをしてこう言った。「よかったよ、ありがとう。また会おう」キャロラインはサムにゴミを投げつけた。「わたしはまだ終わってないんだからね、サム」と言った。

その二週間後、シシーは〈カーサ・ラ・ファム〉に行き、知り合いのふたりの男に会った。そこへ新たに三番目の男がやってきた。浅黒い男で、細身のボタンダウンの白いシャツを着て、カーキ色のズボンを履いていた。いい体格をしているのがシシーにはわかった。内気そうに見えたので、相手の気を惹いてみようと思った。シシーは髪を短くしたばかりだったので、目の上の前髪を払いのけながら、彼を見つめてはシャンパンのグラスを口にし続けた。三人の男たちは、これからソーホーのロフトで開かれる女の子の誕生パーティに行くところだった。それで三人は、一緒に来るようシシーを誘った。四人は歩いていった。シシーはずっと三番目の男とふざけあったり身体をぶつけあったりしていたが、そのうち相手が彼女の身体に腕をまわして「いくつなんだい？」と訊いた。

「二十四よ」

「完璧だな」と男は言った。

「完璧って、何が？」とシシーは訊いた。

「ぼくにとってはってことさ」と男。

「あなたはいくつ？」とシシーが訊いた。

「三十六だよ」と男が言った。男は嘘をついていた。

そのパーティは混みあっていた。ビールは樽に入っており、ウォッカとジンはプラスチックの器で出された。シシーがバーに背を向けて、ビールを飲もうとしたとき、ロフトの向こう側から一目散にこちらに疾走してくる人影を見た。大柄な娘で、長い黒髪に真っ赤な口紅をつけている。そしてどう見ても不釣り合いな、ロング〝ドレス〟を着ていて（それがドレスと呼べるかどうかシシーには疑問だった）、どうやらそのドレスは花柄のシフォンのスカーフをつなげて作ったものだった。まるでアラビアン・ナイトだ。

彼女がすぐ近くまできたとき、男が振り返った。「キャロライン！　素敵なドレスじゃないか！」と男が言った。

「ありがとう、サム」とキャロラインは言った。

「それがきみが話していた新人デザイナーのドレスなのかい？」とサムが訊いた。「きみが記事を書けば、ただで服を作ってくれる男がいる、って言っていたろう？」そう言ってにやけた笑いを浮かべた。

「ちょっと黙っててくれない？」キャロラインは怒鳴った。それからシシーの方を向くと、「あんたは何者？　わたしの誕生パーティで何をしているの？」と言った。

「この人に連れてこられたのよ」とシシーが言った。

「それで、あんたは他の女の恋人の誘いに乗ったんだ、え？」

「キャロライン、ぼくはきみの恋人じゃないよ」とサムが言った。

「そうよね。たかだか二十回ほど寝ただけの相手よね。最後はいつだったかしら？　〈システム〉で手でしてあげたときだった？」

「あなた、クラブの中で手でしてあげたの？」とシシーが尋ねた。

「キャロライン、ぼくには恋人がいるんだよ」とサム。

「強制送還されたのよね。だから汚いその手で、まだわたしを抱いているんじゃないの」

「彼女は戻ってきた」とサム。「今ぼくのアパートメントで暮らしている」

「あなた、恋人がいるの？」とシシーが訊いた。

「ばかにするのもいいかげんにしてよ」とキャロラインがサムに怒鳴った。「その頭の足らない雌犬を連れてさっさと出てって」

「恋人がいるの？」とシシーはもう一度訊いた。彼女は、みんなに手を引かれて階段を降りて通りに出るあいだも、ずっとその言葉を繰り返していた。

二週間後、キャロラインはあるクラブの化粧室で偶然シシーに会った。

「あいつと会った話をしたいと思っていたのよ」キャロラインはそう言いながら、赤い口紅をつけた。「あいつ、土下座して戻ってきてくれって言ったのよ。きみは別格だ、なんてほざいたわ」

「別格って、なにが？」とシシーは鏡に映ったマスカラを直すそぶりをしながら言った。

「あなた、あいつと寝た？」キャロラインは訊いた。そして口紅の蓋をぱちんとしめた。

「まさか。誰とも寝やしないわよ」とシシーは言った。

それでもう充分だった。ふたりは親友になった。

「マイアミなんか大嫌い」


キャリーがシシーと〈バワリー・バー〉で初めて会ったのは、ちょうど去年の今頃だった。キャリーはブース席のひとつに座っていた。かなり夜も更けていたのでキャリーも疲れきってぼうっとしていた。そこへ女の子がふらふらとやってきて、「あなたはあたしの憧れの人なんです」とか「ものすごく綺麗なんですね」とか「どこに行ったらその靴が買えるんですか？　その靴、すごく気に入りました」とか言いだした。キャリーはおだてられた。「あなたの親友になりたいんです」とシシーが猫撫で声で言った。「親友になってもらえますか？」

「ちょっと待って、あのね……」

「シシーです」

「シシー」とキャリーは少し厳しい口調で言った。「そんなやり方は通用しないの」

「どうして？」

「わたしはニューヨークに十五年もいるのよ。十五年もいればね……」

「そうですね」とシシーは言って、急に勢いをなくした。「電話をしてかまいませんか？　そのうち電話します」そう言って別のテーブル席へ行き、そこに座るとキャリーを振り返って手を振った。

それから二週間後に、シシーはキャリーに電話をかけてよこした。「マイアミに一緒に行きませんか？」

「わたしはマイアミが大嫌いなの。マイアミには足を踏み入れたことがないの。もしもまた電話をかけてきてマイアミのことを口にしたら、すぐに電話を切るわよ」とキャリーは言った。

「あなたって本当に変わってますね」とシシーが言った。

マイアミで、シシーとキャロラインは、テキサス大学時代のキャロラインのお金持ちの友人たちと一緒に滞在した。金曜の夜に、みんなで外に繰りだしていって酔っ払い、シシーはテキサス出身のデクスターと仲良くなった。ところがその次の晩、彼はまるで恋人気取りで、シシーの身体に腕をまわしたりキスをしようとしたりして、しつこくつきまとうようになった。「上に行って、いいことをしよう」と耳元で囁いたが、シシーにはそんな気は毛頭なく、まったく相手にしなかったので、とうとうデクスターは家から飛びだしていった。二時間ほどして彼はひとりの女の子を連れて帰ってきた。「やあ、みんな」と言うと、シシーに手を振りながら居間を通り抜け、その女の子と二階に行った。その女の子は彼にフェラチオをした。それからふたりで降りてくると、シシーに当てつけるようにデクスターは彼女の電話番号を書き留めた。

シシーが泣きながら家を飛びだしたところへ、キャロラインがちょうどレンタカーを乱暴に運転して戻ってきた。キャロラインも泣いていた。彼女は、たまたまマイアミにやって来ていたサムに、また偶然に出会ったのだ。そしてサムは金髪のストリッパーと一緒に3Pをしようと持ちかけてきた。キャロラインが「冗談じゃないわよ」と言うと、サムは彼女をサウスビーチの砂浜に押し倒して、こう言ったのだ。「おまえとつきあっていたのはな、パーティに行けばいつも写真に撮ってもらえるからなんだよ」

ページ・シックス!

それから二週間後、キャロラインはポスト誌の「ページ・シックス」のゴシップ欄に登場した。キャロラインが〈トンネル〉で開かれたパーティに行くと、ドアマンが中に入れてくれなかったので、彼女はその場で大声で怒鳴りまくった。タクシーまで引きずられていきそうになって、キャロラインはドアマンを殴りつけた。ドアマンは彼女を地面に組み伏せた。その翌日、キャロラインは、自分が勤めているダウンタウン誌の発行人に頼んで、ドアマンをクビにするよう〈トンネル〉に電話をかけてもらった。それから「ページ・シックス」に電話をしたのだ。その記事が載るや、彼女はその号を二十部も買い集めた。

さて、シシーはといえば、フィラデルフィア出身の弁護士と共同で借りていたアパートメントから追いだされてしまった。その弁護士はシシーの高校時代の友だちのお姉さんだったのだが、こう言われたのだ。「シシー。あなたは変わったわね。あなたのことが本当に心配よ。もう素敵な女の子じゃなくなってしまった。わたしはどうしたらいいのかわからないのよ」それでシシーはその女性に向かって、あたしのことを妬んでいるのね、と怒鳴りつけ、キャロラインのソファに引越してきたというわけだ。

そのころ、キャリーもあるゴシップ欄で忌まわしいことを書かれていた。シシーが興奮して電話をかけてきたときも、できるだけ気にすまいと思った。

「すごいですよ、あなたは有名人なんですね」とシシーが言った。「新聞に出てます。もう読みました？」そしてその記事を読み始めたのである。しかもひどい内容だった。それでキャリーはシシーをどやしつけた。「ちょっとよく聴くのよ。この街でうまく生き延びようと思ったらね、二度と再び、誰かに電話をかけて、その人のことが書いてある記事を読むなんてことはしちゃいけないの。知らないふりをするのよ。わかった？　誰かに記事を読んだかと訊かれても、『いいえ、ああいった下らないものは読まないの』と嘘をつくものなのよ。たとえ読んでいても、よ。わかった？　わかったの？　シシー」そしてキャリーはさらに「あんたはどっちの味方なのよ」と言った。シシーは泣きだした。電話を切ったあと、キャリーはなんとも後味の悪い思いをした。

ミスター残りかす

「ひとりの男を紹介してあげる。きっとあんたは彼に恋をしてしまうわ。でも、本気になっちゃだめよ」とキャロラインがシシーに言った。そしてまんまと、シシーは本気になってしまった。

ベンは四十歳で、レストランの経営をしたり、パーティのプロモーターをしたりしている。二回結婚しており（実のところ、今も結婚してはいるが、妻はフロリダに長いこと行ったまま
だ）、十回以上も更正施設を出たり入ったりしてきた。ニューヨークに住む者なら誰でも、彼のことは知っている。そして彼の名前が話の中に登場するや、みんな一斉に目をくるりとまわして話題を変えるのだ。長い間お酒とドラッグをやってきたが、かつて彼に備わっていたもの——魅力や面白さやハンサムなところ——はまだかろうじて残っていた。そしてその残りかすにシシーは恋をしてしまったのだ。ふたりはセックスすることはなかったが、二度ほど素晴らしい週末を一緒に過ごしたことがあった。さて、ふたりでパーティに出かけたとき、急にベンの姿が見えなくなったと思ったら、シシーの目を盗んで、ニューヨークにやってきたばかりの十六歳のモデルを愛撫していたのである。「なんてひどい男なの！」とシシーは叫んだ。

「おいおい、待てよ」と彼は言った。「ぼくの夢を粉々にする気かい。十六歳の女の子と暮らすのがぼくの夢なんだ」そう言って彼がにやっとした。彼の歯は接合し直す必要があるのが見てとれた。

その翌朝、シシーは彼のアパートメントに押しかけていった。彼の三歳になる娘が来ていた。「プレゼントを持ってきたわよ」と何事もなかったかのように彼女は言った。プレゼン

トは子兎だった。シシーがソファの上に置くと、子兎は何度もそこでおしっこをした。

一方、キャロラインはサムと同棲のようなことをしていた。自分のアパートメントはそのままにしておいたが、夜は必ずサムの部屋で過ごし、そのたびに何かしらを——靴やら香水やら、イヤリング、ドライクリーニングをしたブラウス、六、七種類のフェイス・クリームなど——彼の部屋に置いてきた。それが三カ月も続いた。ヴァレンタイン・デイの前日、とうとうサムが爆発した。「出てってくれ」と彼は怒鳴った。「出ていけ！」サムは叫びながらぜいぜいと喘いだ。

「そうはいかないわよ」とキャロラインは言った。

「いくもいかないもない！」とサムは言った。「おれは、ただ、おまえとそのこまごましたものに出ていってもらいたいだけだ！」そして窓を開けると、彼女の物を投げ捨て始めた。

「そんなことをすると、お仕置きよ」と言って、彼女はサムの後頭部をがつんと叩いた。

サムがくるりと振り向いて、「ぶったな」と言った。

「サム……」

「信じられない……ぼくをぶつなんて」そう言いながら、どんどん後ずさりし始めた。「近寄るな」そう言うと、用心しながら下に手を伸ばして猫を抱きあげた。

「サム」キャロラインは、サムの方に歩いていった。

「来るな」猫の脇の下を両手で持っているので、猫の足がまっすぐにキャロラインの方に伸びている。まるで武器のように抱え持っている。「来るなって言ったろ！」

「サム、ねえ、サム」キャロラインは首を横に振った。「やりすぎよ」

「来るなよ！」そう言うと、猫を抱えながらサムは寝室に駆け込んだ。「あの女は魔女だ。そうだよねえ、パフィ？　本物の魔女だよ」と彼は猫に話しかけた。

　キャロラインはベッドの方に歩みかけた。「そういうつもりじゃないってば……」

「ぼくをぶったじゃないか」サムは、小さな子どものようなおかしな声で言った。「もうぶたないで。もうサムをぶったりしないで」

「わかったわ……」とキャロラインはゆっくりと言った。

　猫はサムの腕から逃れでて、床を走ってきた。「ほら、猫ちゃん、猫ちゃん。おいで。ミルクを飲む？」とキャロラインが言った。テレビの電源を入れる音が聞こえた。

彼は屈辱だと思った

　キャリーは、シシーとキャロラインと一緒にディナーを食べようと約束していたが、なかなか果たせないでいた。ところがようやく今日、三人で食事をすることになった。日曜の晩である。この日しかキャリーの予定は空いていない。キャロラインとシシーはバンケット席に座っていた。足を組み、お酒を飲みながら、とても賢《かしこ》そうに見えた。キャロラインは携帯電話で話をしていた。「仕事で毎晩外に出かけなくちゃならないんです」とシシーが退屈そうに言った。「だからいつもへとへとなんですよ」

キャロラインが携帯電話をしまってキャリーを見た。「今夜あのパーティに行きましょうか、ダウンタウンの。モデルが大勢来るんですよ。ぜひ出席したほうがいいと思います」と、まるで絶対に出席しないほうがいいというような口調で言った。

「ところで、どうなってるの？」とキャリーが言った。「ほら、サムのことよ……」

「なんとかうまくやっています」とキャロラインが言った。

シシーは煙草に火をつけて顔を逸らした。「サムはね、キャロラインとぼくは一度も寝たことがないんだ、ってみんなに言いふらしているんですよ。大勢の人たちがふたりがつきあっているのを知ってるのに。それであたしたち、サムをこけにしてやったんです」

「あの人、病気持ちの女の子とつきあい始めたので、彼に電話をして『ねえサム、友だちとして言うんだけど、あの子とは寝ないという約束をしてちょうだい』と言ったんです」とキャロライン。

「それからここにお昼を食べにきたとき、サムと彼の友だちに会いました」

「わたしたち、一分の隙なくめかしこんでいたんですよ。あっちはジャージー姿でした。わたしたちがおふたりさんのところに行ったら、煙草をくれないかって言うんですよ。それでこう言ってやりました。『煙草を一本ですって？　あらあら。ウェイターからもらってちょうだい』」

「あたしたち、そのふたりの隣のテーブルについたんです。わ、わ、わざとですよ。ふたりはいろいろと話しかけてくるんだけど、キャロラインはずっと携帯電話で話しっぱなしでした。それであたしが、『ねえサム、先週あなたと一緒だったあの女の子はどうしたの』と訊いてみたんです」

「彼ったらひどく傷ついたみたいでした。それで〝ヘルペス・シンプレックス19（単純疱疹の意）〟と書いたメモを渡したんです」

「ヘルペス・シンプレックス19があるの？」とキャリーが訊いた。

「ありませんよ」とシシー。「真面目にとらないでください」

「なるほど」とキャリーが言った。しばらくキャリーは何も言わずに、時間をかけて煙草に火をつけた。それから「どこか具合でも悪いの？」と訊いた。

「別に」とシシーが言った。「気になっているのはキャリアのことだけです。あなたみたいになりたいから。あなたはあたしの憧れの人だもの」

それからふたりの娘は同時に腕時計を見て、顔を見合わせた。

「このへんで失礼します、パーティに行かなくちゃいけないので」とシシーが言った。

17 灼熱のマンハッタン
――ミスター・ビッグを襲った性的もめごと

ニューヨークの街は、八月に入ると完全に趣きが変わってしまう。まるで南アメリカの国で暮らしているように、腐敗した酔っぱらいの独裁者に支配され、インフレーションはうなぎ登りに上昇し、コカインのカルテルがのさばり、道路はゴミだらけで、配水管が詰まってしまう。よくなるものなど何ひとつなく、雨も一滴も降らない。

ニューヨーカーたちの精神も、この暑さではひびが入る。邪悪な考えと悪い感情が頭をもたげてくる。そして悪行にひた走る。心の優しいニューヨーカーはとりわけそうなる。隠し立てをする。下品になる。関係は破綻する。一緒になってはいけない人たちが一緒になる。

この街は灼熱地獄だ。摂氏三十六度以上の真夏日が次から次へとやってくる。誰も彼もが怒りっぽくなる。

猛暑のなかでは、誰も信頼できない。とりわけ信頼できないのは自分自身だ。

朝の八時、キャリーはミスター・ビッグのベッドに横になっている。身体の調子がよくならないと思いこんでいる。誰がなんと言おうと、自分の身体の調子はよくならないと頭から信じきっている。枕に顔を埋めてヒステリックに泣いている。

「キャリー、落ち着け。落ち着くんだ」とミスター・ビッグが命じる。彼女が身体をねじって上向きになると、その顔はグロテスクな吹き出物のお化けそのものだ。

「きっとよくなる。それにおれは仕事に出かけなきゃならん。今すぐにだ。あんたにかかずらっていると仕事に遅れちまう」

「助けてくれる？」とキャリーが尋ねる。

「いやだめだ」とミスター・ビッグは言って、袖の穴にゴールドのカフスボタンを滑りこませている。「あんたは自分でなんとかしなくちゃならん。わかるな」

キャリーはカヴァーの下に頭を押しこんでまだ泣いている。「二時間以内におれに電話をかけるんだ」とミスター・ビッグが言い、部屋から出るときに「じゃあな」と言う。

二分後に彼は戻ってくる。「葉巻ケースを忘れた」と言い、部屋を横切りながら彼女の様子を観察する。今やすっかり静かになっている。

「じゃあな」とミスター・ビッグ。「じゃあな、行ってくるよ」

もう十日も、息苦しいまでの暑さと湿気に悩まされている。

ミスター・ビッグの猛暑の儀式

キャリーはミスター・ビッグと長い間一緒に過ごしてきた。彼のところにはエアコンがある。キャリーのところにもあるが、故障している。それでふたりは毎晩ちょっとした儀式を

執りおこなっている。猛暑の儀式だ。夜の十一時頃、ふたりが一緒に外出していないときは
だが、ミスター・ビッグから電話がかかってくる。

「そっちのアパートメントはどうだ？」とミスター・ビッグ。

「暑いわ」とキャリー。

「そこで何をしているんだ」

「汗をかいている」

「こっちで寝たいかね？」と、恥ずかしげにミスター・ビッグが訊く。

「もちろん、望むところよ」とキャリーが言って、あくびをする。

それからキャリーは脱兎のごとく部屋を抜けだし、ビルの入口から飛びだして（夜勤のドアマンはいつでも胡散臭そうにキャリーを一瞥する）、タクシーに飛び乗る。

「よう、いらっしゃい」とドアを開けながら、裸のミスター・ビッグは言う。彼は彼女を見て驚いたと言わんばかりに、眠たそうに言う。

ふたりはベッドに入る。テレビでレターマンかレノを見る。ミスター・ビッグは眼鏡をかける。ふたりは交互に眼鏡をかける。

「新しいエアコンを買おうと思ったことはないのかね」とミスター・ビッグが尋ねる。

「あるわ」とキャリー。

「百五十ドルで新品が買えるぜ」

「知ってる。前にも聞いた」

「いや、ただそうすれば毎晩ここで過ごさなくてもすむと思ってな」

「心配ご無用」とキャリー。「暑さなんてへっちゃらだから」

「あんたに暑い思いをしてもらいたくないんだ。あのアパートメントで」とミスター・ビッグ。

「わたしのことを気の毒だと思って言ってくれてるのなら、もう気にしないで」とキャリー。

「わたしがいなくて寂しい思いをしているのなら、毎晩だって来たいもの。わたしがいないでひとりで寝るのが寂しいというのなら」

「もちろん、寂しいさ。もちろん、あんたと一緒にいたいよ」とミスター・ビッグは言う。

それからしばらくたって「お金はあるのかい?」と訊く。

キャリーはミスター・ビッグを見つめて、「どっさりね」と言う。

ロブスター・ニューバート

この暑さはどうかしている。人をだらしなくさせる暑さだ。一滴も酒を飲んでいなくても、まるで酔っ払っているような感じになる。アッパー・イースト・サイドでは、ニューバートのホルモン分泌が増進した。どうしても赤ん坊が欲しくなった。春になったとき、妻のベルは、お腹の大きい水着姿を人に見られたくないから夏には絶対に妊娠しないわ、と宣言していた。今や彼女は、この暑さのなかでつわりなんかになりたくないから絶対に妊娠はしないと言い張っている。ニューバートは、投資銀行員である妻にこう諭した。そんなこと言ったって、きみはエアコンの効いたオフィス・ビルの緑色のガラスの中で終日過ごしているわけじゃないか、と。だが、なんの役にも立たなかった。

とは言っても、ニューバートも、ほころびたトランクスを穿き、自分の小説のことでエージェントから新しい知らせが来るのを待ちながら、アパートメントで何もせずにぶらぶらと時間を過ごしているのだ。トーク番組を見る。丸い器具で爪のキューティクルを綺麗にする。そして一日に二十回もベルに電話をかける。ベルはいつでも優しい。「なあに、ぼうや」と言ってくれる。

「レヴロンのステンレス・スティール製の先の尖っているピンセットをどう思う?」と彼は訊く。

「素敵な感じがするけれど」とベル。

そしてある熱帯夜に、ベルは顧客と商売がらみのディナーを食べることになった。日本人だ。お辞儀と握手の嵐のあと、みんな——ベルと五人のダークスーツの男たち——は〈街の《シティ・》蟹《クラブ》〉に出かける。ディナーの途中で、思いがけなくニューバートが現れる。彼はすっかり出来あがっている。これからキャンプにでも出かけるようないでたちをしている。モリス・ダンス(メイデイに足に鈴を着けて仮装して踊る)をしようと思ったのだ。ナプキンを取ると、それをカーキ色のハイキング用ズボンのポケットに押しこむ。それから、ナプキンを両手でひねりながら、何歩か前に進みでて、足を前に蹴りあげ、また後ろに何歩か下がり、もう片方の足を後ろに蹴りあげる。さらに、横飛びをしてみせる。専門的な見地から言えば、横飛びは本来のモリス・ダンスには含まれていない動作だ。

「あら、あれはわたしの夫ですわ」とベルは顧客に向かって言う。まるでいつもこんなことが起きているかのように。「あの人ったら、楽しくやるのが大好きなんです」

ニューバートは小さなカメラを取りだして、顧客の写真を撮りはじめる。「はい、ロブスターと言って」

〈動物園《ル・ズー》〉での人喰い

キャリーは〈動物園《ル・ズー》〉という新しいレストランにいる。見知らぬ人々と一緒にディナーを食べているのだ。そのなかに売り出し中の若い俳優、ラーもいる。このレストランにはテーブルが三つしかない。そのうえオーヴァーブッキングをしているので、通路に立って待っている客もいる。誰かが白ワインの瓶を何本か外に持ちだすと、瞬く間に通りでパーティが始まる。猛暑は始まったばかりなので、人々はまだ機嫌がいい。「あらあ、死ぬほど会いたかったのよ」「ぜひとも一緒に仕事をしよう」「ぼくらはもっとたびたび会わなくちゃいけない」などと口々に言いあっている。キャリーはみんなに話しかけ、みんなを気に入ってしまう。そして誰からも好かれているという気分になる。

レストランの中に入り、ラーと彼の女性マネージャーとの間に座る。ニューヨーク・タイムズ紙の記者らしき人が、客の写真を撮りまくっている。ラーは大して話をしない。ただじっと見つめて、山羊髭に触れ、おもむろに頷くだけだ。ディナーの後で、キャリーたち一行はラーのマネージャーの家に行き、そこでマリファナを吸う。こんなに暑い夏のこの時間には、こうするのが一番いいことに思える。強いマリファナだ。遅くなった。ラーとマネージャーはキャリーがタクシーに乗るのを見送る。

「わたしたちはここをゾーンと呼んでいるの」とマネージャーが言う。じっとキャリーを見つめている。

キャリーは、マネージャーが何を話しているのか、〝ゾーン〟とは何か、どうして突然彼らがここにこうして一緒にいるのか、ちゃんと理解している、と思っている。

「このゾーンでわたしたちと一緒に暮らせばいいのに」とラーが言う。

「ぜひそうしたいわ」と本気で言うが、その一方で、家に帰らなくちゃ、とも考えている。タクシーに乗ってアップタウンに向かうが、家にたどり着く前に「ここで停めて」と運転手に言う。キャリーは車から降りて歩きだす。家に帰らなくちゃ、とまだ考えている。街は暑い。力がみなぎってくるような感じがする。まるで補食者《プレデター》になったみたい。舗道の数フィート先をひとりの女性が歩いている。ぶかぶかの白いブラウスを着ている。それがまるで白い旗のようで、見ているうちにキャリーの頭がおかしくなってくる。突然、血の匂いを嗅いだ鮫のような気になる。その女を殺して食べることを想像する。それを想像するのがあまりにも楽しいので愕然とする。

いる。その女性は自分が後をつけられているとは夢にも思っていない。舗道をゆっくりと歩いている。キャリーは、その白くて柔らかな肉を歯で嚙み切る様子を思い描いている。これはこの女がいけないのだ、この女はもっと体重を減らすとか、すべきなのだ。キャリーは立ちどまって、自分のアパートメントの建物に入る。

「こんばんは、ミス・キャリー」とドアマンが言う。

「こんばんは。カルロス」とキャリーが言う。

「なにか問題はありませんか」

「いいえ。申し分ないわ」

「では、おやすみなさい」とカルロスは言って、エレヴェーターの開いたドアの方へと頭を向けて、笑った。

「おやすみ、カルロス」とキャリーは歯をむき出して微笑んだ。

ブルー・エンジェル

この暑さの中を外出するのは目も当てられない。しかし家の中に、しかもひとりで閉じこもっているのは、もっとひどい。

キティは、ヒューバートという五十五歳の俳優の恋人と同棲している五番街の大きなアパートメントで、あてどなく時間をつぶしている。ヒューバートは映画界への返り咲きを果たし、熱心な若いアメリカ人監督と、イタリアに映画の撮影に行っている。その後、テレビドラマ出演のためにロスに行くことになっている。キティは明後日にはイタリアに行き、それからヒューバートと一緒にロスに行くつもりだ。しかし彼女はこう考えている。わたしはまだ二十五歳だ。こんな暮らしをするにはまだ若すぎるわ、と。

五時に、電話が鳴る。

「もしもし、キティ？」男からだ。

「はあい、そうでーす」

「ヒューバートはいる？」

「いませーん」

「なんだ。ダッシュだけど」

「ダッシュ」と言いながら、キティは途方に暮れる。ダッシュはヒューバートのエージェントだ。「ヒューバートはイタリアよ」とキティ。

「わかっている」とダッシュ。「きみに電話をして、ニューヨークにいるようだったら外に連れだしてあげてくれとヒューバートに言われてね。きみがひとりで寂しがっているんじゃないかと彼は心配しているんだ」

「そうなの」とキティが言う。ダッシュはたぶん嘘をついているのだと思い、キティはちょっとわくわくする。

十時にふたりは〈バワリー・バー〉で落ちあう。スタンフォード・ブラッチもそこにやってくる。彼はダッシュの友だちだ。もっとも、スタンフォードの友だちでない者はいない。「スタンフォード」とダッシュは言う。彼はバンケット席に寄りかかっている。「どこか面白い場所を知ってるかい？　ここにいるお連れを楽しませたいんだよ。退屈しているようなのでね」

ふたりの男はお互いに目くばせする。「〈ブルー・エンジェル〉はどうだい」とスタンフォード。「といっても、おれの趣味はちょっと変わっているから」

「〈ブルー・エンジェル〉とはいいね」とダッシュが言う。

その店はソーホーにある。三人が中に入ると、踊り子たちのために用意されたベニヤ張りの舞台がある。「いかがわしい場所に行くのがこの夏の流行さ」とスタンフォード。

「やめてくれよ。ぼくはずっといかがわしいところに出入りしてきたぜ」とダッシュ。

「わかってるって。きみは、自動車電話で『ちょっと待っていてくれないか。今パリセーズ・パークウェイで、ちょうどフェラチオをしてもらっている最中で、もうじきいきそうなんだよ』と言うようなタイプの男だもんな」とスタンフォードが言う。

「そんなことをするのはサンセット大通りでだけさ」とダッシュ。

三人は舞台のひとつを選んで、その真ん前に席をとる。まもなくひとりの女性が登場する。道端から引っこ抜いてきたような雛菊の花束を持っている。一糸纏《まと》わぬ姿だ。痩せているが脂肪はついている。「脂肪が余分についている痩せた女性っていうのは、どこかが悪いのよ」とキティはダッシュの耳元に囁く。

ダッシュはキティを見て、うっとりと笑う。いいわ、なんとかしのいでみせる、とキティは思う。

舞台の女性は羽根のボアを摑んで踊りだす。雛菊の花びらをむしる。汗まみれだ。汚い舞台に寝転がり、起きあがると、鳥の羽根と花びらとほこりを身体中になすりつける。それから両脚を開いて、そこをキティの顔の間近に突きだす。キティははっきりと、その匂いをかぐ。しかし、キティは、だいじょうぶ、しのいでみせる、と思う。

次にレズビアンのカップルが登場する。ふたりで演じている。小柄な方の女性がうめく。大柄な方の女性が小柄な方の首を絞めはじめる。キティは小柄な方の女性の首の静脈が浮きあがるのを見る。本当に絞め殺されかかっている。わたしは残虐クラブにいるんだわ！　とキティは思う。スタンフォードは、白ワインのグラスをもう一杯注文する。

大柄の女性が小柄の女性の髪を摑んで引っぱる。キティは大柄の女性が何かをしでかすのではないかと思う。小柄の女性の髪が抜け落ちる。かつらだ。その下は紫紅色のクルーカットだ。

「ショウは終わりだ。帰ろうか」とダッシュが言う。

店の外に出ると、相変わらず暑い。「あれはなんだったの？」とキティが訊く。

「他に何を期待していたんだ？」とダッシュ。

「じゃあな、キティ」とスタンフォードは満足そうに言う。

ひび割れ

猛暑が始まって十日目のこと。キャリーはミスター・ビッグがとても好きになった。あまりにもその想いが強くなった。ある晩、とうとうキャリーは元気をなくしてしまった。はじめはよかったのだ。ミスター・ビッグは仕事がらみのディナーを食べにひとりで出かけた。はじめは何の問題もなかった。キャリーは友人のミランダに会いに行った。ふたりはエアコンの効いた部屋に腰を下ろして、『アブ・ファブ』というヴィデオを見ていた。しかしお酒を飲み始めた。それからドラッグを配達する男に電話をかけた。さて、そこからが問題だった。キャリーがミランダに会うのは久しぶりだった。というのも、キャリーがミスター・ビッグにかまけていたからだ。それでミランダの方からしかけた。

「わたし、彼に会いたいのよ。でも、どうしてわたしが彼に会わなかったのか？　どうしてあなたに会わなかったのか？　わかる？」とミランダは言った。そして爆弾を落としたのだ。ミランダが、キャリーとつきあい始めてひと月もしないうちに、ミスター・ビッグは他の女の子とデートをしていたのよ、と言ったのである。

「その子に会ったのは一度だけだと思うけど」とキャリーは言った。

「それが違うの。何度か会っているのよ。な・ん・ど・か。だからわたし、ひと月以上あなたに連絡しなかったの。話したほうがいいのか悪いのかわからなかったから」

「悪いほうだと思うわ」とキャリー。

その翌朝、ドラッグですっかりおかしくなったあと、キャリーはミスター・ビッグのベッドに寝そべりながら、自分が本当にしたいことは何なのかを考えようとした。人生がすっかり変わってしまったような感じだった。しかし本当に変わってしまったのだろうか。わたしはまだ結婚していない。子どももいない。結婚して子どもを持つようなことがあるのだろうか、とキャリーは思った。

いつそうなるの？

ゾーンに行くべきかミスター・ビッグのところに留まるか、とキャリーは考える。ゾーンか、ミスター・ビッグか。

その日の午後、ミスター・ビッグから花束が贈られてくる。添付されたカードには「なにもかもよくなるよ。愛を込めて。ミスター・ビッグ」とあった。

「どうして花束を贈ってくれたの？」とあとでキャリーが訊く。「とっても素敵だった」

「愛されてるんだってことを、あんたに知ってもらいたかったからさ」とミスター・ビッグが言う。

その二日後の週末に、キャリーとミスター・ビッグはウェストチェスターの家に行く。そこでミスター・ビッグはゴルフに出かける。朝早く、彼は家を出る。キャリーは遅くなって目を覚まし、コーヒーをいれる。家の外に出て、庭を歩きまわる。通りの行きどまりまで歩いていく。そして戻ってくる。家の中に入り、腰を下ろす。

「さてと、わたしは何をすればいいのかしら」と彼女は考える。そしてゴルフをしているミスター・ビッグのことを思い浮かべる。ゴルフ・ボールをはるか彼方へと叩いている姿を。

18 マンハッタンで結婚する方法

二カ月ほど前のこと。ニューヨーク・タイムズ紙に「シンディ・ライアン（仮名）」が結婚したという記事が載った。別にとりたてて興味を惹くようなニュースでもなければ、そのニュースの内容に変わったところはまったくなかった。ただ、シンディを知っていて、連絡をとっていなかったわたしのような者にとって、これはびっくり仰天する出来事だった。シンディが結婚！　四十歳で！　まさに霊《スピリチュアル》的な体験だ。

いいですか。シンディは、何年も結婚しようと奮闘してきたニューヨーク女性のひとりだ。わたしたちはそういう女性を大勢知っている。この十年間、新聞雑誌などでよく目にしてきた女性たちだ。魅力的で（必ずしも美人ではない）、なにもかも手中に収めているように見える――結婚を別にすれば。シンディは車専門誌に広告を売っている。ステレオ装置のこともよく知っている。男みたいな体つきをしている。ピストルも撃つし、旅行にも行く（一度、空港へと向かうタクシーの中で、運転手が酔っ払っているとわかるや、彼を殴って後部座席に放り込み、自分で運転して空港に行ったという逸話もある）。彼女は女らしいとは言えないが、つきあう男には不自由しなかった。

しかし毎年、彼女も歳をとる。そして昔からの友だちのカクテル・パーティなどで彼女に会うと、別れた有名な男の話をして、わたしや他の女性たちを楽しませてくれたものだった。ヨットを持っている男の話やら、お尻に絵筆を押しつけないと勃起しない有名な画家の話やら、ネズミのスリッパを履いてベッドに入ってきた取締役などの話をよく聞いた。

彼女を眺めながら、あなたが驚嘆と嫌悪の入り混じったような感情を抱いてしまうのは、やむを得ないことなのだ。そしてその場を離れながら、このぶんでは、彼女には絶対に結婚はむりだわね、と思う。たとえ結婚することになっても、きっと相手はニュージャージーに住む退屈な銀行の支店長かなんかに違いないわ。それに、彼女は歳をとりすぎている、と。それからあなたは家に帰ってベッドに横になっていると、彼女と交わした会話のことしか考えられなくなる。それでとうとう友だちに電話をかけて猫撫で声でこう言うのだ。「ねえ、スウィーティ。もしもわたしが彼女のようになったら、絶対に撃ち殺してちょうだい、いいこと？」

ところが、どうだろう。あなたは間違っていた。シンディは結婚した。そして相手は彼女が自分にふさわしいと思っていたような男ではないが、それでも彼女はこれまでにない幸福を味わっている。

潮時なのだ。つまらない男のことで愚痴をこぼすのはやめる時期なのだ。留守番電話を三十分おきに聞いて、男から電話がかかってきてはいないかと期待するのはもうおしまいにしてもいい頃合いだ。たとえマーサ・スチュワート（生活コラムニスト）がピープル誌の表紙を飾っていても、彼女の乱れた性生活を自分のことのように思うのはもうやめたほうがいいのだ。いよいよ、マンハッタンで男と結婚する時期が来たのだ。なんとしてでも、それをやりおおせてみせる。さあ気持ちを楽にして。時間はまだたっぷりある。マーサ、見ていらっしゃい。

三枚のカシミアのセーター

ある秋の週末。外は雨が降っている。キャリーとミスター・ビッグはブリッジハンプトンのレストランに来ている。人でごった返しているのが煩わしい。しかも、いつもふたりにテーブルを用意してくれる給仕長が見あたらない。それでふたりはバーで頭をくっつけあいながら食事をすることにした。最初にふたりがこうした新しい食べ方をしたのは、ミスター・ビッグの誕生日のときだった。中華料理のように、前菜を四品頼んだのだ。

しかし今日は、ミスター・ビッグはキャリーの料理と同じものを食べたがって、結局同じ料理を二皿頼むことにする。

「かまわないか？」とミスター・ビッグが言う。

「ええ、かまわないわよ」とキャリーが、奇妙な甘え声で言う。このところずっと、ふたりはひっきりなしにそういう声で語り合っている。「あたし、疲れちゃってるから気にしない」

「おれも、疲れちゃってるから気にしない」とミスター・ビッグも甘えた赤ちゃん声で言う。彼の肘が彼女の身体を撫でる。それからまた肘で軽く突く。「ビー、ビー」と言う。

「ちょっとお。ここに線が引いてあんのよ。はみ出ちゃだめ」とキャリー。

「突然死」とミスター・ビッグは唸りながら、身を乗りだしてキャリーのパスタをフォークでつつく。

「突然死させてあげようか」とキャリーが言う。

「やって、やって、殴って」と彼が言うので、キャリーはその腕にパンチをおみまいし、彼は大笑いする。

「あら、おふたりさん」という声に、ふたりが振り向くと、首の周りにカシミア・セーターを三枚も巻きつけたような格好で、サマンサ・ジョーンズが立っている。「ここにいるんじゃないかと思ったのよ」とサマンサが言う。ミスター・ビッグは「それはそれは」と言う。

実は、ミスター・ビッグとサマンサはそりが合わない。一度サマンサにその理由を尋ねられたキャリーは、サマンサがいつもキャリーにずけずけものを言うので、ミスター・ビッグはそれが気に入らないからだと説明した。するとサマンサは怒りで鼻を鳴らしてこう言った。

「あなたが男のいいなりになるとは思わなかったわよ」

サマンサは映画のことを話しはじめたので、キャリーはやむを得ずにその話につきあう羽目になった。ミスター・ビッグは映画の話題が苦手だ。キャリーは、サマンサがはやく向こうへ行ってくれないものかと思った。そうすれば、ミスター・ビッグの好きな新しい話題

（いつかコロラドに引越そうというような話）を彼と話せる。しかしキャリーは、サマンサがいなくなってくれたらいいと思っている自分がいやだった。しかし男と一緒にいるときはそう思う場合だってある。やむを得ないことなのだ。

ダサイやつ、変わり者、落伍者

「それはデイヴィッド・Pのおかげよ」とトルーディは言った。トルーディは十代の女の子向けの雑誌の編集長である。四十一歳だが、大きな青い目と黒髪をしていて、まるで可憐な十六歳の少女のように見えるときがある。

彼女は椅子に寄りかかりながら、写真でごちゃごちゃになっている本棚を指さした。「あれを『トルーディと一緒の――』と呼んでいるの」と彼女は言う。「わたしとデートをして捨てられた男たちが写っている写真よ。わたし、物を集めてカタログにまとめるのが好きなの。

みんな二年以上は続かなかったわ。男をまともにするためにはなんでもやったのよ。ふたりでセラピーも受けたし、相手とちゃんとした関係を結べるかどうか不安を感じているといったこともずいぶん話しあった。喧嘩もしたわ。それでよくわかったの。何がだかわかる？　女を嫌っている四十歳の男を変えることはできないってことをよ。だって、それはわたしのせいなんかじゃないもの。

自分に年齢制限を定めたのよ。四十歳になるまでに結婚しようって。わたしはデイヴィッド・Pとつきあっていたわ。五十歳の不実な男だった。わたしが結婚したいと言うと、いつもいいわけばかりしていた。わたしを搾りとっていたのよ。『とにかく中国旅行に行こうじゃないか。戻ってきたら、ちゃんと決められるよ』とか言って。ヴェニスのグリッティ・パレスにいたときだった。木の窓を開けると大運河が見えるような一室だった。『じゃあ、ちゃんと話そう』と彼は言ったわ。『まともに結婚しようという男をマンハッタンで見つけるなんて無理な相談だよ。だからこのままずっと暮らそうじゃないか』そのとき、わたしは絶対にいい男を探してやる、と思ったわけ」

マンハッタンに戻ってくると、トルーディは古いファイロファックス（システム手帳）を引っぱり出してきて、マンハッタンで会ったすべての男に電話をかけた。「ええ。全員に。これまでは相手にしなかった男すべてに。変人やダサイ男や、落伍者やハゲた男なんかによ」

さらにトルーディは続けた。「わたしの今の夫の名前もこのリストに載っていたわ。一番気がすすまなかった男よ。こう思ったのを覚えているわ。もしこの男がだめなら、もう次に打つ手はないわ、って」（もちろん、これは典型的なニューヨークの女性の謙遜の仕方である。ニューヨークの女たちは、いつも次に打つ手を心得ているのだから）そしてトルーディは、未来の夫となるべき男とディナーを三回つきあった（そのときは彼と結婚することになるとは知る由もなかった）。そのあと彼は二カ月ほどロシアに出かけていた。初夏のことなので、トルーディはハンプトンに行き、彼のことはすっかり忘れてしまった。事実、別のふたりの男とデートをしていたくらいだった。

トルーディは微笑んで自分の爪を丹念に調べた。「それでね、その夏の終わりに彼から電話があったの。また会うようになった。でもね、大事なのは、どんなときでもしっかりと歩こうとしなければならないってことよ。毅然とした態度をとらなくちゃだめ。男はあなたのことを、男なしではとても生きられない哀れで惨めなか弱き者だなんて、考えてやしないんだから。だって、本当にそうなんだものね。男なんていなくたって生きていけちゃうんだもの」

マンハッタンで男と結婚するにあたってはふたつのルールがある。「優しくならなくちゃだめよ」とネットワーク・ニュース番組の特派員をしている三十八歳のライザが言った。しかし同時に「男たちの言いなりになってもいけないの」と写真記者のブリッタは言った。

こうした女性たちにとって、ある程度歳がいっていることは有利な武器となる。三十代半ばや後半になるまでニューヨークで独身生活を続けてこられた女なら、自分の好きなものを手に入れる手段のひとつやふたつは身につけているはずだからだ。したがって、ニューヨークのこうした女性が、将来夫になりそうな相手としてある男に目をつけるや、その男を取り逃がすことはまずない。

「その日から訓練を始めなくちゃならないのよ」とブリッタ。「はじめは、夫と結婚したいとは思わなかった。わかっていたのは、この男がほしいってことだけ。そのためにはなんだってするつもりでいたわ。もちろん、手に入れられるのはわかっていたわよ」

さらにブリッタは続けた。「お金持ちの男と結婚することだけを夢見ているばかな娘みたいになっちゃだめね。少しは計算高くならないと。望んでいる以上のものを期待していいのよ。バリー（ブリッタの夫）がいい例よ。彼はこう言われるのは心外だろうけど、自分の望みどおりのことをさせてくれるような女の子はいらなかったのよ。今のあの人を手に入れられた女性は最高だと思うわね。あの人、頭はいいし、優しいし、料理も掃除もこなすもの。信じられないでしょうけれど、あの人、はじめは絶対にそんなことしない、って言ってたのよ」

バリーとつきあう前のブリッタは、デートの最中にコートに入れておいた煙草を取りにクロークまで行ってくると言って、相手が見ていない隙に他の男と裏口から逃げだしてしまうような女だった。「一度アスペンの山頂からバリーに電話をかけて、大晦日の夜に別の女の子とデートしたと言って十分間もなじったことがあった。それは出会ってひと月も経っていないころのことだったけれど、あんまりよね」

その後、バリーはとてもおとなしくなったが、ちょっと面倒な点がまだふたつあった。他の女性を眺めるのが好きだという点。ふたつ目は、ブリッタが彼のところに引越してきてからはとりわけそうだが、ときどき自分の居場所がないと不満を漏らすという点。「そうね、何はともあれ、わたしはいつもふたりで楽しい時間を過ごそうとしたことは確かよ。わたしは料理を作った。それでふたりとも三十ポンドも体重が増えちゃった。一緒にお酒も飲んだわ。お酒を飲みながらよく観察しあったの。吐いたときには互いにいたわりあったわ。思いがけないようなことをすることが大事ね。たとえば、わたしは一度、彼が帰ってきたとき、部屋中をキャンドルで飾って、あの人にインスタント食品を食べさせたことがあった。それからわたしの服をよく着せてあげたわ。でも、あなただってそういった男たちをずっと見てきたわけだからよく知ってるわよね。残念なことだけれど、男たちって一日の大半をあなたのいないところで過ごしているのよね。だからあなたと一緒にいるときには、全神経をあなたに向けるべきでしょう。一緒に食事をしている最中に、他の女に目を向けたりしたら失礼でしょう。いつだったか、バリーの目が虚ろになってあらぬ方を見ていたから、わたし、思いっきり張り倒してやった。そうしたら、あの人、椅子から転げ落ちそうになったわ。わたしはこう言ってやった。『舌を口の中にしまって、尻尾を足の間に入れ、しっかり料理を食べるのよ』」

しかし、夫を手放さないようにするのは、また別のお話である。「この街の女たちは、相手が結婚していようが婚約していようがまったく見さかいがないからね」とブリッタは言った。「男につきまとうのをいっこうにやめないんだから。だからいつでも監視の目をゆるめてはだめなの」

ときどきミスター・ビッグは、自分の殻の中に閉じこもってしまい、ミスター・ビッグの抜け殻だけがそこにある、といった感じになる。いつものミスター・ビッグは誰にでも愛想がいい。気さく、という言葉が当てはまるかもしれない。いつでも隙ひとつない身だしなみ。白い襟口、金のカフスボタン、それに合ったサスペンダー（彼は上着を脱ぐことはないと言っていい）。それだけに、彼がそういう雰囲気になったときは手に負えない。キャリーは、保守的すぎると思えるような人とつきあうのを苦手にしていた。キャリーはそういう人とのつきあいには慣れていなかった。お酒を飲んでドラッグをやるような（あるいはお酒を飲むだけの）人々とつきあってきたのだ。ミスター・ビッグは、キャリーが過激なことを言うと激怒した。たとえば、実際は身に着けてはいても「下着は一切つけないの」と言ったりするような場合だ。そしてキャリーの方は、ミスター・ビッグが他の女たち、とりわけモデルに愛想よくしすぎると感じていた。ふたりで外出したとき、カメラマンがやってきて「かまいませんか」と言い、モデルを連れてきて、ミスター・ビッグと一緒の写真を撮ろうとしたことがあった。それはとても許せないことだった。モデルがミスター・ビッグの膝の上に座ったとき、キャリーは本気になって怒り、「どかせなさいよ」と言った。

「おいおい、そう、かっかせずに」とミスター・ビッグは鷹揚《おおよう》に言った。

キャリーはそのモデルを睨みつけた。「悪いけど、わたしの彼の膝に座っているのよ」

「休んでいるだけ。ちょっと休んでいるだけよ」とモデルは言った。「これは大きな違いだわ」

「あんたは、いなし方を学ばなくちゃいかん」とミスター・ビッグは言った。

商品の比較

レベッカは三十九歳のジャーナリストで、去年結婚した。彼女は、結婚する前に恋人の銀行員の名刺入れの中に見知らぬ女性の電話番号があるのを見つけたときのことを語ってくれた。

「その電話番号を押して、出てきた女性に、なにがあったのかを単刀直入に尋ねたのよ」そうしたら案の定、その女性は、レベッカの恋人からディナーに誘われたと白状したのだ。

「わたし、もう頭にきちゃったわ。彼女を罵ったりはしなかったけれど、メロドラマみたいだった。もう彼から手を引いて、二度と電話をかけないで、と言ったのよ。そうしたら向こうが『あなたはいい男をものにしたわ。彼に優しくしてあげなさいよ』と言ったので、こう言い返したわ。『あら、そうかしら。あの人がそんなにいい男なら、どうして同棲しているのに他の女に電話をかけたりするの？』

次に彼に電話をかけたの。彼は〝私的なつきあい〟のことを言われてすっかり逆上してしまった。それで『はっきりとさせましょうよ。わたしとつきあっているうちは、あなたに私的なつきあいなんてないのよ』と言ったわけ。その二日後、わたしはもうこの関係は終わったんだわと思った。でも、わたしたちはその問題を乗り越えて、三カ月後に、結婚を申し込まれたの」

他の方法もある。ライザが将来の夫となるロバートとつきあい始めて二カ月ほどしたとき、彼が探りを入れてきた。

「ぼくが他の女性とデートをしたらどうする？」と彼が訊いた。

「商品比較研究はしたほうがいいと思うわね」とライザは実にさばさばと答えた。「わたしの素晴らしさを知るにはそれ以外の方法はないでしょうから。わたしはあなたを閉じこめておく看守じゃないのよ」

この発言に彼はぶっとんでしまった。

「自尊心の問題ね」とライザ。「男は自然に限界があることを感じてくるはずだから、こっちはなにもしなくてもいいのよ」

もうひとつ厄介な問題がある。それは結婚を前提に同棲しているのに、相手の男が結婚しようとまったく言いださない場合である。この場合は手早く行動しなくてはならない。「こんな話があるの」とトルーディが言った。「一年間同棲していた女性の話よ。ある朝、彼女は目を覚まして『わたしたち結婚するの？』と訊いたら、男はそんなつもりはないと答えたわけ。彼女は『だったら今すぐ出てって』と言ったの。その男はその週末に彼女に結婚を申し込んだわ」

「女性が冒す最大の過ちというのは、結婚のことを話しあわないままつきあい始めることね」とライザが言った。

出ていくわ

もう我慢できないわ。ある朝、目を覚ますとキャリーはそう思った。そのままそこに寝そべって、ミスター・ビッグが目を開けるまでじっとその顔を見つめている。彼は起きあがり、彼女にキスをしないままバスルームに行く。やっぱりね、と彼女は思う。ミスター・ビッグがベッドに戻ってくるのを待って、彼女は言う。「ねえ、ずっと考えていたんだけれど」

「ああ、なんだ？」とミスター・ビッグ。

「もしもあなたがよ、わたしのことを本気で愛していないで、わたしに夢中になっていないなら、そしてわたしのことをこれまで会った女のなかで一番美しいと思っていないなら、わたし、別れようと思うの」

「なにを、いきなり」とミスター・ビッグ。

「本当に、さっさと出ていく」

「わかったよ」と慎重にミスター・ビッグは言う。

「そーれーでー……あなた、どうしたい？」

「あんたはどうしたいんだ？」

「別にたいしたことじゃない。ただ、わたしのことを夢中で愛してくれる人と一緒にいたい」とキャリー。

「あのな、おれは今すぐは何の保証もできないよ。しかし、おれがあんただったら、様子を見るね。これからどうなるのか見る」

キャリーは枕に寄りかかる。日曜日だ。出ていくには、いささか面倒な日だ。まるまる一日どうやって過ごしたらいいのだろう。

「わかったわ。でも今決めて。わたしはいつまでも待てない。もしかしたらすぐに死んじゃうかもしれない。十五年もたたないうちにね」そう言って彼女は煙草に火をつける。

「わかったよ」とミスター・ビッグ。「ところで、コーヒーをいれてくれないかな。頼むよ」

ナオミは去年、三十七歳のときに結婚した。彼女は広告会社の社長で、わたしたちのような典型的なニューヨークの女性である。「わたし、格好の面でも大きさの点でも、いろいろな男とデートをしたわ。それである日、まさしくその男がドアから入ってきたの。わたしの理想とは正反対の男だった」言い換えれば、名うての悪党ではなかったのだ。

三十五歳のとき、ナオミはスーツにハイヒールという格好でマディソン街に立って、タクシーを待っていた。すると長髪のバイクに乗った男が通りかかったが、彼はナオミに一瞥もくれなかった。「突然ね、貧乏で苦しむ芸術家タイプの男の魅力なんてたかが知れてると思ったのよ。わたし、いつもそういう男たちに夕食をおごっていたんだから」

キャリーは美術館で開かれる出版記念パーティに、サマンサを連れて出席する。キャリーがサマンサに会うのは久しぶりだ。ここしばらく友人たちには会ってない。というのも、ミスター・ビッグとばかり時間を過ごしているからだ。ふたりとも黒いパンツと黒いエナメル製のブーツを履いている。入口の階段を登ろうとしたとき、Z・Mというメディア界の大物が会場から出てきて自分の車に乗りこんだ。

彼は笑いながら「舗道を闊歩しているお二方を見て、どなたかと思ったよ」と言う。

「闊歩なんてしていないわ。お喋りしていただけよ」とサマンサが言う。

運転手はリムジンのドアを開けて待っている。「今度、電話してくれよ」と彼が言う。

「こっちに電話してちょうだい」とサマンサが言う。ふたりとも絶対にそんなことをしないとわかっている。

サマンサはため息をつきながら、「それで、ミスター・ビッグは元気？」と訊く。

キャリーは咳払いをして口ごもり、わたしにはよくわからない、というおきまりの反応をする。ふたりはアスペンに行く予定を立てていて、ミスター・ビッグは来年の夏にはそこに家を買おうと話しているが、キャリーは彼が本気なのかどうかわからない。

「やれやれ、やめてよ」とサマンサが言う。「わたしにも恋人がいたらどんなにいいか。週末を一緒に過ごす相手を見つけられたらどんなにいいか」

ニューヨークでは、既婚の女性と未婚の女性との間には大きな違いがある。「基本的にはね」とレベッカが言う。「自分自身に打ち勝つかどうか、つまりモルト・ザッカーマンと結婚すべきだという自分の思いこみに打ち勝つかどうか、の違いよ」

「わたしは三つの項目に絞ったのよ」とトルーディが言った。「高学歴、高収入、好感度にね」

ふたりとも、自分が結婚しないはずはないと信じていた。「たとえいくら時間がかかっても、きっと結婚できると思っていたわ。でもなかなか思うようにはいかなかったけれど」とトルーディ。「もし結婚できなかったら恐ろしいことになってたでしょうね。どうして結婚してないのよ? って思ってね」

しかし、マンハッタンは相変わらずマンハッタンである。「これだけはちゃんとわかっておいてほしいんだけれどね」とライザが言った。「男を結婚する気にさせるには、社交性という点から見れば、ニューヨークほど難しい場所はないわね。独身男はカップルたちとはつきあわない傾向にあるし、身を固めるとか、家族といったことを考えるのに慣れていないもの。だから、あなたは、精神的に男をその気にさせなければならないの」

くつろぎを醸しだして

キャリーとミスター・ビッグは、古い劇場で開かれたチャリティの催しに行き、申し分のない晩を過ごす。キャリーは美容院に行った。今ではしょっちゅう美容院に通っているようだ。スタイリストに「こんなことをしてる余裕なんかないのよね」と言うと、スタイリストから「そんなことを言ってる場合じゃないでしょう」と言われる。ディナーの席に、ミスター・ビッグは葉巻をくわえたまま いきなり座り、「おれはどうでもいいんだが」と言いながら、キャリーと隣同士になるよう、名前のカードを動かす。その夜ずっと手を握りっぱなしのふたりのところに、知り合いのコラムニストがやってきてこう言う。「いつものように片時も離れず、だな」

その後、ふたりはとても素敵な一週間を過ごしたのだが、キャリーの頭の中でなにかが弾ける。もしかしたら、友人の家庭にディナーを招待されて行ったとき、子ども連れの人々に会ったからかもしれない。キャリーは子どもたちと一緒に、通りに出て小さなプラスティックの車に乗った。そのときに、ひとりの子どもが車から落ちた。親が外に走りでてきて、家の中に入りなさい、と怒鳴った。キャリーにはそれが理不尽なことに思えた。怪我をした子はひとりもいなかったのだから。

キャリーはミスター・ビッグをまたなじることにする。「わたしたちって本当に親しいと思う?」ふたりが眠りに就こうとする直前にキャリーは訊く。

「ときどきはな」

「ときどきでは、いやなの」とキャリー。そしてミスター・ビッグがもういい加減にして寝かせてくれと言うまで、彼女はぐだぐだと言いつのる。翌朝早く、目が覚めても彼女の腹の虫は収まらない。

「どうしてこうなるんだ?」とミスター・ビッグは訊く。「もっと楽しいことを考えられんのか。先週のおれたちのようにさ」

彼はベッドのそばをうろうろする。「ああ、その悲しげな顔ったらないな」と言う。それを聞いて、キャリーは彼を殺したくなる。

「このことは後で話そう、な。約束する」とミスター・ビッグは言う。

「〝後〟なんてものがあるかどうか、わからないわよ」とキャリーは言う。


ライザは、東五十丁目のタウンハウスで開かれた有名な出版業者（仮にサンディとしておこう）の盛況なパーティに出席した。ライザの夫（ビジネスをしているハンサムな男）をお供に連れている。ピンクのマルガリータを飲む合間に彼女は説明してくれた。「本気で男を見つけようと決めたときにね、これまでにわたしが男と出会った場所を考えたわけ。〈バワリー・バー〉なんかじゃないのよね。たいていは誰かの家で開かれたパーティなの。それでわたしは網を張ったわけ。人のアパートメントで開かれるありとあらゆるパーティに出席したわ。

最初のデートのためにわたしが考えだしたルールなんだけれどね、男と会うときには、大きなパーティは避けなくちゃだめ。自殺行為よ。一分の隙もなくめかしこんじゃいけないの。わざとらしくふるまってもいけない。調子に乗って、パーティ客とお喋りに興じてもいけない。男は安らぎを感じたいのよ。だからくつろいだ感じを醸しださなければね。そして相手の人柄について話すの。たいていの男は、十四歳の自分のイメージを大切に抱えているからよ」

トルーディのオフィスに戻ろう。彼女は、机の上に飾ってある、浜辺の砂丘に寄りかかっているカーリー・ヘアの男の大きな写真に向かって頷いた。「わたしの夫は掘りだしものよ。本当にわたしのことを理解してくれている。ふさわしい男を見つけだしたら、あとは簡単。多くの喧嘩やドラマを経験してきた人は、ちょっと敬遠したいわね。わたしの夫はわたしに議論をふっかけてこないのよ。喧嘩をしたことがないわ。それに、わたしの時間を九十九パーセント自由に使わせてくれる。たまには彼の都合に合わせるときはあるけれど、わたしはそれでかまわないの」

さて、突然何もかも、おかしな具合に、事態は好転する。

ミスター・ビッグが電話をかける。「何をしているんだね？」

「えっと、わたしがときどきしていること」とキャリー。「小説を書いているの」

「どんな小説だね？」

「ほら、いつかコロラドに引越して馬を育てようって話し合ったでしょう。そのことを書いているの」

「なるほど。それは美しい小説だな」とミスター・ビッグは言う。

19 マンハッタンのイカレたママがのぼせあがると

ミスター・ビッグが、いささかうんざりして、中国から電話をかけてよこす。宅配サービスで送った荷物が紛失してしまい、今ホテルの部屋で、ジーンズとシャツと薄汚れた下着を着たまま腰を下ろしているのだ。「五年前にこんな目に遭わされたら、誰かのクビを切っていたと思うね」と言う。「しかしおれも変わったよ。生まれ変わった。相手が汚いジーンズを穿いたおれと取り引きできないようなら、ぶっとばしてやる」

「何があったと思う？」とキャリーが訊く。「あなたのお友だちのデリックから電話があったわ。ローラが妊娠したがっているのに、彼はいやなんですって。それで毎晩、射精したふりをしてバスルームに行き、自分でしていると言っていたわ。しかも、ローラは毎晩『妊婦と赤ちゃん』というヴィデオを見ているそうよ」

「意気地なしめ」とミスター・ビッグは言う。

「子どもを持つにはまだまだキャリアを積まなくちゃならないから、どうしても今妊娠してもらっては困るんですって」

「そっちはどうなんだ？」歌うような口調でミスター・ビッグは言う。

「あら、わたしは元気」と沈んだ口調でキャリーが言う。「妊娠したかもしれない」

「赤ん坊か。おれたちにも赤ん坊が生まれるのか」とミスター・ビッグは言う。

キャリーはどう考えていいものかわからない。

ニューヨークでは、子育てをしている人々の身にはいろいろなことが起きるものだ。子どもが生まれてもまともなままでいられる親もなかにはいる。しかしその他の親たちは、どうしてもおかしくなってしまう。少し頭がイカレてくるのだ。そういった人々が仕事にどれほどのエネルギーと積極性を注いできたか、いかに悩みや解決のつかない難問を処理してきたかを考えてみてほしい。そして、その能力をすべて子どもだけに傾けていることを想像してみてほしい。子どもが生まれると、かつてはニューヨークに住むごく普通の神経質タイプだった人々が、あっという間にただの頭のイカレた人物になってしまうのも頷けよう。

キャリーが、友人のパッカードとアマンダのディール夫妻とソーホーのロフトでブランチを食べたとき、この話がいかに信憑性があるか瞬く間に理解したのである。パッカードとアマンダ（普通）にはチェスターという息子がいて、その子は傘で床を突つきながらロフトを歩きまわっていた。もうひとりの母親（ちょっとおかしい）は、チェスターについて「ひとり遊びばかりしていて協調性がないけど、でもひとりっ子だから大した問題ではないわね。今のところは、誰も彼の玩具で一緒に遊ぼうとはしないから」と、思わず指摘していた。

突然親になったたいていの夫婦の例に漏れず、不思議にもディール夫婦は、子どもを持っている新しい友人グループとつきあうようになった。どうしてこうしたことが起こるのだろう。パッカードとアマンダは早めの幼稚園入園説明会でその種の人々と出会ったのだろうか。それとも、前から友だちだったのだが、彼らには子どもがいたので、自分たちに子どもができるまであまり関心がなかったのだろうか。新しく交際を始めた友だちのなかに、ジョディとスーザンとマリアンという女性がいる。ジョディは口を酸っぱくして、自分の赤ん坊への贈り物は白い服だけにしてほしいと言っている。衣料の染料で赤ん坊がアレルギーになると信じているからだ。スーザンは子守《ナニー》が香水をつけるのを禁じている。帰宅してみたら自分の赤ん坊に他人の（安っぽい）香水の匂いがついているのが耐えられないからだ。マリアンはわざと難癖をつけてベビーシッターをクビにしてばかりいたが、とうとう子どもの世話をするために仕事を辞めた。

　こういった状態になるのは、なにも母親に限らない。お揃いのパタゴニア・ジャケットを着て、ローラーブレード用ヘルメットをかぶっている父親と息子にしても、いささかおかしなところがある。あるいは、両手に赤ん坊の手袋を持ってベビーカーの周りを踊りながら赤ん坊の頭に何度もキスをしては（二歳くらいになって困ったことだと思えるようになれば、きっと子どもは嫌な顔をするだろうが）、「人っていうのはさ、子どもを持って、三、四年の育児休暇をとって初めて一人前と言えるんだよね」と説明する父親も頭がおかしくないとは言えない。

　もちろん、自分の子どもに夢中になるのと、ただ頭がおかしいのとではちょっとした違いはある。極端な話をすれば、ニューヨークで子育てをしているある種の人々を言い表す言葉はひとつしかない。イカレている、だ。どんな人がそうなるのか、どんなイカレ方をするのか予想だにできないが、パッカードはこう言った。「これは愛とか思いやりのせいじゃないんだ。とんでもない脅迫観念のせいなんだよ」

アレクサンドラ！

キャリーはロフトのソファに腰を下ろし、きわめてまともに見える女性と話をしていた。ベッカは長めの金髪をまっすぐに下ろし、マティーニのグラスの中にでも差し込めるような感じがするほどほっそりした鼻をしている。ベッカは東七十丁目にある新しいアパートメントに引越したばかりで、あるインテリア・デザイナーに依頼することの善し悪しを説明している。「ある友だちはね、このインテリア・デザイナーに物を買わせないようにしたかったんだけれど、できなかったのよ。とんでもないことよね」そのとき、フリルのついたドレスを着て、髪に黒いリボンをつけた五歳の女の子が突然やってきて、ふたりの間に割って入った。「ママ、おっぱいがほしいの」とその子が言った。

「アレクサンドラ！」（どうして最近の子どもはアレクサンダーとかアレクサンドラとかいう名前なのだろう）ベッカは囁くように言った。「今はだめよ。向こうに行ってヴィデオを見てらっしゃい」

「でもね、あの子は哺乳瓶でミルクを飲んでるでしょ」と部屋の隅で赤ん坊の世話をしている女性の方を指さした。

「あの子は赤ちゃんだもの。まだちっちゃな赤ちゃんなのよ」とベッカが言った。「あなたはジュースを飲むの」

「ジュースはほしくない」とアレクサンドラは言った。ちゃんと両手を腰に当てて抗議している。

ベッカは目をくるりとまわした。そして立ちあがると、娘を膝の上に抱きあげた。娘はすぐさま母親のブラウスをまさぐりだした。

「まだ、その……おっぱいをあげてるの？」キャリーはできるだけ不躾にならないような訊き方をした。

「ときどきね」とベッカは言った。「夫はすぐに次の子どもをほしがったんだけれど、わたしはもうたくさんだった。ニューヨークで子育てをするのは大変よ。そうよね、おてんばさん」と自分の娘を見下ろしながら言った。その子は今親指をしゃぶりながら母親を見上げて、ブラウスのボタンが外れるのを待っている。そしてキャリーの方を見ると、なんとも嫌らしい目つきをした。「おっぱいよ、おっぱいよ」と言っている。

「ちょっと、待ってよ、アレクサンドラ。バスルームに行きましょう」とベッカ。「これはもうおしまいにしなくちゃね？」

その子は頷いた。

このパーティに集まっているなかで、子どもとの関係がどうしてもうまくいかないという悩みを抱えている母親はベッカばかりではなかった。寝室では、レストランを経営している黒髪の小柄なジュリーが、六歳の息子のバリーの隣に座っていた。バリーはとても愛らしく、驚くほどの母親似で、カールした黒い髪をしている。しかし、幸せそうには見えない。恐ろしい力で母親にしがみついていて、人が母親に話しかけると、母親を羽交《はが》い締めにする。

「ちょっと、離れてちょうだい。痛いわよ」とジュリーは息子に言うのだが、実際にそれをやめさせようとはしない。バリーは他の子どもたちと遊ばないばかりか、母親が人と話すことも許さないのだ。後になってキャリーは、この親子がいつも同じことをしているのに気づいた。ふたりでパーティにやってきても（大人ばかりのパーティのときもある）、いつもふたりだけでお喋りをしている。さらにキャリーは、ほとんど毎晩、ジュリーがバリーの部屋にマットレスを運びこんで寝ているということも知った。ジュリーの夫は、別の部屋でひとりで寝ているそうだ。この夫婦は離婚することを考えている。

「でも、それはきわめて普通のことよ」とジャニスは言った。企業弁護士をしている彼女は、自分にはまったく問題がないと信じているイカレた母親のひとりだ。「わたしは息子を愛しているもの。アンディは十一カ月なの。彼は天使よ。毎日、わたし、息子に話しかけているの。そうしたらある日、息子がベビーベッドで『ぼく《ミー》も、ぼく《ミー》も、ぼく《ミー》も』って言ったわ。

　三十になってから必死で子どもを作ろうとしたのよ」とジャニスはさらに続けた。「それでようやくあの子が生まれたとき（今彼女は三十六歳だ）、これこそわたしに与えられた天職だ、って感じだった。わたしは母親なんだ。もう仕事に戻らなくてもいい、って。でも本当は、三カ月したら仕事に戻らなければならないのはわかっていたけれど。今は息子の顔ばかり見ているわ。公園に行っても、息子の前で飛んだりはねたりしちゃうの。子守《ナニー》はわたしをおかしいと思っているわ。一日何千回もキスするのよ。沐浴させに家に帰るのが待ちきれない。あの子の身体にめろめろよ。こんな気持ち、男に抱いたことはなかったわ」

ジャニスは、アンディが他の子どもの持っている玩具に目を留めたりすれば、急いで同じ物を買いに出かけるそうだ。あるときなど、息子がエクサソーサー（室内で運動をするための器械）を見ていると思い、それを探しまわったあげくに十四丁目で探しだし、頭の上に乗せて通りを駆けだしたという。一刻も早く息子に見せてやりたい一心で、とてもタクシーなど探していられなかったのだ。「通りすがりの人々は、走っていくわたしをまさに指さして見ていたわ。わたしを狂人だと思ったのよ。家に帰ると、あの子にそれをあげたんだけれど、泣きだしちゃったわ」

どうして彼女はこんなふうになってしまったのか。ジャニスは肩をすくめて言う。「ニューヨークにいるからだと思う。ここは競争社会でしょう。他の子が持っている物はひとつ残らず、いやそれ以上に、息子にあげたいと思っちゃうの。それに、わたしはずっと男の子がほしかった。息子というのは母親思いだもの」

子守の監視カメラ

言い換えれば、長い間男たちが女をおろそかにしてきたために、そして女を頼りにしようとしなかったために、その息子が男の代用品になったのである。「あら、もちろんそうよ」とジャニスが言った。「男なんて信用できないわ。血の繋がった者しか信用できないものだわよ。

それに夫なんかもうどうでもいい。昔はあの人に夢中だったけれど、赤ん坊が生まれたら、ぼくにダイエット・コークを持ってきてくれる？　なんて言っても、勝手にやってよと言うわ」

そうこうするうちに、ロフトの中央には人だかりができていた。その真ん中で、ピンク色のバレエシューズとチュチュを身に着けた小さな女の子が、おぼつかない足つきで立っている。「ブルックがどうしても今日はバレエの衣裳を着るんだと言ってきかないの。かわいいでしょう？」と背の高いにこやかな女性が言った。「ズボンを穿かせようとしたら、わんわん泣いてね。この子、わかってたのよ。バレエの衣裳を着ないと、みんなにバレエをやってみせられないって、わかってたんだわ。そうよね、パンプキンちゃん？　そうだったのよね、パンプキンちゃん」その女性はかがみこむようにして、両手を胸の前でぎゅうっと握りしめ、首を傾《かし》げて、子どもの顔から数インチほど離れたところでわざとらしい笑みを浮かべた。それからおかしな仕草をしはじめた。

「投げキスよ、投げキス」と彼女は言った。するとその少女はこわばった笑みを浮かべながら、小さな掌《てのひら》を口のところに持っていき、その唇のあいだからおかしな音をたてた。母親は嬉しそうにキャアと言った。

「お辞儀もするってわけね」とアマンダはキャリーの方を向いて言った。「あの子は芸達者よ。母親がブルックを赤ん坊の専門誌の表紙に載せたの。それ以来、すっかりイカレちゃってね。彼女に電話をかけるたびに、ブルックを〝見せ〟に連れていくところなのよ。あの子にはモデルのエージェンシーがついてるわ。たしかにあの子はかわいいけれど、だからって……」

ちょうどそのとき、二歳くらいの男の子の手を引いた母親が、キャリーたちのそばを通りすぎていった。「ほら、ギャリック、テーブルよ。テーブルっていうのよ、ギャリック。テーブルって言える？　テーブルは何をするところ？　食べるところよ、ギャリック。テーブルでは物を食べるの。テーブルってどう書くかわかる？　テ・ー・ブ・ル。ほら、ギャリック、敷物。ギャリック、し・き・も・の。敷物よ、ギャリック……」

アマンダはオニオン・ディップを作りはじめた。「ちょっといいかしら」とチェックのスーツを着たジョージアが言った。「オニオン・ディップを作っているの？　子どもには食べさせないようにしたほうがいいわ。塩分と脂肪分は子どもにはよくないのよ」しかし、その立派な意見にもかかわらず、彼女はその怪しげなディップを指で混ぜあわせ、人差指ですくって口の中に入れた。

「そういえば、サットン・ジムのこと調べた？」とジョージアは言った。「あそこはいいわよ。チェスターをぜひとも連れていくべきよ。子どものためのデイヴィッド・バートンのジムといった感じなの。言葉はまだ？　もしお喋りができるようになったら、一緒に遊ばせましょうよ。ロージーはもうじき一歳になるんだけど、いい遊び相手と一緒に遊ばせたいの。それから、九十二丁目にあるヘブライ文化センターで赤ちゃん体操の講習会があるんだけど、あそこはお勧めよ。とっても親身なの。もう母乳はあげてないでしょうね。まさかとは思うけど」ジョージアはそう言って、オニオン・ディップをもうひとすくいした。「そうそう、子守《ナニー》はどうしてる？」

「問題ないわ」とアマンダはパッカードを見ながら言った。

「ジャマイカ出身の子でね。あの娘を雇えて、ぼくらは運がよかったよ」とパッカードは言った。

「なるほど。でも、その子が大事なチェスターの面倒をよくみていると確信できる？」とジョージアが訊いた。

「うまくやってくれているようだけれどね」とパッカード。

「そうでしょうけどね、ちゃんと世話をしているかどうか、と言ってるの」とジョージは真剣にアマンダの顔を見ながら言った。ここでパッカードはこっそりとこの場から離れた。

「子守《ナニー》には充分に気をつけなくちゃいけないわ」とジョージアはアマンダの方に身を寄せて言った。「うちは十一人も子守《ナニー》を変えたわ。結局、監視カメラを設置したの」

「監視カメラですって？」とキャリーが訊いた。

ジョージアは、まるで初めて会ったかのようにキャリーを見つめた。「あなたには子どもがいないんでしょう。ともかく、監視カメラだなんてかなりのお金がかかるものだと思っていたけれど、そうでもないの。友だちのひとりが『オープラー・ウィンフリー・ショウ』（親しみの持てる知的な黒人司会者による、人気のある視聴者参加番組）で見たんですって。家に人がやってきてカメラを設置するの。それで五時間、子守《ナニー》を観察したらしいのよ。その後で自宅に電話をかけて子守《ナニー》を呼びだし、『今日は何をしたの？』と訊いたらね、子守《ナニー》は『今日は、ジョーンズを公園に連れていって遊びました』って答えたの。でも、それは全部嘘なのよ。一歩も外に出やしなかったのよ！一日中テレビを見ながら電話でおしゃべりしていたんですって。ジョーンズのことなんか、ずっとほったらかしだったのよ。監視カメラで調べている友だちはたくさんいるわ。ある友だちは、子守《ナニー》がカメラを外そうとしているのを見たんですって」

「なんてこと」とアマンダ。

むかむかしてきちゃう、とキャリーは思った。

夫婦間のセックス

キャリーはパッカードとアマンダの寝室のバスルームに行った。ジュリーはまだバリーと一緒に寝室にいる。バリーは母親の膝枕でベッドに寝そべっている。ベッカとジャニスもいる。夫のことを話していた。

「夫婦のセックスのことで訊きたいことがあるのよ」とベッカが言った。「何が肝心なのーが言った。
「夫の真意はなにか？　どっちが次の子どもを欲しがっているのか、ということね」ジュリ
ーが言った。
「たしかにそうだと思う」とジャニスが言った。「でも、わたしがもうひとり欲しくなって
きちゃったのね。夫を追いだすことばかり考えていたけど、今はどうしたいのか自分でもは
っきりわからないのよ」
ジュリーは息子の上に身を屈めて言った。「いつになったら大きくなるの？　ベイビー
？」
キャリーは居間に戻った。新鮮な空気を吸うために窓辺に行こうとした。部屋の隅に、母
親から離れたギャリックが、困ったように立っていた。
キャリーは屈みこんだ。そしてバッグの中からある物を取りだした。「しぃーっ、静か
に」そう言いながら手で呼んだ。「こっちにいらっしゃい」
興味津々といった様子でギャリックがやってきた。キャリーは小さなビニールのパッケー
ジを見せた。「コンドームよ、ギャリック」とキャリーは囁いた。「コンドームって言え
る？　コ・ン・ド・ー・ム。あなたのパパとママがこれを使っていたら、あなたはここには
いなかったのよ」
ギャリックはビニールのパッケージに手を伸ばした。「コンドーム」とギャリックは言っ
た。

その二日後、アマンダはキャリーに電話をかけてきた。「最悪の日だった」と彼女は言った。「うちの子守《ナニー》には男の子がひとりいてね、チェスターより三カ月大きいの。その子が病気になってしまって、わたしが家にいなくちゃならなくなったわけ。

それでまずチェスターを公園に連れていったの。そうしたら、その遊び場の入口がどこなのか知らなかったの。他の子守《ナニー》たちはもう中にいて、わたしはどうやって遊び場に入ったらいいものかまったくわからずに、うろうろしちゃったわ。その子守たちがね、あんたいったい何者？　といった感じでわたしを見るのよ。それで、チェスターは滑り台を滑りたがったの。二十回くらいは滑ったわね。わたしは五番街の大きな時計をずっと見ていた。きっかり五分過ぎた。それから、ブランコに乗せた。五分が過ぎた。次に砂場で遊ばせた。それからまた滑り台で遊んだ。全部で十五分が過ぎた。『もういいでしょう』と言って、嫌がるチェスターをむりやりベビーカーに押しこんで『さあ、ご用を済ませに行かなくちゃ』と言ったわけ。

可哀想なチェスター。わたしは舗道を一目散に走っていったわ。チェスターはベビーカーの中でどこに連れていかれるのかわからずに手足をばたばたさせていた。わたしは買い物に行こうと思ったの。そうしたら試着室の中にはベビーカーが入らないわけよ。それから銀行に行った。そうしたら、今度は回転ドアにベビーカーがはまりこんじゃったの。回転ドアにベビーカーを押しこんではいけないなんて、わたしが知っているわけないでしょう？　それでにっちもさっちもいかなくなった。そうしたら男の人が何人か、少しずつ少しずつベビーカーを押してくれたので、ようやく通り抜けられたの。

やっと十一時半になった。それでチェスターを家に連れ帰って、お昼を作ったの。卵一個でね」

その晩遅く、キャリーはミスター・ビッグに電話をした。キャリーは時差のことをすっかり忘れていた。ミスター・ビッグは眠っていた。「これだけ伝えておきたかったの」とキャリーは言った。「生理になったわ」

「そうか。すると……赤ん坊は、なしか」と彼は言った。

ふたりは電話を切ったが、二分後に今度はミスター・ビッグからかかってきた。

「見ていた夢を思い出したんだ。おれたちの赤ん坊の夢を見ていた」

「赤ちゃんの？　どんな赤ちゃんだった？」とキャリーは言った。

「かわいい小さな赤ん坊さ」とミスター・ビッグは言った。「わかるだろ。生まれたばかりの赤ん坊。おれたちと一緒にベッドの上に寝ていたよ」

20 ミスター・ビッグの留守中に出会った娘

キャリーがその娘に会ったのは、クラブの化粧室の中だった。実に思いがけないなりゆきだった。

誰かが化粧室のドアを叩いた。キャリーはシシーと一緒にそこで時間をつぶしていて、いつになく気分がよかった。それで、入っていますよ、と言う代わりに、ドアを少し開けてみたら、その娘がそこに立っていたのである。黒い髪で、美人に見えた。「お邪魔してもいいかしら」

「ええ、どうぞ」とキャリーが言った。

「ちょっと待って。どこかで会ったことがあるのかしら」とシシーが言った。

「知らないわねえ」とキャリーは言った。

「何か持ってる?」と娘は言った。

「何のご用?」とキャリーは言った。

「ちょっといいマリファナがあるのよ」と娘が言った。

「それはいいわね」とキャリーが言った。

娘はマリファナの煙草に火をつけてそれを手渡した。「今まで吸ったことがないような最高のマリファナよ」

「どうかしら」と言ってキャリーは深く煙を吸いこんだ。

クラブは混んでいて、化粧室でだらだらと時間を過ごしている方が楽しかった。その娘は壁にもたれかかって、マリファナをふかした。彼女は二十七歳だと言ったが、キャリーには信じられなかった。それでも別にかまわなかった。というのも、相手は化粧室で会っただけの娘なのだ。こういうことはよくある。

「それで、どんな仕事をしているの？」とシシーが訊いた。

「スキンケアの会社を経営していて、今拡張しているところ」と娘は言った。

「なるほど」とキャリーは言った。

「科学的な研究に基づいたものなのよ。あなたのお肌もお手入れしたいわ」

「あら、本当？」キャリーはそう言って、煙草に火をつけた。誰かがドアをばんばん叩いている。

「もう出た方がいいみたい」とシシーが言った。

「肌の手入れをしてもらいたいって思っていたのよ」とキャリー。「期待するほど効き目があるとは思わないけど」

「出ましょうよ」とシシー。

「わたしならもっとうまくやれると思うわ」と娘は言った。

彼女は小柄な方だったが、貫禄があった。その動じない顔は美しいとも言えた。もっとも、よく見つめないとわからないような美しさではあったが。彼女は革のズボンとブーツを履いていた。どちらも高価なものだった。声は低く、落ち着いていた。

「ドアの向こうにいるのはあたしの知り合いみたい」とシシーが言った。そわそわしていた。

「だったら、行ったら」とキャリーは言った。

「わたしと一緒にいらっしゃいよ。今夜一晩あなたと一緒にいたいわ。あなたは綺麗だしね」とその娘は言った。

「いいわ、かまわないわよ」とキャリーは言ったが、実はとても驚いていた。

わたしはどこかおかしいの?

八年生のとき、キャリーの同級生にシャーロット・ネッツという女の子がいた。シャーロットはとても人気のある女の子で、おませな子でもあった。シャーロットは、自分の家に泊まりに来るよう、女の子たちをよく誘っていた。女の子たちに手紙を渡したりもしていた。あるときキャリーの友人のジャッキーがシャーロットの家のお泊まりに招待された。その翌日キャリーが聞いたところでは、ジャッキーは深夜に、父親に迎えにきてほしいと電話をかけたという。ジャッキーが言うには、シャーロットが〝襲いかかってきた〟のだ。シャーロットはジャッキーにキスをして胸に触り、同じことを自分にもしてくれるよう頼んだ。「男の子とするときのための予行練習よ」と言ったそうだ。その後、ふたりは絶交した。

身も凍るような話だった。そのおかげで、何年もキャリーは女の子と同じベッドで寝ようとはしなかったし、女の子しかいないので、そこで着替えをするのは当然だと思われるような場合でも、女の子の前で着替えたことはなかった。それでいつもキャリーはこう思った。わたしはどこかおかしいのかしら。どうして他の女の子のように平気でいられないのだろう。どうしてこんなに神経質になってしまうのだろう。しかし、友人から性的な手ほどきをされてそれを拒絶するような羽目になるということは、考えるだに恐ろしかった。

何年か前に、キャリーのふたりの友人が酔っ払って、一晩ふたりだけで過ごしたことがあった。その翌日、キャリーのところに双方から電話がかかってきて、双方とも相手にセックスを強要されそうになったと言った。そしてキャリーに、あなたも気をつけた方がいいわ、と言ったのだ。キャリーはどちらの言葉を信じればいいかわからなかった。しかしそれ以降、ふたりが仲直りすることはなかった。

ぞんざいな説得

ミスター・ビッグがニューヨークにいなかった十月のあいだは、何もかもすこしばかり常軌を逸していた。アッパー・イースト・サイドの舗道には、秋らしい格好をして歩いている人々がいたが、異常なほど暖かい陽気で、太陽が照りつけていた。はじめのころキャリーは、夜には家にいて、お酒も飲まず映画にも行かず、ジェイン・オースティンの『説得』を読んでいた。この小説は前にも二度ほど読んだことがあったが、今回はとても退屈に思えた。登場人物はえんえんとお喋りを続けるし、キャリーはお酒も飲まずパーティにも行かなかったのでストレスがたまっていた。そこで彼女は久しぶりに外出をしたが、誰も変わっておらず、目新しいことをしている人もいなかった。

ある晩遅く、スタンフォード・ブラッチが、ソーホーにできた新しいナイトクラブ、〈ワックス〉にやってきた。首の周りに男物のハンカチを巻きつけていた。

「どうしたの?」とキャリーが訊くと、「ああ、これ?グース・ガイのせいさ」とスタンフォードは言った。グース・ガイとは、セックスの最中に首を絞めるのが好きな男のことである。「セックスはよかったよ。こんなことをされるまではね。しかし、おそらくもう一度会うことになるだろうな。それで憂鬱なんだ」

その次の夜、キャリーはテレビ俳優のロック・マックアイアと一緒にディナーをとった。

「心底ボーイフレンドがほしいよ」と彼は言った。「ようやくぼくもそういう関係が持てる心の準備ができたように思うんだ」

「あなたは素晴らしい男なのよ」とキャリーは言った。「頭が良くて、格好よくて、成功している。そういう男が、悩みなんて持っちゃいけないわ」

「でもこれはそう簡単にはいかないんだな」とロックは言った。「ぼくがしたいのは二十二歳のかわいい男の子とデートすることじゃないんだ。三十代の男とつきあいたい。しかも立派に成功を手に入れた男とね。それなのに、そういった男は数えるほどしかいない。それで仕方がないから、セックス・クラブに行って、そこで出会った男と家に行く。少なくとも、感情的には面倒なことにならないからね」

その翌朝、ミランダが電話をかけてきた。「あなたが信じられないようなことをしちゃったのよ」と言ったので、キャリーは「何があったの？　スウィーティ？」と言いながら、右手首をくるくるとまわした。最近癖になっている仕草だ。

「話している時間、ある？　あなたが気に入るだろうと思って」

「時間はないけど、とにかくどうしても聞きたいわ」

「ジョセフィーヌとパーティに行ったのよ。ジョセフィーヌは知っているでしょう？」

「いいえ、でも……」

「紹介したわよ。サリーの家でパーティがあったのよ。サリーは知っているわよね？　バイク乗りのサリー」

「バイク乗りのサリーね」

「そう。そこに野球選手が大勢来ていたの。何があったと思う？　野球選手のひとりと仲良くなったの。それから別の選手とバスルームに行って、したの。パーティの真っ最中によ」

「それはすごい」とキャリーは言った。「よかった？」

「凄まじかったわ」とミランダ。

なにかがおかしくなっている、とキャリーは思った。

壁のこちら側

「クラブに行きましょうか」とその娘は言った。キャリーとその娘と、娘の友人の縮れたショートヘアの二十代の野暮ったい男たちは、バンケット席に座っていた。「あの人たちは、あなたがこれまで見たこともないようなとんでもないお金持ちなのよ」と娘はあらかじめキャリーに耳打ちしていたが、まったく取るに足らない男たちだとキャリーは思った。

娘はキャリーの腕をとって、立ちあがらせた。そばにはべっている男を蹴飛ばしながら「ほら、行くわよ、あんたたち。外に出るのよ」と言った。

「ぼくはこれからトランプ・タワーのパーティに行くんだけど」とそれらしいヨーロッパ風のアクセントで男が言った。

「勝手にすれば」と娘は言った。

それから「さあ、あなたも。わたしたちと一緒に出ましょう」とキャリーの耳元で囁いた。

キャリーと娘は男の子の車（レンジ・ローヴァー）の助手席に一緒に乗り込んだ。そして車は北へと向かった。急に娘が叫んだ。「ここで停めて。この能なしが！」彼女は身を乗りだしてドアを開けると、キャリーを外に押しだした。「さあ、行きましょう」と娘は言った。

そしてふたりは、八番街の西の通りを夢中で走った。

クラブを見つけて中に入ると、手に手をとって、ふたりはクラブじゅうを歩きまわった。

娘の顔見知りの人物が何人かいたが、キャリーの知り合いはひとりもいなかった。キャリーはそれが気に入った。男たちがふたりを見たが、ふたりは相手にしなかった。男と楽しくやりたくて来ているようには見えなかった。ふたりは他人を寄せつけない壁を築いていた。その壁のこちら側には自由が溢れ、力がみなぎっているような感じだった。なんとも気持ちのいいものだった。これからはこんな風にやっていきたい、とキャリーは思った。恐れなどなかった。

キャリーは、最近あるパーティで会ったアレックスという女性から聞いた話を思い出していた。彼女の友人はバイセクシャルで、女とも男ともつきあっている。好きな男と同棲しているときに、好きな女にめぐり会ったりすると、男を捨ててしまうのだそうだ。

「わたしは女性と暮らしたことはないわ」とアレックスは言った。「わたしだけかもしれないけれど、『レズビアンになりたいものだわ。そうすれば男とつきあうこともないんだもの』と思ったこともないの。でも、面白いことに、わたしの友人は、女同士だからこそ、一緒に暮らしていても気の休まるときがないって言っていたの。女って、いろんなことを話したがるものでしょう。女がふたりで暮らしている場合を想像してみてよ。ひっきりなしに喋っているわけよ。夜明けの四時になるまで、いろんなことを話しているの。しばらくすると、彼女は女と別れてまた男のところに戻るんですって。男なら話を聞く必要がないからって」

「女性と暮らしたことがある？」とその娘はキャリーに訊いた。「きっと気に入るわよ」

「そうね」とキャリーは言った。そしてこう考えていた。そろそろ機は熟しているのかもしれない。わたしは実はずっとレズビアンだったのに、それに気づかずにいただけなのかもしれない。キャリーはキスをすることを想像してみた。娘の唇は男のよりもはるかに柔らかく、しっとりしているだろう。それでもかまわない。

そしてキャリーは娘の家に行った。娘は、アッパー・イースト・サイドの高級な高層ビルの、寝室がふたつある部屋に住んでいた。家具はアフガン織りのついたデンマーク製で、サイドテーブルの上には陶器の子猫が置いてあった。ふたりは台所に行き、娘はマリファナに火をつけた。小ぶりの陶製の器一杯にマリファナが入っていた。娘は半分飲みかけのワインの栓を開けた。それをグラスに注いでキャリーに手渡した。

「今でも男とはときどき寝るのよ」と娘は言った。「男は夢中にさせてくれるから」

「へえ」とキャリー。キャリーはいつ娘がしかけてくるか、どうやってしかけてくるかとずっと思っていた。

「男とも女とも寝るの。でも女の方がいいわね」

「だったらどうして男と寝るの？」とキャリーは訊いた。

娘は肩をすくめた。「男は便利だから」

「つまり、昔からよくある話ってことね」とキャリーは言って、部屋を見まわした。煙草に火をつけて、カウンターに寄りかかった。「ふうん。たいした暮らしぶりだわよね、本当に。あなたがここを手に入れられるほどの資産家なのか、それとも、別の手段があるのか」

娘はワインを一口飲んだ。「踊っているのよ」と言った。

「ああ、なるほど。どこで？」とキャリー。

「〈ストリングフェロー〉よ。わたしは踊りが上手なの。一晩で千ドルは稼げるわ」

「それでこういう生活ができるわけね」

「煙草をもらえる？」と娘は言った。

「トップレス・ダンサーは、男が嫌いだからダンサー同士で寝るのよね」

「まあね。男はみんな負け犬だもの」と娘。

「あなたはそういう男しか知らないのよ。そういう男しかクラブに行かないから」とキャリー。

「他にどんなタイプの男がいるの？」と娘は訊いた。台所の照明の下で、娘の肌はそれほど綺麗ではなかった。分厚い化粧で隠してはいたが、あばたがあった。「疲れているの。横になりましょう」と娘は言った。

「そうしましょう」とキャリーは言った。

ふたりは寝室に入っていった。キャリーはベッドの端に腰を下ろして、なんとか会話を続けようとした。「ちょっと楽になりたいから」と娘は言って、クローゼットのところへ行った。素敵な革のズボンを脱ぐと、灰色のぶかぶかのスウェット・パンツに穿き替えた。それからTシャツを脱いだ。ブラジャーをはずして、キャリーの方を向いた。服を脱いだ娘は、実に小柄で痩せていた。

ふたりはベッドカヴァーの上に横になった。マリファナの効き目が次第に薄らいでいった。

「恋人はいるの?」と娘が訊いた。

「ええ」とキャリーは答えた。「いるわ。彼に夢中よ」

ふたりはそのまま何分間か横たわっていた。キャリーはミスター・ビッグに会いたくて胃のあたりがきりきりと痛んだ。

「ねえ、わたしは家に帰らなくちゃ。でも、あなたに会えて、本当によかったわ」とキャリーは言った。

「会えてよかったわ」そう娘は言うと、壁の方に寝返って、目を閉じた。「出ていくときにはちゃんとドアを閉めてね、いい? 電話をするわ」

二日後にその娘から電話がかかってきた。キャリーは、どうして電話番号を教えてしまったのだろうと後悔した。「もしもし? キャリー? わたしよ。どう、元気?」と娘は言った。

「元気よ」キャリーはそう言ってちょっと黙った。それから「ねえ、こっちからかけ直すわ。そっちの電話番号は?」

キャリーはすでに知っていたが相手の電話番号を書き留めた。そしてそれから二時間後に家を出るまで電話をかけなかった。そしてかかってきた電話にも一切出なかった。留守番電話に切り替えた。

舞台

それから何日かたって、キャリーはブライアント・パークで開かれたラルフ・ローレンのファッション・ショーに出かけた。長身で痩せた娘たちが次から次へと現れ、肩の上では長い金髪がふわふわと揺れていた。しばらくは、美しい世界が繰り広げられた。娘たちはすれ違いざまに、目と目を見交わした。そして彼女たちにだけわかる秘密の笑みを浮かべた。

21 狼と競争した女たち

ここ何週間のうちに、一見無関係に思えるが実はよく似た出来事が立て続けに起きた。ソフトウェア会社の社長サイモン・パイパーストックは、風邪を引いて、寝室がふたつあるアパートメントのベッドに横になっていた。そこへ電話がかかってきた。

「下衆《げす》野郎」という女性の声。

「何だって？　誰なんだ？」とサイモンは言った。

「わたしよ」

「ああ、M・Kか。電話をしようと思っていたんだが、あいにく風邪を引いてしまってね。あの晩のパーティは最高だったね」

「楽しんでもらえてよかったわよ」とM・Kは言った。「あんた以外は誰も楽しくなかったからね」

「本当かい？」とサイモンは身体を起こした。

「あんたのせいよ、サイモン。あんたの態度のせいなのよ。胸くそ悪いったらないわ」

「ぼくが何をした？」とサイモンは訊いた。

「薄ばか女を連れてきたじゃないの。いつだってあんたは薄ばか女を連れてくるんだから。みんなはもう我慢できないの」

「おいおい、ちょっと待ってくれよ」とサイモン。「ティージーは薄ばかじゃないぜ。とても頭のいい女の子だ」

「そのとおりだわよ、サイモン。あんたはどうしてちゃんとしないの。どうして結婚しないのよ」そう言ってM・Kは電話を切った。

四十六歳のハリー・サムソンは、とても有名な独身の画商だが、ある晩、〈フレドリック〉でいつもの楽しいひとときを過ごしていたとき、三十代半ばのとても魅力的な女性を紹介された。彼女は、ハリーとつきあいのある芸術家のアシスタントになるべくニューヨークにやってきたばかりだった。

「やあ、ぼくはハリー・サムソン」と彼は東海岸訛りで言った。くわえ煙草をしていたために、効果はさらに上がったかもしれない。

「あなたのことは知ってるわ」とその娘は言った。

「一杯おごろうか？」とサムソンは言った。

彼女は一緒に来ていた女友だちをちらっと見た。「あなたってそういう男なんでしょう。結構よ。あなたの評判はいろいろ聞いているから」

「今夜はひどいな、ここは」と誰に向かって言うともなくサムソンはつぶやいた。

ニューヨークの社交界には胡散臭いものがある。それはおもに〝理想的な独身男〟として知られている人物である。それはあなたがたの想像の産物ではない。四十代、五十代の一度も結婚したことのない独身男は、ここ何年も真面目に女性とつきあったこともなく、とんでもないばか娘とばかりつきあっているのだ。その証拠はいたるところにある。

ミランダ・ホッブスはクリスマス・パーティで、アマンダとパッカードのディール夫妻に会った。ミランダがこのふたりを知ったのは、夏の間の三カ月だけつきあったサムという投資銀行員を介してだった。

「お元気だった?」とアマンダが訊いた。「わたしたちのパーティに招待しようと、二度ほど電話をかけたのだけれど、連絡がなかったから」

「電話できなかったのよ」とミランダが言った。「あなたたちはサムのお友だちだし、こう言うのは残念なんだけど、本当のことを言うわね。もう、わたし、あの人には我慢できないの。あの人と同じ部屋にいるだけでも耐えられないのよ。あの男は病気よ。女を憎んでいるんだと思うわ。女をその気にさせておいて、結婚したいだなんて言っておいて、それっきり電話もかけてよこさない。そのくせ、二十一歳の娘の尻を追いかけているのよ」

パッカードは身を寄せて言った。「実はぼくらももうあいつの友だちじゃないんだ。アマンダがあいつには耐えられないって言ってね。もちろん、ぼくもそうなんだ。あいつ、バリーという名の男と親しくなって、ふたりで毎晩何をしているかと言えば、ソーホーのレストランに繰りだしていっては、女の子を引っかけているんだ」

「もう四十を超しているのよ！」とアマンダは言った。「ひどすぎるわ」

「いつになったら大人になるのかしら」とミランダは訊いた。

「いつになったら同性愛者だってことを認めるのやら」とパッカードが言った。

人騒がせ

十一月も終わりに近づいたどんよりしたある午後。ある男（コーリー・ウェントワースと呼ぶことにしよう）が一番お気に入りのニューヨークの社交界の話を始めようとしていた。

「永遠の独身男のこと？」と彼は聞き返して、ここ何年も社交界の関心を集めていた有名な道楽者の名前を挙げた。「包み隠さずに言えばさ、彼らたちは退屈極まりないね」と言った。

コーリーは二杯目のスコッチを飲んだ。「男が結婚しない理由なんて、ごまんとあるもんだよ。セックスから何も学ばない男もいれば、結婚がセックスを味気なくさせると思っている男もいる。それに、子どもを産んでくれそうな三十代の女性を選ぶか、キャロル・ペイトリーのような、自分の生活をしっかり支えてくれる女性を選ぶか、これはとても難しい選択なんだ。

さらに、母親も悩みの種だよね」とコーリーは続けた。「Xの場合を考えて見ろよ」Xというのは億万長者の投資家で、今五十代後半だが結婚はしていない。「彼なんか、永久に頭の空っぽな女の子専門になりさがっている。しかしだよ、もしもきみがXだったら、いったいどんな女性を家に連れていく？　一家の評判に泥を塗るような本物のノータリンを母親に引き合わせられるかい？」

コーリーは椅子から身を乗りだすようにして言った。「さらに、ああいった男にかかずらうのは、もうみんなごめんだと思っている。ぼくが独身女性だったら、まずこう思うね。こんな男とつきあうなんて面倒だったらないわ。その代わりをつとめてくれる二億九千六百万人もの愉快なゲイの男がいるというのに。わたしを連れだして豊富な話題で楽しませてくれる愉快なゲイの男がいるんだもの。Xとつきあうなんて、時間の無駄もいいところだわ。誰が好きこのんで、Xのそばに座って退屈なビジネスの話なんて聞くと思っているのよ。こんなやつにどうしておべっかを使わなくちゃいけないの？　しかもこの男は年寄りだわ。生き方を変えるには歳を取りすぎてる。Xのような男にはエネルギーを注ぐだけの価値なんかない。こういう男は嘘ばかりついて世間を騒がせてきたんだから信用する人なんかいないわよ。

結局、その男がそそられる男か、そそられない男かを決めるのは女の方なんだ。だから、もしも男の方が結婚する努力をしないのならば、男がそういう献身の仕方をしようとしないのならば……女性は飽き飽きするものなんだと思うね。それが一番の理由だよ」

ジャックの感謝祭

「こういうことがあった」と写真家のノーマンが言った。「ジャックの場合を話そう。ジャックは知ってるね？　ジャックを知らない人はいないものな。ぼくは結婚して三年になるけど、ジャックとは十年来の知り合いだ。ある日ぼくは考えた。そういえば、ぼくたちが知り合ってから、ジャックが六週間以上つきあった相手はひとりもいない、とね。ぼくとジャックは、ある友人の家に感謝祭の夕食会に招かれた。その席に来ていた人々は何年もずっとつきあってきた人たちなんだ。たしかに、結婚している者ばかりではないけれど、少なくともそれなりに真剣なつきあいをしている。そこへジャックが現れた。またもや、二十歳かそこらの頭の空っぽな女と一緒にね。金髪だ。案の定、つい一週間前に知り合ったウェイトレスだという。つまり、誰も知らないその子だけが、場違いもいいところで、それでがらりとディナーの雰囲気が変わってしまった。しかも、ジャックもだめなやつで、頭の中にあるのは、どうやって相手と寝るかということばかり。ジャックが現れるたびに、いつも決まって同じ展開になるんだ。どうしてあいつにこんな目に遭わされなくちゃならないんだ？　感謝祭が終わって、ぼくらのグループの女性全員が、もうジャックを仲間に入れないと決めたんだ。閉めだされたわけさ」

サマンサ・ジョーンズは〈キオスク〉で、小説家のマグダとディナーを食べていた。ふたりは独身男、とりわけジャックとハリーのことを話していた。

「ジャックは相変わらず、たらし込んだ女の話ばかりしているって噂よ」とマグダが言った。「十五年前と彼はまったく同じことをしているわけね。男って、悪い評判は女だけについてまわるものだと思っているんでしょうけれど、それは間違いよね。薄ばか女と暮らしたいと思っているような男と一緒に暮らしたいだなんて、女が思うわけないじゃないの。それがわからないのよ」

「ハリーのような男も同じよ」とサマンサが言った。「ジャックのことなら少しはわかるわ。彼は仕事に一心不乱に打ち込んで、とんでもない成功を収めた。しかしハリーはそれすらしないのよ。ハリーは権力も富もどうでもいいって思っている。それって、つまりは愛もまともなつきあいもどうでもいいってことじゃないの。だったら、本当は何を求めてるわけ？あの人の存在理由ってなんなの？」

「さらに、あの人たちの薄汚れたペニスがどうなっているかなんて、いったい誰が気にするっていうの」とマグダ。

「わたしは多少ながら興味がないわけじゃないわね」とサマンサ。

「先日ロジャーに会ったのよ。もちろん、〈モーティマー〉の店の外で」とマグダ。

「もう五十でしょう」とサマンサ。

「それに近いわね。ねえ、わたしが二十五のときにね、あの人とデートをしたのよ。タウン・アンド・カントリー誌に、ニューヨークの一番理想的な独身男として名前を挙げられていた。わたし、こう思ったわ。やだ、だってもう老いぼれじゃないの！　第一、彼はお母さんと一緒に暮らしていたのよ。いい？　親子でタウンハウスの最上階に暮らしていた。今でもそう。さらに、サウサンプトンにはすごい豪邸があったし、パームビーチにも豪邸を持っていた。しかも〈バース・アンド・テニス〉の会員だった。それ以外何がある？　それだけだったのよ。それがあの人の人生。独身男の役割を演じているだけ。そしてその薄っぺらな顔の下にはなんにもないの」

「今は何をしているの？」とサマンサ。

「いつもの通りよ。ニューヨークの女の子のお尻を追いかけて、自分の正体がバレてしまうと、ロスに飛ぶのよ。それからロンドン、パリとまわって、またニューヨークに舞い戻ってくる。二カ月ほど、お母さんと一緒に過ごすためにね。本人がそう言っていた」

ふたりは大笑いした。

「こんな話もあるわ」とマグダが続けた。「彼から聞いた話よ。『フランス人の女の子って本当にいいよね』だって。娘が三人いる、ある大物のフランス人の家のディナーに招かれて行ったんですって。『三姉妹のうちのどれもよかった』と言ってたわ。そのディナーの席で、ちょっと気の利いたことを言おうと思って、友人のアラブの王子の話をしたらしいの。そのアラブの王子様はね、三人の妻を持っていて、しかもそれが三姉妹だったって。フランス人の娘たちはロジャーの顔を睨みつけた。それでただちにそのディナーはお開きになったわけ」

「こういった男にわかっていると思う？　自分たちがいかに滑稽か、ちゃんと理解していると思う？」とサマンサが訊いた。

「全然、思わない」とマグダが答えた。

「苦しいんだよ」

その翌日、サイモン・パイパーストックはケネディ国際空港のファーストクラスの待合い室から電話を何人かにかけた。そのうちのひとりは、何年か前にデートをしたことがある若い女性だった。

「シアトルに行くところなんだけど、ついてないんだ」とサイモンが言った。

「まあ、本当に」と相手の女性はそれを聞いていかにも嬉しそうに言った。

「というのもね、みんながぼくのやり方には我慢できないって言うんだ。ひどく気分が悪くなるんだって」

「それであなたはそう思っているの?」

「少しはね」

「なるほど」

「マリーとの関係がうまくいかなくなったから、ぼくの友人の若くて美人の女の子をパーティに連れていったんだ。その子はいい子でね。友だちなんだ。それなのに、誰もがそのことでやかましく言いたてる」

「どんな人が相手でも、あなたとではうまくいきっこないわよ、サイモン」

「それで、たまたま劇場で、二年前につきあわされた女性に会ったんだ。本当は興味なんてなかったんだけど、友人になった。そうしたら彼女、ぼくのところにやってきてこう言った。

『わかっているでしょうけれど、わたしはもう二度とあなたと話もしたくないの。これからは、わたしの友だちと口をきくのも一切お断りよ。あなたのおかげで大勢の女性が傷ついたのよ』だって」

「そのとおりよ」

「ぼくはいったいどうしたらいい？　求めているのはこの人だって思ったことがないから、ぼくはこんなに苦しんでいるんだ。だからいろいろな相手を連れだす。それなのに、ああ。誰だってしていることなのに」そこで沈黙が流れた。「ぼくは昨日、ひどい状態だった」

「それはお気の毒にね」と相手は答えた。「どうして誰かに面倒をみてもらおうって思わなかったの？」

「たいしたことはなかったんだ」とサイモン。「つまり、ちょっと気分が悪くなっただけのことでね……。くそっ。ああ、そうだ。たしかにそれについても考えてみたよ。ぼくの方に問題があると思うかい？　実はきみに会いたいんだけれど。そのことを相談したいんだよ。きみなら助けてくれると思ってね」

「今真剣につきあっている人がいるのよ」と相手の女性は言った。「おそらく、結婚すると思うの。それにはっきり言えば、あなたに会いにいったら、彼はきっと喜ばないと思うのよ」

「ああ、そうだね」とサイモンは言った。

「でも電話をしたいときは、いつでも遠慮なくかけてちょうだい」

22 ザ・ボーンと白いミンク
——キャリーのクリスマス・キャロル

ニューヨークはクリスマスの季節を迎えた。次々に催されるパーティ。五十七丁目の星。クリスマス・ツリー。たいていの場合、思い通りにはいかないものだ。しかし、時折、なにか素敵なことが持ちあがって、うまくいくことがある。

キャリーはロックフェラー・センターで、クリスマスの過去の亡霊について思いをめぐらせていた。あれは何年前のことだったかしら、とスケートを履きながら彼女は思った。最後にここに来たのは。ホックの周りに紐をかけていくときに指がかすかに震えた。虫の知らせだった。氷の上を滑りたいという望みは強く、はっきりとしていた。

サマンサ・ジョーンズがキャリーに思い出させてくれたのだ。最近、サマンサが、恋人がいないと愚痴をこぼしていたときだった。ここ何年も休暇を恋人と一緒に過ごしたことはない、と言ったのだ。「あなたは運がいいわよ」とサマンサはキャリーに言った。ふたりはそのとおりだと思っていた。「いったいいつになったらわたしにも訪れるのかしら」とサマンサは言った。ふたりとも、〝それ〟が何の訪れであるのかよくわかっていた。「クリスマス・ツリーのそばにいると、寂しくなるのよね」とサマンサが言った。

サマンサはクリスマス・ツリーのところを散策し、キャリーはスケートをしている。そして彼女は思い出した。

スキッパー・ジョンソンにとっては、ニューヨークにやってきて二度目のクリスマスだった。そして彼はみんなを困らせるようなことばかりしていた。ある晩スキッパーは、立て続けに三つのカクテル・パーティに出席した。

最初の会場で、スキッパーは、メイクアップ・アーティストのジェームズに会った。そこはジェームズにとって、その日ふたつ目か三つ目のカクテル・パーティだった。それでスキッパーはジェームズに話しかけた。スキッパーは相手かまわず話しかけずにはいられなかったのだ。そこへレミーというヘア・スタイリストがやってきて、スキッパーにこう言った。

「ジェームズなんて野郎と何をやっているんだ？　あいつはあんたのためにはならないぜ」

「どういうことだい？」とスキッパーは言った。

「きみらふたりが一緒にいるところをよく見かけるからだよ。大事なことを教えてやるよ。あいつはくずだ。ヤク中だ。もっとふさわしい男とつきあいなよ」

「でも、ぼくはゲイじゃないぜ」とスキッパーは言った。

「ああ、わかってるって」

翌朝、スキッパーは脚本家のスタンフォード・ブラッチに電話をかけた。「みんなはぼくのことをゲイだと思っているんですよ。ぼくの評判に傷がつきますよ」

「おいおい、評判なんて猫の目と同じだ」とスタンフォードは言った。「毎日ころころ変わるもんだ。実際そうでないと困る。それにな、おれは自分のことで精一杯なんだよ」

スキッパーは有名な小説家リヴァー・ワイルドに電話をかけた。「ぜひともお会いしたいんです」

「それはできないな」とリヴァーは言った。

「どうしてまた？」

「取り込んでいるんだ」

「なぜです？」

「マークのことでさ。おれの新しいボーイフレンドだ」

「わからないな。ぼくはあなたの友だちだと思ってましたよ」とスキッパー。

「マークはきみがしてくれないことをしてくれる」

しばしの間。

「でも、ぼくは彼ができないことをしてあげますよ」とスキッパー。

「どんなことを？」

またしばしの間。

「四六時中彼と一緒でなくたっていいでしょうに」とスキッパー。

「わかってないんだな、スキッパー」とリヴァーが言った。「マークはここにいる。彼の身の周りの物もある。下着にＣＤ。毛玉だってある」

「毛玉？」

「マークの猫がいるんだ」

「なんてことだ」とスキッパー。「あなたはアパートメントで猫を飼ってるんですか」

スキッパーはキャリーに電話をかけた。「耐えられない。今日はクリスマスですよ。みんな相手がいてよろしくやっている。ぼく以外は誰もがそうです。今夜はどういう予定になっているんです？」

「ボスと一緒に家にいるわ」とキャリーは言った。「わたしが料理を作るの」

「家庭がほしいなあ。自分の家がほしい。コネチカットに。巣がほしい」

「スキッパー、あんたは二十五歳の若者よ」

「どうして去年のようにうまくいかないんでしょうね。去年はみんなひとり身だったじゃないですか」スキッパーは嘆いた。「昨夜も、ガイ・ガーデンの素晴らしく面白い夢を見ましたよ」彼は、四十代半ばの落ち着いた社交界の著名人の名を挙げた。「彼女、ものすごーく綺麗でした。ぼくらは手に手を取りあって、愛しあっているという夢なんですよ。目が覚めたらすっかり落ち込んでしまいました。それが現実ではなかったもんだから。でも本物の感情でした。実生活でそんなふうな感情を抱けると思います？」

一年前、キャリーとスキッパーとリヴァー・ワイルドは、田舎にあるベルの実家のクリスマス・パーティに出かけていった。スキッパーがメルセデスを運転して、リヴァーが教皇のように後部座席に鎮座していた。リヴァーはスキッパーに指示して、鑑賞に耐える音楽を流している放送局が見つかるまで、ラジオのボタンをずっと押し続けた。その後三人で、リヴァーのアパートメントに帰ってきたとき、スキッパーはリヴァーとキャリーが話をしている間中ずっと、ぼくの車は違法駐車をしているんですからね、と文句を言い続けていた。そのうち、スキッパーは窓辺に行って外を見た。案の定、メルセデスはレッカー車で運ばれてしまっていた。スキッパーは悲鳴をあげたが、キャリーとリヴァーは彼に向かって、静かにしろよ、楽しく話をするなり、マリファナを吸うなり、せめてもう一杯くらい酒を飲んだらどうだ、と言った。ふたりは、なんて大袈裟な反応だと思っていたのである。

翌日、スタンフォード・ブラッチはスキッパーと一緒に車を引き取りに駐車場まで行った。車のタイヤはパンクしていた。スキッパーがタイヤを交換している間中、スタンフォードは車の中で新聞を読んでいた。

ザ・ボーン

「やってもらいたいことがあるんだ」とスタンフォード・ブラッチは言った。

彼はキャリーと例年通り、〈ハリー・シピリアーニ〉でクリスマス・ランチを食べているところだった。「絵を何枚かサザビーのオークションにかけなくてはいけないんだよ。そこで、きみに客として来てもらい、競り値を上げてほしいんだ」

「いいわよ」とキャリーは言った。

「はっきり言えばね、おれは一文無しなのさ」とスタンフォードは言った。あるロックバンドへの投資が失敗して、勘当されてしまったのだ。それで彼は、最新の脚本から得たお金でやりくりしなければならなくなった。「おれは本当に救いようのないばかだよ」とスタンフォードは言った。

それにザ・ボーンがいる。スタンフォードはザ・ボーンのために映画の脚本を書き、お金を出して彼に演技指導を受けさせていた。「もちろん、彼はゲイじゃないって言っているが、おれは信じられないね。それは誰にもわからない。おれはあの子の面倒を見てきた。あいつは、夜、電話で話をしている最中にいつもそのまま寝入ってしまう。受話器を腕のあいだに抱え込んだままね。あれほど繊細な男には会ったことがないよ。精神的に脆いんだ」

一週間前にスタンフォードは、メトロポリタン美術館の衣裳館で開かれるチャリティに一緒に行かないかとザ・ボーンを誘った。するとザ・ボーンは烈火のごとく怒ったそうだ。「おれはあいつに、これからのためにもいい勉強になるからと言ったんだ。そうしたら怒鳴りまくった。ぼくはゲイじゃないってね。それでおれはひとりで出かけていったよ。それ以来、おれと口をきいてくれないんだ」

スタンフォードは自分のベリーニに口をつけた。「みんなは、おれがひそかにあいつに惚れてると思っていたけど、おれは惚れてないと思っていた。

一度、あいつに殴られたことがあったんだ。彼のアパートメントにいたときにさ。ものすごい喧嘩になったんだ。おれがあいつのために監督とオーディションを行う段取りをつけた。

そうしたらあいつは疲れているから、おれに帰れと言った。おれは『話しあおうじゃないか』と言った。あいつはおれを壁に投げ飛ばしたのさ。文字通り身体を持ちあげて階段から投げ飛ばしたんだ。もちろん、あいつはエレヴェーターのない安宿に暮らしていたんだ。美青年なんてそんなもんだよ。それ以来、おれは肩がうまく動かないんだ」

白いミンク

キャリーは、スキッパーが困ったことをしているという話は聞いていた。彼よりもずっと年上の女性たちの口からである。たとえばそれはキャリーのエージェントだったり、雑誌の編集者だったりした。スキッパーはどうやら、街中のディナー・テーブルの下で、女性たちの膝の上に手を置いているらしい。

衣装館でのチャリティの夜、キャリーは髪を切りながらスキッパーと電話で話をしていたのだが、そこにミスター・ビッグが帰ってきたので、思わず大きな声をたてた。ミスター・ビッグは大きな包みを抱えていた。「なあに、それ」とキャリーが訊いた。

「プレゼント」とミスター・ビッグ。

彼は寝室に入ってくると、真っ白なミンクのコートを取りだして言った。「メリー・クリスマス」

「スキッパー、もう電話、切らなくちゃ」とキャリーは言った。

三年前のクリスマスのときには、キャリーは粗末なワンルームのアパートメントを借りてひとりで暮らしていた。そこはその前に住んでいた老婆が二カ月前に亡くなったという部屋だった。キャリーは一銭も持ち合わせがなかった。友人から、ベッドの代わりになる安物のマットレスを借りた。彼女の持ち物と言えば、ミンクのコートとルイ・ヴィトンのスーツケースだけだった。そのふたつとも、空き巣に入られたときに盗まれてしまったのだ。しかし盗まれるまでは、彼女はそのマットレスに横になり、ミンクのコートにくるまって寝た。そして彼女は毎晩出かけていった。みんなはキャリーのことが好きだったし、誰も何も尋ねなかった。ある晩、キャリーは豪華なパーク・アヴェニューのアパートメントで開かれたパーティに招待された。自分が場違いなところにいることはわかっていたし、顔中を口にして無料の料理を詰めこみたいという誘惑にかられたが、とてもそんなことはできなかった。しかしそこで有名な男性に会った。彼にディナーに誘われた。キャリーは、あんたなんか、死んでしまえばいい、くそったれ、と思った。

ふたりは〈エリオ〉にディナーを食べにいき、最前列のテーブルの席についた。すると相手の男はよく笑い、ナイフでバターを塗りたくったスティック・パンをよく食べた。「きみは有名な作家かい？」と訊いた。

「ウーマンズ・デイ誌の来月号に短篇が載るわ」とキャリーは答えた。

「ウーマンズ・デイ誌だって？　そんな雑誌、誰が読むのかね」

それから相手はこう言った。「クリスマス休暇にセント・バートに行くんだ。セント・バートには行ったことがあるかい?」

「いいえ」

「おいでよ。ぜひおいで。毎年ぼくは別荘を借りている。誰でもみんなセント・バートに来るんだよ」

「いいわ、行くわ」とキャリーは言った。

次に会って食事をしたとき、彼の気持ちは変わっていて、クシュタートかアスペンにスキーに行こうか、それともセント・バートに行こうか決めかねていると言った。彼はキャリーにどこの学校の出身かと訊いた。

「ナヨウグ・ハイスクールよ。コネティカット州の」

「ナヨウグだって? 聞いたことないな。そうだ、前につきあっていた女の子にクリスマスのプレゼントを贈った方がいいと思うかい? 彼女はぼくへのプレゼントをもう用意したって言うんだよ。どうでもいいけれどさ」

キャリーは相手の顔をまじまじと見つめるばかりだった。

その惨めさは、彼が二度と電話をかけてこないかもしれないとようやく気がつくまで、何日間も尾を引いた。

クリスマスの二日前にキャリーはその男に電話をかけた。「おやおや、今ちょうど出発するところなんだ」と彼は言った。

「どっちに行くことにしたの？」

「結局、セント・バートさ。ものすごい豪勢なパーティを開くんだ。映画監督のジェイスン・モウルドとその恋人のステリ・スタインがわざわざロスからやってくる。でもきみも素敵なクリスマスをね。サンタが素敵なプレゼントを持ってきてくれるといいね」

「あなたもよいクリスマスを」とキャリーは言った。

もしもし、ママ

その日の午後、彼女はスケートをしに出かけ、終了時間が過ぎて追いだされるまでリンクの真ん中で延々とスピンを繰り返した。それから母親に電話をかけた。「帰るわ」と彼女は言った。雪が降り始めていた。ペンシルヴェニア駅から電車に飛び乗った。満席だった。彼女は車両のデッキに立っていた。

電車はライとグリニッチを通過した。雪は吹雪に変わった。グリーン・ファームを過ぎ、ウェストポートを過ぎた。そして薄汚れた小さな産業都市をいくつも通り過ぎた。雪のために電車は停まり、遅れた。乗客たちは話を始めた。クリスマスだ。

キャリーは煙草に火をつけた。セント・バートの青い空の下、プールの脇で寝そべっている男とジェイスン・モウルドとステリ・スタイン（それが誰であろうが）のことを考えた。ステリ・スタインは白いビキニを着て、黒いつば広の帽子をかぶっている。三人ともストローで飲み物を飲んでいる。お昼を食べに集まってくる人々は、誰もが長身で日に焼け、美しい。

キャリーは、ドアの隙間から吹き込んでくる雪を見つめた。わたしは正しいことをしているのだろうか、と思った。

深夜。アパートメントにいるスキッパーは窓辺に立ったまま、カリフォルニアに長距離電話をかけていた。タクシーが一台、向かいの建物の前に停まった。後ろの座席で男女が抱擁しあっているのが見えた。すると女性の方がタクシーを降りた。頭の周りにカシミア・セーターを十二枚も巻いたような大きな毛皮のコートを着ている。タクシーはそのまま走り去った。

サマンサ・ジョーンズだ。

二分後に、スキッパーのドアベルが鳴った。

「サマンサ」とスキッパーは言った。「ようこそ、お待ちしていました」

「やめてよ、スキッパー。幼稚なこと言うのは。シャンプーを貸してもらえないかと思って来ただけだから」

「シャンプーを？　一杯いかがです？」スキッパーは言った。

「ほんの一口ね」とサマンサ。「おかしなことはしないでね。エクスタシー錠かなにかを中に入れたりしないこと」

「エクスタシー錠？　ぼくはドラッグなんてやりませんよ。コカインだってしたことがない。誓ってもいいです。しかし、夢でも見ているんじゃないかな。あなたがぼくの家にいるなんて」

「信じられないのはわたしも同じ」そう言ってサマンサは居間の中を歩きまわった。そこにある物に手を触れた。「わたしはね、人が思っているほどしっかりしてやしないのよ」

「コートを脱いだらいかがです？　どうぞ腰を下ろして。セックスでもしますか？」

「本当にわたし、髪を洗いたいのよ」とサマンサ。

「ここで洗ったらどうです？」とスキッパー。「でも後でね」

「どうしようかしらね」

「タクシーの中でキスをしていた男は誰です？」

「会いたくもなければ、つきあいたくもない、取るに足らぬ男よ。あなたみたいなね」

「でも、ぼくのところに来た。ぼくなら相手がつとまる」

「そのとおりよ」とサマンサは言った。

なんて悪い子なんだ

「乾杯」という男の声が居間から聞こえてくる。「会いに来てくれて嬉しいよ」

「ぼくはいつだって会いに来ているじゃないですか」とザ・ボーンが言った。

「こっちにおいで。プレゼントがあるんだ」

ザ・ボーンは大理石の玄関にある鏡に映った自分の姿をつぶさに調べてから、居間へと入っていった。そこのソファには中年の男が座って、紅茶を飲み、イタリア製の室内履きを履いた足でコーヒー・テーブルを叩いていた。

「こっちにおいで。よく見せてくれ。この二カ月間でどれほど老けたか見たいんだよ。エーゲ海で過ごしたせいで、日に焼けたんじゃないかな？」

「あなたはまったく老けませんよ。いつでも若い。何か秘訣があるんですか？」

「きみがくれたフェイス・クリームのおかげだよ」と中年の男が言った。「何というメーカーだったかな？」

「キールです」ザ・ボーンは肘掛け椅子に腰をかけた。

「また持ってきてもらいたいね。ところであの腕時計はまだ持っているかね？」

「腕時計？」とザ・ボーンは言った。「ああ、あれはホームレスの男にやりましたよ。何度も時間を訊いてくるので、腕時計があった方がいいだろうと思って」

「ああ、なんて悪い子なんだ。そうやってわたしを困らせる」

「あなたからいただいたものをどこかに失くしたことがありましたか？」

「いいや。さあ、きみへのプレゼントを開けてごらん。あらゆる色のカシミア・セーターを買ってきたんだ。着てみるといい」

「どのセーターも末永く大事にしますよ」とザ・ボーンは言った。

リヴァーのパーティ

リヴァー・ワイルドが主催する定例のクリスマス・パーティ。大音量で流れる音楽。人がひしめいている。階段の吹き抜けで、ドラッグをやっている者。バルコニーからおしっこをして、何も知らずに通りをゆく人の頭にかけている者。ニューヨークに着いたばかりの双子の男性モデルを引き連れて現れたスタンフォード・ブラッチ。彼に目もくれないザ・ボーン。スキッパーは部屋の隅で女性と抱きあっている。クリスマス・ツリーが倒れかかった。スキッパーが女から解放されてキャリーのところにやってきた。キャリーが、どうしてあなたはいつも女とキスばかりしてるの、と訊くと「そうするのがぼくの義務なような気がして」と答えた。そしてミスター・ビッグに向かって、「ぼくの手の早さに脱帽しませんか？」と言った。

スキッパーはリヴァーのところに行った。「どうしてぼくを仲間外れにするんです？　友だち全員から蔑まれているような気がしますよ。マークのせいなんですね？　あいつはぼくのことが嫌いなんだ」

「こんなことを続けていけば、きみを好きになるやつなんてひとりもいなくなるぜ」とリヴァーは言った。誰かがバスルームで吐いていた。

午前一時、床はアルコールだらけで、ドラッグ漬けになった一団がバスルームを占拠していた。ツリーは三度倒れ、自分のコートを探しだせた者はひとりもいなかった。

スタンフォードはリヴァーに言った。「やっぱりザ・ボーンのことは諦めるよ。これまで間違ったことは一度だってなかったんだが、ザ・ボーンは本当にゲイではないのかもしれない」リヴァーはスタンフォードをただ見つめるばかりだった。

「すごいじゃないか、リヴァー」とスタンフォードは突然明るい声で言った。「きみのこのクリスマス・ツリー。なんて綺麗なんだろうな」

23　パーティ・ガールの挫折

キャリーが〈バーグドーフ・グッドマン〉(最高級のデパート)を出て歩きだしたとき、バニー・エントウィストルが通りかかった。

「あら、スウィーティ！」とバニーが言った。「お久しぶり。とっても元気そうね！」

「あなたも」とキャリーは言った。

「ぜひ一緒にお昼を食べましょう。今すぐに。アマリータ・アマルフィに――そう、アマリータもこの街に来ていて、相変わらずいいお友だちなの。でも、今日はすっぽかされちゃった」

「もしかしたらジェイクからの電話を待っているのかもしれないわね」

「ええ？　まだあんな男とつきあってるの？」バニーは、黒貂のコートの肩にかかっていたプラチナ・ブロンドの髪をはねあげた。「〈21クラブ〉に席をとってあるから。お願いだからわたしと一緒に来て。一年以上ニューヨークを留守にしていたから、もう話したくて話したくて」

バニーは四十代にもかかわらずとても美しい。ロス帰りの焼け方をしている。ときどきテレビに出る女優だが、以前は長年ニューヨークで暮らしていた。彼女は骨の髄までパーティ・ガールだった。つまり、あまりにも自由奔放なので、男が結婚相手として絶対に考えないタイプの女性だった。そのくせ彼女の下着の中に入り込もうとした男は数え切れない。

「奥のテーブルがいいわね。そこなら煙草が吸えるし、誰にも煩わされないし」とバニーが言った。席に着くと、バニーはキューバ産の葉巻に火をつけた。「なにはさておき、話したいのは結婚発表のことよ」バニーは、クロエの結婚通知のことを話題にした。クロエは三十六歳で、いまだに古典的な美人であり、ジェイスン・ジングズレイという野暮ったい男とガラパゴス諸島で結婚式を挙げたのだ。

「彼はお金持ちよ。それに頭もいいし、優しいわ」とキャリーが言った。「わたしにはいつも親切にしてくれるわよ」

「やめてよ、ダーリン」とバニー。「ジングズレイのような男はね、それにニューヨークにいる男たちはね、結婚相手になるタイプの男じゃないの。友だちとしては最高よ。気が利いているし、流行の店に行けば必ずそこにいるし、深夜にひとりぼっちで、ひどく落ちこんでいるときなんかに『まあいいわ。いざとなったらジングズレイのような男と結婚すればいいんだし、少なくとも家賃の支払いで頭を悩ませるようなことにはならないから』と自分に向かって言い聞かせるには絶好の相手よ。でも、その翌朝になってもう一度冷静になって考えてみれば、あんなやつとベッドをともにしたり、あいつが歯を磨いている姿を見たりするのは耐えられないってことに気づくわけ」

「彼はサンドラに一度キスをしようとしたことがあったんですって」とキャリーは言った。「サンドラは『あんな毛むくじゃらをわたしのベッドに入れるくらいなら、猫でも飼ったほうがいいわ』って言ってたわ」

バニーはコンパクトをぱちんと開き、まつげの具合を見るそぶりをしたが、本当はレストランの中で自分に注目している人がいるかどうか確認しているのだろう、とキャリーは思った。「クロエに電話をして、彼女に直接訊いてみたくてしかたがないのよ。でも、それは無理な相談ね。だって、彼女とはここ何年も口をきいてないもの。おかしなことなんだけど、アッパー・イースト・サイドの美術館が主催するチャリティ・パーティの招待状をもらったのよ。もっとおかしなことに、その共同開催者のところにクロエの名前があったの。それでわたし、チャリティになんか何年も出席したことはないけど、自腹を切って三百五十ドルを払って行こうかと思った。そうすればクロエがどんな様子なのかこの目で確かめられるでしょう」

そう言うと、バニーはあの有名な高笑いをした。お客の何人かが首を巡らせて彼女を見た。

「何年か前、めちゃめちゃな生活をしていたときに、鼻孔のまわりにコカインのかすを付けていたことがあってね。父は電話をかけてよこすたびに、『家に帰ってこい』と言うのよ。『どうして』と訊くと、『そうすればおまえの顔がよおおく見えるからな』と言うの。『おまえの顔をよおおく見れば、元気かどうかすぐにわかる』ですって。クロエにも同じことが言えると思うわけ。彼女の顔を見れば何もかもがわかるわ。自己嫌悪に陥っているのか、はたまた抗鬱剤を飲んでいるのかどうか」

「まさか、そんなことはないと思うけど」キャリーは口を挟んだ。

「あるいは、とんでもない宗教的体験をしたのかもしれない。最近そういう人が多いから。流行なのね。

それはともかく、わたしにはどうしても知りたい理由があるの。わたしもジングズレイみたいな男ともう少しで結婚しそうになったことがあるから」とバニーはゆっくり言った。「まだ結婚する気になれないのよ。もしかしたら永久にならないかもしれない。シャンパンでも飲もう。ウェイター！」バニーは指をぱちんと鳴らした。そして大きく息を吸いこんだ。「ともかく、ドミニクと呼ぶことにするけれど、そのドミニクと別れてからとんでもないことになったのよ。ドミニクはイタリア人の銀行員で、下らないヨーロッパ人なんだけど、それを鼻にかけていて、しかもサソリのような性格の持ち主だった。まったく母親そっくりだったわね。もちろん、わたしのことを屑のように扱ったけど、わたしは我慢できた。おかしなことにいっこうに気にならなかった。でも、とうとうジャマイカで幻覚を起こすキノコ茶を飲みすぎたとき、彼がわたしを全然愛していないことがわかったの。でもそれ以来、わたしは別人になったわ。もちろん、まだ綺麗だったし――だって、通りすがりの男たちが振り返って見るくらいだったんだから――メイン州の小さな町で育った気だてのいい娘ではあったけれど、性根が悪かったのね。まったく感覚というものがなかったのよ。感情的にも肉体的にもね。人を愛したことが一度もないのよ。

ドミニクと三年間も同棲していた理由はね、まずひとつには、最初のデートのときに彼が一緒に暮らそうと言ったからよ。ふたつには、彼がイースト・リヴァーを見下ろす豪華な戦前からのアパートメントとイースト・ハンプトンに豪邸を持っていたから。わたしは一文無しだったし、失業していた。ときどきアテレコをしたり、コマーシャルソングを歌ったりはしていたけど。

それでドミニクとの関係がだめになったとき——というのも、わたしが浮気をしているのがばれてしまってね、プレゼントにもらった宝石類を全部返さなきゃならなくなったの——どうしても結婚相手を探さなくちゃ、しかも一刻も早く、と思ったの」

中折れ帽

「それで友だちのアパートメントに転がりこんでね」とバニーは続けた。「二週間後に、〈チェスター〉というイースト・サイドにあるお洒落な独身者のたまり場でダドリーに会ったわ。彼に会って五分もしないうちに、わたしはすっかりうんざりしてしまった。スペクテイター・シューズを履いて、中折れ帽をかぶり、ラルフ・ローレンのスーツを着てたのよ。しかも唇がぬめぬめしてた。背が高くて痩せてたけれど、顎はほとんどないし、目はゆで卵みたいだった。それに喉仏《のどぼとけ》が異様に大きくて尖っているのよ。招かれもしないのにわたしたちのいるテーブルにやってきて、みんなにマティーニをおごると言ってきかなかった。ひどいジョークは飛ばすし、馬革のデザイナー・シューズをからかうしね。『ぼくは牛さんだぞ、モー。ぼくを履いてみて』だって。それでわたし『失礼だけど、あなたはただのノータリンだわ』と言ったわけ。彼と話をしているところを人に見られたくなかった。

その翌日、もちろんダドリーは電話をかけてよこしたわ。『シェルビーからきみの電話番号を聞いたんだ』って言うのよ。シェルビーというのは、わたしの友だちで、ジョージ・ワシントンの血筋を引いているらしいの。わたしはそっけない口のきき方をしたんだけれど、それにも限度っていうものがあるでしょう。『シェルビーの知り合いだとは思わなかったわ』と言うと、『ところが、どっこい知り合いなんだな。幼稚園からのね。あいつは昔から間抜けなやつだった』と言ったわ。

それで『彼が、本当に？　じゃあ、あなたはどうだったの』とわたしは言ったわけ。間違いだった。あんな男の話につきあうべきではなかったのよ。そうとは知らずに、わたしはドミニクと別れたことなんかをみんな彼に喋ってしまった。その翌日、彼から花束が届いたわ。『美人は失恋の痛みで落ち込んでいてはいけないよ』ですって。それからシェルビーから電話があって『ダドリーは素晴らしい男だぜ』と言われたの。

『あらそう？　いったいどこが素晴らしいの？』と訊いたら、

『ナンタケット島の半分は、あいつの家の土地なんだぜ』ですって。

ダドリーはめげない男でね。贈り物攻勢をしてきたわ。熊のぬいぐるみやヴァーモントチーズの入った籠とかね。一日に三度四度と電話をかけてきたわ。最初はわたし、彼のことが嫌でたまらなかったのよ。でもそのうち、あのひどいユーモアにも慣れて、彼の電話を待ち望むようになったのね。彼は、わたしがその日に起きたどんな些細なことを話しても、うっとりと聞いてくれた。たとえば、イヴォンヌがわたしの持っていない新しいシャネルのスーツを買ったのでむしゃくしゃしているとか、煙草を吸ったらタクシーの運転手に引きずり降ろされてひどい目に遭ったとか、むだ毛を剃っていてかかとを切ってしまっただとか、そういったたわいない話を聞いてくれたわ。彼はわたしに罠をしかけていたわけだし、わたしもそれがよくわかっていたけど、まだわたしは、だいじょうぶ、ちゃんと切り抜けられるって思っていたのよ。

それから、シェルビーを介して週末の招待が届いた。シェルビーが電話でこう言ったの。『ダドリーがぼくらふたりにナンタケット島の彼の家に来てくれないかと言っているんだ』

『死んでも行かない』とわたしは断ったわ。

『あいつの家はそれは素晴らしいよ。アンティークだし。メインストリートにあるんだ』

『どんな家なの？』とわたしは訊いた。

『煉瓦造りの家だと思うけど』

『思う？』

『たしかそうだよ。ただ、ぼくはあそこに行くたびに酔っ払ってるから、はっきりと覚えていないんだ』

『煉瓦造りの家なら、ちょっと考えてみるけど』とわたしは言ったのよ。

そうしたら十分後に、ダドリー本人から電話がかかってきたわ。『もう飛行機のチケットは買ってあるんだ。それにもちろん、煉瓦造りの家だよ』ってね」

ダドリーが踊る

「その週末に何が起きたのか、今もはっきりと説明できないのよ。もしかしたらお酒をたくさん飲んで、マリファナを吸ったせいかもしれないわね。でもあの豪邸のせいだったのかもしれない。子どもの頃に、夏は一家でナンタケット島に行って過ごしたのよ。でもそうは言っても、実際はロッジに二週間ほど泊まっていたの。わたしは兄弟と同じ部屋で寝て、両親は晩ご飯を作るときにはホット・プレートの上でロブスターを茹でてた。

その週末にダドリーと寝たわ。本当は寝たくはなかったんだけど。階段のところでおやすみを言ったとき、かれが身を屈めてわたしにキスをし始めた。わたしは逃げなかった。それで彼のベッドに行った。彼にのしかかられたとき、最初に思ったのは、このまま絞め殺されてしまうんじゃないか、ということだったわ。それはわたしの思い過ごしばかりじゃなかったと思う。だって彼は六フィート二インチもあったのよ。次に、わたしは少年と寝ているのではないかと思ったわ。というのも、彼の体重は百六十ポンドもなかったし、体毛がぜんぜん生えていなかったから。

でもあんなにセックスがよかったのは生まれて初めてだったわ。それで啓示を受けたような気がしたの。優しくてわたしを崇拝している男と一緒になったら、幸せになれるかもしれないって。でも、目が覚めてダドリーを見るのが怖かった。ぞっとして気分が悪くなるんじゃないかと思ったの。

マンハッタンに戻ってきて二週間が経ったとき、アッパー・イースト・サイドの美術館のチャリティ・パーティに出席したの。そのとき、わたしたち、カップルとして初めて正式にみんなの前に出たのよ。その日に起きたことがわたしたちの関係を象徴していたわけだけど、とにかく災難の連続だったわけ。まず彼が一時間遅刻してきた。それから、摂氏三十五度にもなるのにタクシーが捕まえられなかったので、歩いていかなければならなかった。しかもダドリーは、いつものことだけど、ぜんぜん食べ物を口にしていなかったから、失神しそうになっていたの。それで氷入りの水のコップを持ってきてもらったわ。おまけに踊るって言ってきかないのよ。踊りといっても他のカップルのあいだをわたしに抱きかかえられるようにして動いているだけなんだけどね。それから彼は葉巻を吸って、その後吐いたわ。その間中、誰彼となくわたしのところへやってきては、彼がいかに素晴らしい男かと言うのよ。もっとも、わたしの友だちだけは違ったけどね。アマリータなんか『もっとましなのにしなさいよ。あれはひどすぎるわ』だものね。

『でもベッドの中ではすごくいいの』とわたしが言うと、『吐きそうなこと言わないでよ』ですって。

そのひと月後、ダドリーは結婚を非公式に申し込んできたので、わたしはいいわと答えた。

ダドリーのことを思うと恥ずかしくなったけど、そのうち慣れるだろうとも考えていたわ。それに、彼といると忙しくて余計なことを考えなくてすんだのよ。しょっちゅう買い物に出かけたわ。アパートメントの備品とかエンゲージリングとか。アンティークも買ったし、東洋の絨毯も、銀食器も、ワインもそろえた。しかも週末になれば決まってナンタケット島に出かけていって、メイン州にいるわたしの両親のところを訪ねた。でも相変わらずダドリーは遅刻してくるし、なにもかもが行きあたりばったりだった。おかげでいつでもわたしたちは電車やフェリーに乗り遅れたわ。

転機が訪れたのは、四度目にナンタケット島行きのフェリーに乗り遅れた晩のことよ。わたしたちは結局モーテルで一晩を過ごす羽目になったの。わたしはお腹がぺこぺこだったので、ダドリーに外に行ってテイクアウトの中華料理を買ってきてほしかったの。それなのに、彼ったらちっぽけなレタス一個とお粗末なトマト一個しか買ってこなかったのよ。わたしがベッドで横になって、隣の部屋から聞こえてくる男と女の嬌声に耳をふさいでいるあいだ、ダドリーはトランクス姿で安物のテーブルの前に座り、ティファニーの銀製のスイス・アーミー・ナイフでトマトの腐ったところを切り取ってたわ。まだ三十にしかならないのに、七十五の爺さんみたいな細かいところがあった。

翌朝、とうとうわたしはこう言った。『少しは運動してみたらどうなの？　もっと体重を増やしなさいよ』

それからというもの、彼の何もかもが嫌になってきたわけ。派手で滑稽な服装や、誰とでも親友のようにふるまうやり方とか、喉仏のところに生えている三本の金色の毛とか、匂いとかがね。

毎日わたしは彼をジムに連れていったわ。彼につきっきりで、五ポンドのバーベルを持ちあげさせた。それが彼の持ちあげられる最高限度だったのよ。たしかに十ポンドほど体重は増えたけれど、たちまち元に戻ってしまうの。ある晩、わたしたちは、五番街にある彼の両親のアパートメントにディナーに呼ばれていったのね。料理人がラム・チョップを作ってくれた。ダドリーは、ぼくは絶対に肉は食べないんだから、と言い張ってね。自分の食生活のことを全然考慮してくれない、と両親を大声でなじるのよ。そして料理人に近所の店までブラウンライスとブロッコリを買いにいかせたわけ。ディナーの始まるのが二時間も遅れたわ。それなのにダドリーはほんのちょっぴりしか食べないの。屈辱的だった。その後で彼の父親がわたしに『またお好きなときにディナーにいらしてください。しかし、ダドリーは連れてこないように』と言ったわ。

そこで終わりにすべきだったのよ。でも、クリスマスが二週間後に迫っていた。そのクリスマス・イヴに、彼はわたしに正式に結婚を申し込んだの。八カラットの婚約指輪を持参して、わたしの家族全員の前でね。彼の実に嫌らしいところで、しかもそれが典型的なダドリーのやり方なんだけれど、あの人はその指輪をゴディヴァのチョコレートに入れておいて、その箱をわたしに手渡したの。『さあ、これがきみへのクリスマス・プレゼントさ。早く食べた方がいいよ』って。

『今は食べたくないわ』と、彼を黙らせるときにいつもする険しい一瞥を投げながらわたしは言ったの。

『食べたほうがいいね』と、いつになく彼が脅すような口調で言うので、仕方がなくわたしは食べはじめた。わたしの家族は戦々兢々としながらその様子を見ていたわ。わたしの歯は欠けちゃうし、むせてしまうし、もう最悪だった。でも、わたしは承諾したの。

あなたがこれまでに間違った男と婚約したことがあるかどうかはわからないけどね、一度そうなったら、まるで絶対に停められない暴走列車に乗っているようなものだわよ。パーク・アヴェニューでのひきもきらないパーティ、〈モーティマー〉や〈ビルボーケット〉での食事会。わたしの婚約指輪の噂を聞きつけた見も知らぬ女性たちから、指輪を見せてとせがまれるしね。『彼は立派な人よ』って、みんなが口をそろえて言ったわ。

『ええ、そのとおりよ』ってわたしは答えた。でも心の中では、自分が見下げ果てた人間になったような気がしていた。

それでいよいよ、わたしたちの新居となる、東七十二丁目にある完璧に調度の整ったそれは素晴らしい最高のアパートメントに引越す日がやってきたの。わたしの持ち物はもうすっかり荷造りされて、運送業者も階段のところで待っているという状況のとき、わたしはダドリーに電話をしたのよ。

『無理だわ、できない』

『できないって、なにが?』と彼が訊いた。

わたしは受話器を置いた。

彼は電話をかけてよこしたし、アパートメントまでやってきた。彼が諦めて出ていくと、彼の友だちから電話がかかってきたわ。わたしは外で飲みまくった。ダドリーのアッパー・イースト・サイドの友人たちは、わたしのことについてあることないこと言いふらしたわ。作り話をでっちあげたのよ。たとえば、わたしが午前四時にカウボーイ・ブーツを履いただけの格好で人の家から出てくるのを見たとか、クラブで別の男にフェラチオをしていたとか、婚約指輪を質に入れようとしたとか、わたしが金目当てに男と結婚する女だとか、結婚詐欺をしようとしたとか、それはもう、いろいろ言われたわね。

そういうことを終わらせるにはいい方法なんてないのよ。わたしは、ヨーク・アヴェニューにあるエレヴェーターのないワンルームのアパートメントに引越してね、実際にはそこしか借りられなかったんだけど、ともかくちゃんと仕事についたの。ダドリーはもっとひどい目に遭ったわ。不動産市場が暴落して、あの立派なアパートメントが売れなくなっちゃったのよ。みんなわたしのせい。ダドリーは街を出て、ロンドンに行ったわ。これもわたしのせい。でも、彼が向こうでよろしくやってるという噂はよく聞くわね。伯爵の冴えない娘とデートをしてるそうよ。

その後の三年間がわたしにとって地獄のようだったことを、みんなはもう忘れているわ。本当の地獄だった。一文もなくて、毎日路上でホットドッグを食べて、自殺することばかり考えていたのよ。実際に自殺志願者専用のホットラインにまで電話をかけたの。でもそのときは、パーティへ行こうと誘いにきた人がいて中断されてしまったんだけど。でもわたしはもう二度と同じ轍《てつ》は踏まない、男から一銭ももらわないって誓ったの。あんなにまで人を傷つけるのは人でなしなんだってね」

「でも、彼の外見のせいでそうなったと、本当にそう思っているの？」とキャリーが尋ねた。

「そのことはわたしもずっと考えてきたんだけどね。言い忘れたことがひとつあるんだけれど、彼と一緒に車に乗るたびに、わたしは眠くなっちゃうのね。文字どおり、目を開けていられなくなるわけ。つまりね、彼は死ぬほど退屈だったの」

シャンパンのせいだったのかも知れないが、バニーはちょっとおぼろげに笑ってこう言った。

「それほど嫌なことってないでしょう？」

24 アスペン

キャリーはリアジェット（ビジネスジェット機）でアスペンに行った。白いミンクのコートに裾の短いドレスを着て、白いエナメル革のブーツを履いていた。リアジェットに乗るためにふさわしい格好のようだが、実際はそうではない。同乗していた人々は、ジェット機のオーナーでさえも、ジーンズに、かわいい刺繡入りセーターを着て、スノーブーツを履いていた。キャリーはジェット機にひどく酔ってしまった。ジェット機がネブラスカ州リンカンに給油のために寄港したとき、パイロットに手をとってもらわなければ階段を降りられなかった。外は少し暖かく、キャリーはたっぷりしたミンクのコートにサングラスをかけ、煙草をふかしながら歩きまわり、どこまでも続く、黄色く乾燥した平原を見つめた。

ミスター・ビッグがアスペンの空港に迎えにきていた。建物の外に腰掛けていた彼は、茶色のスエードのコートに茶色のスエードの帽子、口には葉巻をくわえていて、完璧ないでたちだった。彼が滑走路を歩いてきて最初に言った言葉は「だいぶ遅れたな。おれは凍りつきそうだ」だった。

「中で待っていればよかったのに」とキャリーは言った。ふたりを乗せた車は小さな町を通り抜けた。まるでクリスマス・ツリーの根元に子どもが並べた玩具のような町だった。キャリーは指で目を押しながらため息をついた。「のんびりと過ごしたいわ。健康的にね。料理をして」と言った。

スタンフォード・ブラッチも自家用飛行機でアスペンにやってきていた。彼は幼友だちのスザンナ・マーティンと一緒に滞在していた。リヴァー・ワイルドのパーティの後で、スタンフォードはスザンナにこう言った。「出直したいんだよ。ぼくたちはいい友だちだから、本気で結婚のことを考えてみるべきだよ。結婚すればぼくには遺産が入るから、きみの資産とぼくの資産を合わせれば、望みどおりの生き方ができるじゃないか」

スザンナは四十歳の彫刻家で、大胆な化粧をして、大ぶりのアクセサリーをたくさん着けている。彼女はこれまで自分が古くさい結婚をするなどと考えたことがなかった。「寝室は別々で？」と彼女は訊いた。

「当然だろう」とスタンフォードは答えた。

スキッパー・ジョンソンは一般の飛行機に乗りマイレージを使ってファースト・クラスでやってきた。両親と妹ふたりと休暇を過ごしにきたのだ。どうしても恋人を見つけなくては、とスキッパーは思った。それにしてもばかげている。彼が心に描いている理想の女性とは、年上で（三十歳から三十五歳まで）、頭が良く、美人で愉快な人。彼の関心を惹きとめてくれるような女性だ。昨年、彼は身に染みてわかったのだ。同世代の娘はまったく面白くない、と。彼女たちに尊敬されるのはぞっとすることだ、と。

ミスター・ビッグはキャリーにスキーの指導をしていた。キャリーのスキー・スーツも手袋も帽子もアンダーウェアもすべて彼が買いそろえたのだ。さらに、手袋に留められる小さな温度計まで買った。これはキャリーにどうしてもほしいとねだられたものだ。キャリーがふくれっ面をするまで彼は聞きいれなかったが、フェラチオと交換で買ってあげた。たった四ドルではあったが。ふたりが借りた家で、ミスター・ビッグはキャリーのスキースーツのジッパーを上げ、差しだされた両手に手袋をはめてあげた。そして小さな温度計を手袋に留めたときにキャリーが言った。「これを買ったことに、あなたきっと感謝するわよ。だってものすごく寒いもの」彼は笑い、ふたりはキスをした。

ミスター・ビッグは葉巻をふかしながらゴンドラに乗って、携帯電話で話していた。それからスロープではキャリーの後ろにつきっきりで、彼女が人とぶつからないように見張っていた。キャリーがターンするたびに、「だいじょうぶ、あんたならやれるよ」と声をかけ、ふたりは山をゆっくりと下っていった。スロープの裾に立ったキャリーは、手で目の上に庇《ひさし》をつくって、ミスター・ビッグがモーグルを越えて滑ってくるのを見つめた。

夜になるとふたりはいつもマッサージをしあってから、熱いお風呂に入った。そして一緒にベッドに入ると、ミスター・ビッグは「おれたちは固く結ばれてるだろ」と言った。

「ええ」とキャリーは答えた。

「覚えているか？　あんたはいつも、もっと固く結ばれなくちゃいけないと言っていた。もうそう言わなくてもいいな」

キャリーは、物事はそううまくはいかないのよ、と思っていた。

尾翼を探しているんだ

スタンフォード・ブラッチは、ポニー・スキンのアフタースキー・ブーツを履き、双眼鏡をぶらさげながらアスペンの山の頂《いただき》を歩いていた。スザンナとお昼を食べるためにロッジに向かっているところだった。そこへ「スタンフォード！」という聞き覚えのある声がし、続いて「危ない！」という怒鳴り声が聞こえた。振り向くと、スキッパー・ジョンソンがこちらに向かって滑走してくるところで、スタンフォードは飛びすさって、バンクの中に身を隠した。「やあ、やあ、スキッパーじゃないか」と彼は言った。

「休暇中に友だちにめぐり会うのはいいもんでしょう？」とスキッパーが訊いた。スキッパーは、悪天候のときにボーイスカウトが身につける服にそっくりなスキー・スーツを着ていた。だぶだぶの黄色いスキー・ジャケットに耳当てのついた帽子をしっかりかぶっている。

「友だちにもよるし、出会い方にもよるがな」とスタンフォードは言った。

「あなたがバード・ウォッチャーだとは知りませんでしたよ」とスキッパー。

「鳥を探しているんじゃない。ジェット機の尾翼を探しているのさ。自家用ジェット機を調べているんだよ。今度買うための参考にね」

「ジェット機を買うんですか？」

「すぐにね。結婚しようと思っているんで、妻がそれで飛びまわれるようにしてあげたくてね」

「妻ですって?」

「そうだよ、スキッパー」スタンフォードは辛抱強く言った。「実は今も、彼女と落ちあってお昼を食べにいくところなんだ。彼女に会いたいか?」

「信じられませんよ」とスキッパーは言った。そしてスキー板を靴からはずした。「ぼくはもう三人の女の子とつきあいましたよ。なんでまたあなたが」

スタンフォードは哀れみを込めた目で彼を見つめた。「おいおい、スキッパー。いつまで同性愛者だということを隠しているつもりなんだ」

キャリーとミスター・ビッグは、ロマンティックなディナーをとるためにパイン・クリーク・クックハウスに出かけていった。ふたりは車で山の中に入り、それから馬に曳かせた橇《そり》に乗ってレストランまで行った。空は黒く澄みわたり、ミスター・ビッグは星座のことや、子どものころ貧しかったので、十三歳で学校をやめて働かなければならなかったことや、その後、空軍に入ったことを話した。

ふたりはポラロイド・カメラを買って、レストランで写真を撮った。ふたりでワインを飲み、手をつなぎ、キャリーはほろ酔い加減になった。「ねえ、訊きたいことがあるの」とキャリーは言った。

「くそ、なんだ」とミスター・ビッグは言った。

「夏の初めのこと、覚えてる？　つきあい始めて二カ月くらい経ったとき、あなたは他の人とデートがしたいと言ったでしょ？」

「ああ、それで？」とミスター・ビッグは警戒しながら言った。

「それで、モデルと一週間くらいデートをしたわね。そのときたまたま、〈バワリー・バー〉の店の前でわたしと出くわして、あなたはびっくりして、わたしは怒鳴って、ものすごい喧嘩になったでしょう？」

「あんたは二度とおれと口をきいてくれないかもしれないと思ったよ」

「わたし、どうしても知りたいの。もしもあなたがわたしだったらどうしていたと思う？」

「二度と口をきこうとしなかっただろうな」

「本当にそうしたかった？　わたしに立ち去ってもらいたかった？」とキャリーは訊いた。

「いいや。そばにいてほしかった。どうしていいかわからんかった」

「でも、あなたなら立ち去ったでしょう？」

「おれはあんたにそばにいてほしかった。つまり、よくわからんが、テストみたいなもんだ」ミスター・ビッグは言った。

「テスト？」

「本当にあんたがおれのことを好きなのかどうか、それを確かめようとした。そして、ちゃんとそばにいてくれた」

「でも、とても傷ついたわ」とキャリーが言った。「どうしてあんなひどい目に遭わせたの？　わたし、絶対に忘れない。いい？」

「わかってるって、ベイビー。悪かったよ」

家に戻ったときに、留守番電話にふたりの友人であるテレビ俳優ロック・ギブラルターから伝言が入っていた。「やあ、ぼくもこっちに来ているんだ。テイラー・キッドと一緒にね。きみらはテイラーを気に入ると思うよ」と。

「テイラー・キッドって、あの俳優のか？」とミスター・ビッグは言った。

「そうらしいわね」とキャリーは言った。そして自分がつとめて関心のなさそうな口ぶりでそう言ったことに気づいた。

プロメテウスの絆

「素晴らしかったよ」とスタンフォードが言った。スタンフォードとスザンナは、暖炉の前のソファに腰を下ろしている。スザンナは煙草を吸っている。その指は細く、長く、優雅で、爪には赤いマニキュアが一分の隙なく塗られていた。黒いシルクの中国風のローブを身にまとっている。「ありがとう、ダーリン」とスザンナは言った。

「きみほど完璧な妻はいないよ。どうしてこれまで結婚しなかったのか、ぼくには皆目わからない」とスタンフォード。

「異性愛者の男は退屈なだけ」とスザンナは言った。「もっとも、当たり前のことよね。最初はいつでも素敵なんだけど、そのうちとんでもなく身勝手になっていくのよ。それに気づかないと、相手の要求をすべて満たしてあげようとして、こっちの生活なんてなくなってしまうの」

「ぼくらは絶対にそういうことにはならない」とスタンフォードは言った。「この関係は完璧だよ」

スザンナは立ちあがった。「もう寝るわ。明日は早起きしてスキーをしたいから。もちろん、一緒には来ないでしょう？」

「スロープにかい？　無理だね。でもひとつだけ約束してくれなくちゃ困るよ。明日の晩も今夜と同じようにしよう」

「もちろんよ」

「きみは素晴らしいコックだ。どこでこんな素晴らしい料理を覚えたんだ？」

「パリよ」

スタンフォードも立ちあがった。「おやすみ、マイ・ディア」

「おやすみなさい」スザンナが言った。スタンフォードは身を屈めて彼女の頰に慎み深いキスをした。「では明日」と彼は言い、部屋へと向かうスザンナに軽く手を振った。

それからしばらくして彼も自分の部屋に入った。しかし眠りはしなかった。その代わりにコンピュータの電源を入れて、電子メールを確認した。期待通り、メッセージが入っていた。

スタンフォードは受話器をとりあげてタクシーを呼んだ。それから窓辺に立ってタクシーが来るのを待った。

タクシーが横づけにされると、彼は急いで家を飛びだした。「〈カリブー・クラブ〉へ」と彼は運転手に告げた。

それからはまるで悪夢のようだった。タクシーは町の中心部を走る玉石の敷き詰められた通りまでスタンフォードを運んでいった。彼はそこから小さな店が立ち並ぶ狭い路地を通って、あるドアを開け、階段を降りていった。金髪の女が木製のカウンターの後ろに立っていた。女は四十くらいだが、奇跡的ともいえる顔の整形と豊胸手術のために五歳は若く見えた。

「ここで人と待ち合わせをしているんだが」とスタンフォードは言った。「ところが、わたしはその相手の名前がわからないんだ」

その女は疑い深そうに彼を見つめた。

「わたしはスタンフォード・ブラッチ。脚本家だがね」

「ほんと？」と女が言った。

スタンフォードは笑みを浮かべた。「『ファッション・ヴィクティム』という映画を観たことはない？」

「まあ！　わたし、あの映画、大好きよ。あれ、あなたが書いたの？」と女は言った。

「そのとおり」

「今はどんな脚本を書いてるの？」

「整形手術をやりすぎた人々をテーマにしたものを書こうかと思ってるところさ」

「まあ、なんてことでしょう」と彼女は言った。「わたしの親友はね……」

「さて、わたしの友だちに会いに行くとするか」とスタンフォードは言った。

店の隅で、ふたりの男とひとりの女が酒を飲みながら談笑していた。スタンフォードは近づいていった。真ん中に座っている男が顔をあげた。四十歳くらいで、日に焼けていて、髪を染めている。さらに、その男が鼻と頰に整形手術を施しているのをスタンフォードは見のがさなかった。もしかしたら髪も部分かつらなのかもしれない。「ヘラクレスか?」とスタンフォードは言った。

「ああ」とその男が言った。

「プロメテウスだ」とスタンフォードは言った。

女が男から目を離してスタンフォードを見た。「ヘラクレスってなあに? プロメテウスってなんなのよ」と女は言った。不愉快な鼻声で、身に着けているものは安っぽい毛羽《けば》だったピンク色のセーター。祖母の屋根裏部屋を掃除する雑巾としても使えない代物だ、とスタンフォードは思い、女を無視することにした。

「あんたはプロメテウスとはほど遠い感じがするな」とヘラクレスは言って、スタンフォードの長い髪と品のいい服を見た。

「ここにわたしを座らせて一緒に酒を飲むつもりなのか、それともわたしを侮辱するつもりなのか、はっきりしてくれないか」とスタンフォードが言った。

「侮辱した方がいいと思うぜ」ともうひとりの男が言った。「ところで、こいつは誰なんだ？」

「インターネットで見つけた負け犬さ」とヘラクレスは言って酒を一口飲んだ。

「それはお互いさまじゃないか」とスタンフォードは言った。

「おじさん、あたしなんかコンピュータのつけかただって知らないわよ」と女が言った。

「アスペンにやってくる男を全部チェックする。それで相手を選ぶのさ」とヘラクレスは言った。「そしてあんたは……選にもれたってわけだ」

「とりあえず、わたしは整形外科医の選び方はよく知ってるがね」とスタンフォードは静かにそう言った。そして、「人があんたじゃなく、あんたの整形手術を覚えているなんてなんとも恥ずかしいことだな」と言って微笑んだ。「ではご機嫌よう、みなさん」

秘密を守れる？

キャリーとミスター・ビッグは〈リトル・ネル〉の店先で昼食を食べているときに、ロック・ギブラルターに出くわした。テイラー・キッドも一緒だった。

テイラー・キッドが最初にふたりを見つけた。テイラーはミスター・ビッグのようなハンサムではないが、頭はよかった。いかつい顔をしている。金色の長い髪。ひょろ長い身体。

彼はキャリーと目を合わせた。「あらら」とキャリーは思った。

そのときミスター・ビッグが「やあ、ロック。ベイビー」と言った。そして葉巻をくわえるとロックの背中を叩き、手を差しだした。

「ずっと探していたんだぜ」とロックが言った。それから「テイラー・キッドは知ってるか？」と訊いた。

「いいや。しかしあんたの映画は知っている。どうだい、いい女の子は見つかったか？」とミスター・ビッグが言うと、みんなは大笑いしながら席に着いた。

「ビッグは地元の人に声をかけられたばかりなの」とキャリーが言った。「ゴンドラの中でも葉巻を吸ってたからよ」

「そうなんだよ」とミスター・ビッグ。「毎日おれはゴンドラの中で葉巻を吸っている。それでその娘はここは禁煙だと言い続けてるのさ。おれは火はつけていない、と言ってるんだがな」

彼はテイラーに向かって言った。

「キューバ産ですか？」とテイラーが訊いた。

「そうだとも」

「クシュタートでぼくも同じような目に遭いましたよ」とテイラーはキャリーに向かって言った。キャリーは、この男はサマンサ・ジョーンズにぴったりだわ、と心の中で呟いた。

「ベイビー、塩を取ってくれないか」とミスター・ビッグはキャリーの膝を叩きながら言った。

キャリーは身を乗りだし、ふたりは軽くキスをした。そして「失礼するわ」とキャリーは言った。

彼女は立ちあがった。それからトイレに入っていった。少し神経質になっていた。もしもミスター・ビッグがそばにいなかったら……と思った。それから、そんなことを考えるのはよくないと思った。

トイレから戻ると、テイラーがミスター・ビッグと葉巻をふかしていた。

「やあ、ベイビー、何だと思う？　テイラーがおれたちをスノーモービルに乗らないかと誘ってくれたぜ。それで彼の家に行ってゴーカートで競争するんだ」

「ゴーカートですって？」とキャリーは言った。

「敷地の中の湖が凍ってましてね」

「すごいじゃないか」とミスター・ビッグは言った。

「ええ。素敵ね」とキャリーは言った。

その夜、キャリーとミスター・ビッグはスタンフォードとスザンナと一緒にディナーを食べた。食事をしている間中、スザンナが何かを言うたびに、スタンフォードは身を乗りだして「彼女って素晴らしいだろう？」と言うのだった。スタンフォードがスザンナの手を取ると、彼女は「あら、スタンフォード。酔っ払ったのね」と言って笑い、ふりほどいた手をワイングラスに持っていった。

「ようやくこっちの世界にやってきてくれて、おれは嬉しいよ」とミスター・ビッグが言った。

「誰がそんなこと言ってるの？」とスザンナが言った。

「ぼくはこの先もずっとゲイだよ。もしも、きみがそのことを心配しているのならちゃんと言っておく」とスタンフォードは言った。

キャリーは煙草を吸うために外に出た。ひとりの女性が彼女に近づいてきて「火を貸していただける?」と言った。その女性はブリジッドだった。去年の夏の結婚祝福パーティで会った不愉快な女性だ。

「キャリーじゃないの!」とブリジッドは言った。

「ブリジッド!」とキャリー。「ここでなにをしてるの?」

「スキーよ」とブリジッドは言った。そして誰かに聞かれてやしないかというように周りを見渡してから、こう言った。「夫と一緒に。子どもはなし。子どもたちはわたしの実家に預けてきたわ」

「その、妊娠したんじゃなかった?」キャリーが訊いた。

「流産したの」そしてまた周りを見渡した。「ねえ、まさか余分に煙草を持ってたりしないわよね?」

「もちろん、持ってるわ」とキャリーは言った。

「何年も煙草はやめていたのよ。長い間ね。でもどうしても吸いたいの」そう言って、彼女は深く煙を吸いこんだ。「昔煙草を吸っていたとき、いつもマールボロのレッドだった」

キャリーは意地悪そうな笑みを浮かべ、「そうでしょうね」と言った。そして吸い殻を道に捨てるとブーツで踏みつけた。

「あなた、秘密を守れる？」とブリジッドが言った。

「ええ」とキャリー。

「そう」ブリジッドはもうひと吸いして、煙を鼻の孔から吹きだした。「昨晩、わたし、家に帰らなかったの」

「へえ」とキャリーは言いながら、どうしてこの人はわたしにこんなことを言うのだろうと思っていた。

「違うのよ。本当に家には帰らなかったの」

「まあ」とキャリー。

「そうなのよ。夫とは一緒に過ごさなかったわけよ。一晩中外にいたの。寝たわ。文字通り、一夜を過ごしたの。スノウマスでね」

「なるほど」と頷きながらキャリーは言った。「それで、ドラッグでもしたの？」

「そうじゃないの」とブリジッド。「男と一緒だったのよ。夫以外の男と」

「ということは、つまり……」

「そう。他の男と一晩ともに過ごしたわけ」

「それはすごいわ」そう言うと、キャリーはもう一本の煙草に火をつけた。

「他の男と寝るのは十五年ぶりなの。いいえ、七年ぶりだったかしら」とブリジッド。「でもね、夫と別れることはずっと考えているのよ。とても愉快なスキー指導員に会って、この人だって思ったわけ。わたしの人生に何が起きたの、って思っていた。それで夫に、外に行くと言って、その彼――ジャスティンというんだけれど――スキー指導員とスノウマスのバーで落ちあったわけ。それから彼の狭いアパートメントに一緒に行って、一晩中セックスをしたの」

「それで、あなたの夫は、そのことを知ってるの?」とキャリーは尋ねた。

「今朝帰ってきて話したわ。でも彼はどうすることもできないでしょう? わたしはもうやってしまったんだから」

「たしかに」とキャリー。

「夫は今レストランにいるわ」とブリジッドは言った。「かんかんになってる。でも後でジャスティンと会う約束をしているの」そして最後に深く煙を吸いこんだ。「わたし、あなたならわかってくれると思ってた。電話をしてもいいでしょう。戻ってきたら、一緒に女だけの夜を過ごしましょうよ」と言った。

「素敵」とキャリーは言った。それこそがわたしの望みなのよ、と思った。

「つま先がつめたい」

キャリーとミスター・ビッグはテイラーとロックと一緒にスノーモービルに乗りにいった。テイラーとミスター・ビッグがスピードを出しすぎるので、他の人々は悲鳴をあげた。ミスター・ビッグのスノーモービルの後ろに乗せられたキャリーは、振り落とさないで、と悲鳴をあげ続けていた。というのも、落ちたら轢かれてしまうと気が気でなかったからだ。

　その二日後、ふたりはテイラーの家に行った。その家は森の中にあって、かつてはポルノ映画のスターの持ち物だったという。熊の皮の敷物があり、壁には動物の剝製の頭がたくさん掛かっていた。みんなは生《き》のテキーラを飲み、弓矢を引いた。ゴーカートにも乗った。キャリーはすべての競技に勝利をおさめた。それからみんなで森へ散歩に出かけた。

「おれは中にいるよ。つま先がつめたい」とミスター・ビッグが言った。彼女は川のほとりに立って、ブーツの先で雪を川の中に蹴り入れた。「やめるんだ。落ちたらどうする？」とミスター・ビッグが言った。

「落ちないわよ」とキャリーは言い、さらにもっと雪を川に蹴りこみ、水の中で雪が溶けていくのを見つめた。「子どものころによくこうやって遊んだものよ」

　テイラーがふたりの後ろに立っていた。「決まって立入禁止のところでね」とテイラーが言った。キャリーが振り向くと、ふたりは一瞬、見つめあった。

　その前の晩、彼らは全員、ハリウッドの有名な映画スター、ボブ・ミーロの家で開かれたパーティに出かけた。その家は山の反対側にあって、そこに行くためには、途中で車を降りて、スノーモービルに乗らなければならなかった。家と庭には、雪が降っている二月だというのに、日本の提灯がたくさん飾りつけられていた。家の中には、岩で囲まれた鯉のいる池があり、橋を渡って居間に入っていくようになっていた。ボブ・ミーロが暖炉の前で待ち構えていた。彼の恋人と、もうじきその座を明け渡すことになる妻もいた。ふたりの女性は、妻の方が恋人よりも五歳ほど年上に見えることを別にすれば、双子と言っていいくらいによく似ていた。ボブ・ミーロはセーターを着て、長い下着の裾を折っていた。身長は五フィートほどで、つま先の尖ったフェルトのスリッパを履いているので、まるでいたずら小僧のようだった。

「一日六時間仕事をしていますよ」とミーロが言いかけたところに、スタンフォードが割って入った。「ちょっと失礼。あなたのジェット機の内装を手がけたのはどなたです?」

ミーロは彼をじろりと睨んだ。

「いえ、冗談じゃないんですよ。自家用ジェット機を買おうと思っているところなんですが、ちゃんとした仕事をする人物に頼みたいんです」

キャリーはテーブルの前に座って、タラバガニの爪と小エビを食べていた。そしてロックと話をしていたが、しだいにふたりとも噂話に花が咲いて、このパーティの悪口を囁きあって笑ったりしているうちに、鼻持ちならない態度をとりはじめた。ミスター・ビッグはキャリーの隣に座って、両側に女性をはべらせたテイラーと話をしていた。キャリーはテイラーを見て、こんな男と関わりあいにならなくてよかったと思った。

また彼女は小エビを食べた。そのとき、ちょっとした騒ぎが持ちあがった。金髪の娘が腕を振りながらやってきて、特徴のあるアクセントで話をしている。あらら、聞いたことのある声だわ、とキャリーは思い、無視することにした。

その女性はやってくると、わざとミスター・ビッグの膝の上に座った。ふたりとも大笑いをした。キャリーは振り向きもしなかった。誰かがミスター・ビッグに「きみたちは知り合ってどれくらいになるんだ？」と訊いた。

「さあ、どれくらいになるかしら」と女性がミスター・ビッグに言った。

「二年くらいかな」とミスター・ビッグが言った。

「わたしたち、〈ル・パレ〉で知り合ったのよね。パリの」と女性が言った。

キャリーは振り向いて笑みを浮かべた。「こんにちは、レイ」とキャリーは言った。「そのとき、なにをしてあげたの？　まさか店の隅で、あなたの有名なフェラチオをしてあげたとか？」

一瞬、衝撃的な静寂に包まれた。それから全員が——ただしレイだけを除いて——ヒステリックに笑いだした。「何のことを言っているのよ。どういう意味よ？」彼女はおかしなアクセントで言った。

「冗談よ。わからないの？」とキャリーは言った。

「それがあんたのユーモアのセンスならね、ハニー、全然面白くないわよ」

「あらそう？　ごめんなさいね。他のみんなもちょっとばかり常軌を逸していると思ったようだわ。さて、もしよかったらわたしの恋人の膝からどいてくださらない？　そうすれば、わたしも会話を続けられるんだけど」

「そんな言い方はしちゃいかんな」ミスター・ビッグはそう言うと、立ちあがって向こうへ行ってしまった。

「なによ、まったく」とキャリーは言った。彼女はミスター・ビッグを探しにいったが、また別の騒動が始まっているのに出くわした。スタンフォードが部屋の真ん中で怒鳴っている。そのそばに金髪の男がいて、その後ろにはザ・ボーンがいた。

「下衆な尻軽女」ザ・ボーンに向かってスタンフォードは言った。「おまえがどんなに薄汚い売春夫か、人に言われたことはないのか。どうしてこんな屑と一緒にいるんだ」

「待てよ。この人とは会ったばかりだ。パーティに来ないかと言われて来たんだ。ぼくの友だちなんですよ」とザ・ボーンが言った。

「ああ、頼む」とスタンフォードは言った。「誰か、頼むよ。酒を持ってきてくれ。そうしたらこいつの顔に反吐を吐いてやれる」

レイはスキッパー・ジョンソンと並んで歩いていた。「わたし、自分のテレビ番組が持てたらどんなにいいだろうって思っていたわ」とレイが喋っている。「ところで、わたしには子どもがいるってこと話したかしら？　だから、わたしのあそこはね、他の女が絶対にしてくれなかったことをあなたにしてあげられるのよ」

その後で、キャリーは誰彼かまわずトイレに行かせて、マリファナを吸わせた。そしてみんながトイレから出てくると、キャリーはミスター・ビッグと乱暴に踊ってみせた。人々はふたりのそばにやってきては、「きみらは素晴らしいダンサーだ」と言った。

一時にふたりはパーティを後にした。多くの人々もそれぞれ家に帰っていった。キャリーはしたたかに酔っ払ったうえに、マリファナを吸ったので歩くことすらできず、トイレに入って吐き、そのまま床に横になってまた吐いた。キャリーが何度も吐くので、ミスター・ビッグがそばに行って彼女の頭を支えると、「さわんないでよお」と言われた。それでも彼女をベッドに引っぱっていったが、彼女はそこから這いだしてまたトイレに戻り、もう一度吐いた。ようやく四つん這いになって寝室まで戻ってくると、しばらくベッドのそばの床に寝転がっていたが、頭を上げて、なんとかベッドに這いあがり、そのまま意識を失った。失いながらも、髪に反吐がくっついていると思ったが、もうどうでもいいわ、とキャリーは思った。

寒くて澄みわたった夜だった。スタンフォード・ブラッチは、アスペン空港に停まっている自家用飛行機のあいだを往ったり来たりしていた。リア・ジェットとガルフ・ストリームを見て、シテーションとチャレンジャーを見た。飛行機の近くを通り過ぎるたびに、見覚えのある番号かどうかを確かめようと、尾翼の番号に手を触れた。彼は家に連れて帰ってくれる飛行機を探していた。

彼女は泣きだした

「おれはばかじゃない。それは知ってるな」とミスター・ビッグが言った。ふたりはファースト・クラスに座っている。アスペンから戻るところだ。

「知ってる」とキャリーが言った。

ミスター・ビッグはブラッディ・マリーを一口飲んだ。そしてペイパーバックを取りだした。「というより、おれは勘は鋭いほうだぜ」と言った。

「うん」とキャリー。「その本は面白い？」

「おれの目は節穴じゃない」

「もちろん、そうよ」とキャリー。「だからお金持ちになったんだもの」

「おれはな、水面下で起きていることはことごとくわかっているんだ」とミスター・ビッグ。

「あんたがあの男を気に入ってたこともな」

キャリーは自分の飲み物に口をつけた。「ふうん。どの男？」

「おれが誰のことを言ってるかわかっているはずだ、テイラーだよ」

「テイラー？」キャリーはそう言うと、自分の本を取りあげ、ページを開いた。「素敵だと思ったわ。それに、面白い人よ。でもそれがどうかしたの」

「気に入ったんだろ」ミスター・ビッグはさりげなく言った。そして本を開いた。

キャリーは本を読んでいるふりをした。「友だちとしてね」

「おれはあそこにいて、何もかもこの目で見ていた。嘘をつかない方がいい」

「わかったわよ」とキャリーが言った。「あの人に惹かれたわよ。ちょっとね」そう言ったとたんに、それが間違いであることに気づいた。キャリーはまったく彼には惹かれなかったのだ。

「おれは大人だ」とミスター・ビッグは言った。本を下に置いて足を組んだ。そして前の座席のポケットから雑誌を取り出した。「おれは耐えられる。傷つかない。行けよ。あの男のところへ行けよ。そしてあの家で一緒に暮らせばいい。あの大きな屋敷に暮らせるし、一日中弓矢で遊べるぜ」

「でもわたし、あんなところで暮らしたくない」とキャリーは言った。泣きだしていた。彼女は両手で顔を覆い、窓の方に顔を向けた。「どうしてこんな仕打ちをするの？　わたしと別れたいって言うのね？　いつもそんなことばかり考えているんでしょ。わたしと別れたい一心で」

「あいつに惹かれたって言ったのはあんただぜ」

「だから、ちょっとだって言ったでしょ」とキャリー。「それにあなたがわたしにそう言わせたんだわ。こういうことになるってわかっていたわよ。わたしにはわかってた」彼女はすすり泣いた。「彼に会ったとたん、わたしが彼を好きになるってあなたが考えると思った。そしてあなたがそう思っているような素振りさえ見せなければ、わたしは絶対に彼を意識しないでいられたはずなのよ。だからわたし、あなたがうろたえないように、彼のことなんか好きでもなんでもないという態度をずっととらなくちゃならなかった。それに滑稽なことに、はじめからわたし、あんな男なんとも思っていなかったのよ。まったくなんともね」

「信じられないな」とミスター・ビッグは言った。

「本当よ。どうしてわからないの」とキャリーは言って、顔を背けてまた少し泣いた。それから彼に身を寄せると耳元にこう囁いた。「わたしはあなたのことしか考えられない。わかっているくせに。他の人と一緒に暮らしたいなんて思いもしない。これって不公平よ。不公平だわ。あなたがこんな真似をするなんて」彼女は本を広げた。

ミスター・ビッグは彼女の手を叩いた。「心配するなよ」と言った。

「今、わたし、怒ってるの」とキャリーが言った。

ニューヨークに戻って二日後に、キャリーはサマンサ・ジョーンズの電話を受けた。「そーれーでー？」とサマンサは言った。

「それで、って何が」とキャリー。

「アスペンでとんでもないことがあったでしょ？」サマンサは猫撫で声で甘えるように言った。

「どんなこと？」とキャリーが尋ねた。

「わたし、あんたたちが婚約して戻ってくると確信してたんだけどね」

「ぜーんぜん」とキャリーは言った。彼女は椅子にもたれかかると、机の上に両脚を載せた。

「どうしてまたそんなばかなことを考えついたわけ？」

25 最終章

「ねえねえ、パーティにいらっしゃいよ」サマンサ・ジョーンズがソーホーの画廊からキャリーに電話をかけている。「もうずっと顔を見ていないじゃない」

「そうかしら」とキャリー。「今夜わたしが料理を作るってミスター・ビッグに言ってあるのよ。彼は今カクテル・パーティに行っていて、いないの」

「彼は出かけていて、あんたはその帰りをそこでずっと待っているっていうの？　よしてよね。彼はもう大きいのよ。自分で食事くらい何とかできるでしょう」

「それに植木があるのよ」

「植木？」

「室内用の鉢植えだけどね。今わたし、このおかしなものに取り憑かれているの。鉢植えのなかには、葉を観て楽しむために育てられるのもあるけれど、わたしは葉っぱには興味がないのよ。花を咲かせるのが好きなの」

「花ねえ」サマンサが言った。「かわいらしいわね」そして鈴を転がすような声で笑った。

「タクシーに乗るのよ。三十分くらいいいでしょう。せいぜい四十五分くらいのものなんだから」

キャリーがそのパーティ会場に着いたとき、サマンサが「元気がないわね。ニュースキャスターみたい」と言った。

「ありがと。それがわたしの新しい顔よ。初期のステップフォードの妻よ」キャリーはパウダー・ブルーのスーツに膝上までのスカート、そして五〇年代に流行ったサテンのパンプスといういでたちだった。

「シャンパンは？」ウェイターがトレイを持って通りかかったのでサマンサが尋ねた。

「いらない。飲まないようにしているんだ」

「それは上等ね。だったらわたしがもらう」サマンサはトレイから二人分のグラスを取った。彼女は部屋の向こうにいる、長身で日焼けした、金髪のショートヘアの女性を見るよう合図した。「あの女が見える？　彼女は申し分のない生活を送っている女のひとりよ。二十五歳でロジャーと結婚したの。ほら横に立っている男よ。脚本家。最近の三作が大ヒットしたわ。彼女は、モデルではないけれど美人だという、わたしたちみたいな娘だった。それが、魅力的で頭が良くてセクシーで人柄もよくて愉快なロジャーと会って、仕事をする必要がなくなった。ふたりの子どもと子守《ナニー》と一緒に、この街の高級アパートメントに暮らし、ハンプトンには豪邸を持っている。それでもう思い煩うことなんて何ひとつないわけよ」

「だから？」

「だから、わたしは憎んでいるの」とサマンサ。「もちろん、本当にいい人ならば別だけれど」

「どこがよくないの」

　ふたりはその女性を見つめた。彼女は部屋中を歩きまわり、そここでお喋りをし、身を寄せて人の耳元でくすくすと笑った。ふさわしい服装、お化粧も見事、髪型も隙がない。さらに、自分の権利が侵されることがないと思いこんでいるために醸しだされる鷹揚さも身につけていた。彼女が顔を上げてサマンサを見て、手を振った。

「お元気？」と彼女はサマンサのところにやってくると熱心な口調で言った。「お久しぶりね。この前お会いしたのは……最後のパーティでだったわね」

「あなたの夫は今や押しも押されもしない人物ね」とサマンサは言った。

「そうなのよ。昨夜は――さんとディナーをとったのね」彼女はとても有名なハリウッドの映画監督の名前を挙げた。「もちろん、あなたがスターに会って感激するようなタイプじゃないってことはわかっているけれど、とても興奮する出来事だったわ」そう言ってキャリーを見つめた。

「あなたはお元気なの？」とサマンサは言った。「お子さんたちはいかが？」

「元気よ。わたしね、資金をもらって初めてのドキュメンタリー映画を作ることになったの」

「本当？」サマンサはショルダー・バッグを肩にかけなおした。「どんなものを？」

「今年の女性議員立候補補者のよ。それで、ナレーションに興味を抱いているハリウッドの女優を何人か探しだしたの。ネットワークテレビのひとつで流すことになっているの。でも、かなりの時間ワシントンに行って仕事をしなくちゃならないので、わたし、ロジャーと子どもたちに、わたしがいない間、みんな自分たちでやらなくちゃいけないのよ、と話したわ」

「どうやってやっていくのかしら?」とサマンサは訊いた。

「そうなの、サマンサ。それこそわたしも、あなたはいったいどうやってやっていってるのかしらと思ったわ。つまりね、この仕事をするには、わたしが結婚していなかったらとてもできなかったと思うの。ロジャーがわたしに自信をつけてくれたし。うまくいかないことがあったら、いつでも彼のオフィスに駆け込んでいって、怒鳴りまくればよかった。彼がいなかったらとてもできない仕事だったわ。くたくたになったけれど、本当のリスクを負うことはなかったもの。あなたたちがどうやって仕事をしているのかわからないわ。何年もずっと独身でいながらね」

彼女が立ち去ると、サマンサは「あの調子よ。気分が悪くなるわ」と言った。「どうしてあの女がドキュメンタリーを製作するお金をもらえるわけ? これまでに何ひとつまともな仕事をしたことがないのに」

「誰もがロックスターになっているわ」とキャリーは言った。

「ロジャーは彼女の留守中に浮気でもしようとしたんじゃないの。わたしもそんな男と結婚したいものだわ」

「そんな男としか結婚はできないわよ」とキャリーは煙草に火をつけながら言った。「すでに結婚している男としかね」

「あんたって、本当に食えないわね」とサマンサ。

「この後どうするの？」とキャリーが尋ねた。

「――とディナーをとるの」サマンサは有名な芸術家の名を挙げた。「あんたは帰るの？」

「料理を作るってビッグに言っておいたからね」

「なんて素敵なんでしょ。お料理を作るとはね」とサマンサ。

「ええ、そうなの」キャリーは煙草をもみ消すと、回転ドアを通って舗道へと出ていった。

恋愛関係？　そんなばかな

サマンサはとても楽しい一週間を過ごした。「こんな一週間を過ごしたことがある？　どう説明したらいいのかよくわからないんだけど、部屋に入っていったら、そこにいる全員の男があんたと一緒にいたがっていた、というような」と彼女はキャリーに尋ねた。

サマンサがあるパーティに出かけていくと、七年も会っていなかった男に偶然出会ったそうだ。彼は、七年前は、アッパー・イースト・サイドのすべての女性たちが後を追いかけるような男だった。ハンサムで裕福な一族の出で、モデルとデートをしていた。今、その男はちゃんとしたつきあいを求めているというのである。

そのパーティで、サマンサは彼についてくるように言って部屋の隅に行った。彼はすでに少しお酒が入っていた。「きみはなんて美しいんだろうとずっと思っていたよ」と彼は言った。「でも怖かったんだ」

「怖かった？ わたしが？」サマンサは笑った。

「きみは頭がよかったし。それに一筋縄ではいかない。ぼくなんか粉々にされちゃうと思っていた」

「わたしが売女だったと言っているわけね」

「売女じゃない。ぼくなんかにはとてもかなわないと思っていただけさ」

「それで、今は？」

「さあ、どうかな」

「男の人に、わたしの方が頭がいいと思われるのはいい気分よ。だってそのとおりなんだもの」とサマンサは言った。

ふたりはディナーに行った。さらに飲んだ。「ああ、サマンサ」と彼は言った。「君と一緒にいるなんて夢みたいだよ」

「まさか」とサマンサは言って、カクテルグラスを高々と挙げた。

「きみのことを新聞でいろいろ読んだよ。連絡を取りたいと思っていたんだけど、こう思っていた。いや、彼女は今や有名人だ、ってね」

「有名人なんかじゃないわ」とサマンサ。「有名になんてなりたくもない」そしてふたりは愛撫しあった。

サマンサは、ここでは口にするのがはばかられる彼の部分に触れた。それはとんでもなく大きかった。サマンサは、キャリーにこう言った。「なんだかとんでもなく大きなものがそこにあるわけよ。どうしてもセックスしたいと思わせるようなものがよ」

「それで、したの？」とキャリーは訊いた。

「いいえ。彼が家に帰りたいと言ったの。その翌朝、電話がかかってきたわ。彼はちゃんとしたおつきあいをしたいんですって。信じられる？　ばかばかしいったらないわ」

喋るインコ

キャリーとミスター・ビッグは、その週末にキャリーの両親の家に行った。一家総出で料理を作った。ミスター・ビッグは涙ぐましい努力をしてみんなの仲間に入ろうとした。「グレーヴィー・ソースを作るぞ」とミスター・ビッグは言った。

「意気込んで失敗しないでね」とキャリーはすれ違いざまに囁いた。

「おれのグレーヴィーのどこが悪い？　おれはうまいソースを作るぞ」とミスター・ビッグ。

「だって、最後にグレーヴィーを作ったとき、ウィスキーだか何かを入れて、食べられたものじゃなかったわ」

「それはわたしのことだ」とキャリーの父親が言った。

「あら、ごめんなさい」とキャリーは小声で言った。「忘れていたわ」

ミスター・ビッグは何も言わなかった。その翌日、ふたりはニューヨークに戻り、何人かの友人と一緒にディナーを食べた。どのカップルも結婚生活が長かった。誰かがオウムの話をし始めた。どうやってオウムに言葉を覚えさせたかというものだった。

「いつだったか〈ウールワース（スーパーマーケット）〉に行ったとき、十ドルでインコを買って、言葉を覚えさせようとしたことがあった」と、ミスター・ビッグは言った。

「インコは話をしないわよ」とキャリーは言った。

「話したさ。ちゃんと『ハロー・スニッピー』と言った。おれの犬の名前だがな」

家に戻る車の中で、キャリーは言った。「インコではなかったのよ。ミナ・バードだったんだわ」

「おれがインコと言ったらインコなんだよ」

キャリーは鼻を鳴らした。「それはおかしいわよ。インコは喋らないってこと、誰でも知ってるわ」

「喋ったんだよ」ミスター・ビッグはそう言って葉巻に火をつけた。家に帰るまでふたりは一言も口をきかなかった。

それ以上言ってはだめ

キャリーとミスター・ビッグは週末をハンプトンで過ごした。まだ春というには早い時期で、憂鬱な天気だった。ふたりは暖炉に火をつけた。本を読み、映画のヴィデオを借りてきた。ミスター・ビッグはアクション映画しか観ない。いつもならキャリーはミスター・ビッグと一緒に同じ映画を観るのだが、もうそんな映画は観たくもなかった。「わたしには時間の無駄だわ」と彼女は言った。

「だったら本を読めばいい」とミスター・ビッグは言った。

「本を読むのにも飽きちゃったのよ。散歩でもしてくるわ」

「おれもあんたと一緒に散歩がしたい。これが終わったらすぐに行こう」

それでキャリーはミスター・ビッグの横に座って映画を観たが、すっかり不機嫌になった。

ふたりは〈パーム〉でディナーを取った。彼女が何かを言ったとき、ミスター・ビッグが「おいおい、そいつは、ばかばかしい」と言った。

「そう？　それはまた面白いわ。わたしのことをばかばかしいとあなたが言うなんてね。とりわけ、わたしの方があなたより賢いときはなおさらよ」とキャリーは言った。

ミスター・ビッグは大笑いをした。「本気でそんなことを考えているのなら、あんたは正真正銘のばかだ」

「いい加減にしなさいよ」とキャリーは言った。彼女はテーブルに身を乗りだしたが、突然の怒りにすっかり我を忘れてしまった。「わたしを怒らせたら、あんたを滅茶苦茶にするためには全身全霊をかけてやるわよ。しかも、それをするのがわたしは楽しくて仕方がないんだということを肝に銘じておきなさい」

「おれを怒らせるためにわざわざ早起きしなくてもいいぜ」とミスター・ビッグは言った。

「そのつもりはないわよ。まだわからないの？」キャリーはナプキンで口の端を拭いた。そこまで言ってはだめよ、と彼女は思った。それ以上言ってはだめ。大きな声で彼女は言った。

「ごめんなさい。ちょっといらいらしちゃった」

その翌朝、マンハッタンに帰ってくるときにミスター・ビッグが言った。「あのな、あとで話したいことがある」

「話したいこと？」キャリーは言った。「今夜は会わないということ？」

「さあ、それはどうかな」とミスター・ビッグは言った。「少し時間をおいて頭を冷やした方がいいと思うんだ。二日三日な」

「でも、もうなんともないわ」とキャリーは言った。

仕事中に彼女はミスター・ビッグに電話をかけた。ミスター・ビッグは言った。「そのことについてはよくわからん」彼女は笑って言った。「ねえ、やめてよ。ばかばかしいわ。不機嫌になってはいけないって法はないでしょう？　それで世界が終わるわけじゃあるまいし。つきあっていればこういうことだってたまにはあるわよ。謝ったじゃないの」

「おれは喧嘩はしたくないんだ」

「優しくなるって約束するわ。今だってわたし、優しいでしょう？　ねえ？　もう二度と不機嫌にならないから」

「そうだといいがね」

ビッグがいないあいだに

時が過ぎた。ミスター・ビッグは仕事で何週間か家をあけた。キャリーはミスター・ビッグのアパートメントに泊まっていた。スタンフォード・ブラッチがときどきやってきては、ふたりでまるで両親が家を留守にしている高校生のようにふざけまわった。マリファナを吸い、ウィスキー・サワーを飲み、ブラウニーを作り、下らないヴィデオを観た。めちゃめちゃに部屋を荒らした。朝になってメイドがやってきては掃除をした。メイドは白い絨毯の上に四つん這いになってジュースの染みをこすり落としていた。

サマンサ・ジョーンズが二度ほど電話をかけてよこした。彼女が会って興味を惹いた有名な男たちの話や、出かけていったパーティやディナーの話をした。「それであんたは何をしているのよ」と訊いてきたので、キャリーは「働いてるの、ひたすら働いているのよ」と答えた。

「一緒に遊びましょうよ。ビッグがいないあいだに」とサマンサは言ったものの、はっきりとした計画を立てたためしがなかったので、二度の電話がかかってきた後、キャリーは彼女とまともに話をしたような気持ちになれなかった。それでキャリーは申し訳なく思い、サマンサに電話をして一緒に昼食を食べた。最初は素敵な昼食会だった。ところがサマンサが、進行中の映画のプロジェクトの話やら、これから一緒に仕事をする予定の大物たちの話をしはじめたころから雲行きがおかしくなってきた。キャリーも今取りかかっている小説の話をしたとき、サマンサが「気が利いているわ。それは気が利いた発想ね」と言った。

「どこがそんなに気が利いているわけ？」とキャリーは言った。

「気が利いていて、明るいじゃない。わかるでしょう。トルストイではないわ」

「わたしは別にトルストイになりたくなんかないわよ」とキャリーは言った。しかしもちろん、そうではなかった。

「だったらそれでいいじゃないの」とサマンサは言った。「わたしはね、あんたのことをずっと知っているのよ。あんたを動転させずにわたしの本心を伝えることができればいいんだけどね。でもそれはあんたとはまったく関係のないこと」

「本当に？」とキャリーは言った。「疑わしいわね」

「それにね、あんたはミスター・ビッグと結婚して子どもを産んでしょうが。すごいじゃないの。それこそみんなが望んでいることなのよ」

「わたしが運がいいってこと？」キャリーはそう言って、勘定を払った。

「本当のことが知りたい」

ミスター・ビッグが旅行から帰ってきたので、ふたりは長い週末をセント・バートで過ごした。

　最初の晩に、キャリーはミスター・ビッグが黒髪の娘と浮気をしている夢を見た。キャリーがレストランに行くと、ミスター・ビッグがその女性とそこにいて、その女性がキャリーの席についてミスター・ビッグとキスをしていた。「なにをしているのよ」とキャリーが厳しい口調で言った。

「なにも」とミスター・ビッグが答えた。

「本当のことが知りたいの」とキャリーは言った。

「おれはこの女に惚れたんだ。一緒になりたいと思っている」とミスター・ビッグが言った。

　キャリーは、傷心と不信の入りまじった、あの懐しい感情に襲われる。「わかったわ」と彼女は言う。

　外に出て、草原に行く。金色の馬銜《くつわ》をつけた巨大な馬が空から降りてきて、山を下っていく。その馬を見たとき、キャリーはミスター・ビッグのことも彼がキャリーのことをどう思っているかもまったく重要ではないのだと気づく。

　そこでキャリーは目が覚めた。

「夢を見ていたのか？」とミスター・ビッグが訊いた。「こっちへおいで」

　彼は彼女へ手を差しだした。「触らないで！」とキャリーは言った。「気分が悪いの」

　その夢の感触は何日も後を引いた。

「おれにどうしろって言うんだ？」とミスター・ビッグは言った。「夢のなかのことにまで責任は持てんよ」ふたりはプールの端に腰を下ろし、水の中に両足を入れていた。太陽の光は白に近かった。

「わたしたち充分に話し合ってると思う？」とキャリーが訊いた。

「いいや」とミスター・ビッグが言った。「それほどではないかもしれんな」

ふたりは車であちこち走りまわってから、砂浜に昼食を食べにでかけ、美しい海のことやふたりがいかにゆっくりと時間を過ごせたかということを話し合った。雌鳥が孵《かえ》ったばかりの二羽のひなを連れて道路をよぎっていくのに驚嘆し、小さなウナギが潮だまりにつかまっていることに驚き、道路脇でぺしゃんこになっているネズミの死骸を見て悲鳴をあげた。

「わたしたちはいい友だちなの？」とキャリーは尋ねた。

「本当にいい友だちだったときもあったな。あんたはおれの心がわかっていると感じたときがあった」とミスター・ビッグは言った。ふたりは狭い曲がりくねったセメントの道を車で飛ばした。

「人は疲れ果てるまで、あるいは興味を失うまで、ただひたすら努力するしかないのね」とキャリーは言った。

しばらくのあいだ、ふたりは何も話さなかった。そしてついにキャリーが「どうしてあなたは『愛している』って言わないの？」と言った。

「怖いからさ」とミスター・ビッグが言った。「『愛している』と言ったら、おれたちは結婚するものだとあんたが思い込むようになるんじゃないかと、それが怖いんだ」ミスター・ビッグは車の速度を落とした。車は減速バンプを乗り越え、鮮やかな色のプラスティックの造花が溢れている墓地を通り過ぎた。上半身裸の若者たちが道ばたに立って煙草をふかしていた。「わからんがな。今うまくいっているのがそんなに悪いことなのか？」とミスター・ビッグは言った。

　その後で、ふたりで帰り仕度をしているときにミスター・ビッグが声をかけた。「おれの靴を見かけなかったか？　おれのシャンプーをちゃんと荷物に入れておいてくれよ」

「見かけなかったわ。ええ、入れておくわよ、ダーリン」キャリーは気軽に言った。そしてバスルームに行った。鏡の中の彼女は元気そうだった。日に焼けて、ほっそりして、金色だ。キャリーは自分の化粧品を荷造りした。歯ブラシにフェイス・クリーム。彼のシャンプーはシャワーのところにあったが、無視することにした。「もしも妊娠したらどうなるのだろう」とキャリーは思った。彼に打ちあけずに、密かに中絶をして決してそのことを告げない。あるいは、彼に打ちあけてから中絶して、もう二度とその話は持ちださない。あるいは、子供を産んで自分の手で育てる。しかしそれはかなり難しい選択だ。一緒に暮らしたくないと言った彼を憎むあまりに、その子どもまで憎むようになるかもしれない。

　キャリーは寝室に行ってハイヒールを履き、麦わら帽子を被った。それは特別注文品で、五百ドルもしたのだ。「ねえ、ダーリン……」とキャリーは言った。

「なんだ？」とミスター・ビッグは返事をした。その背中が見えた。自分のスーツケースに身の周りの品を詰め込んでいる。

　キャリーはこう言いたかった。「わかったわ。おしまいね。一緒に楽しく過ごせてよかったわ。でも物事は最高のときに終わるのがいいと、わたしは思っているの。わかってくれるでしょう……？」

ミスター・ビッグは顔を上げた。「なんだい？　なにかほしいのかい？　ベイビー」

「いいえ、別に。あなたのシャンプーを忘れてただけ。それだけよ」とキャリーは言った。

「あいつはいけ好かない男よ」

飛行機の中でキャリーはブラディ・マリーを五杯も飲んだ。そして帰り道、ふたりはずっと喧嘩をしていた。空港で、リムジンの中で。キャリーがいつまでも言いつのるので、とうとうミスター・ビッグは「今すぐに車から降ろしてほしいのか？　それがお望みなのか？」と言った。彼のアパートメントに到着すると、キャリーは両親に電話をかけた。「わたしたち、大喧嘩をしたの。あいつはいけ好かない男だわ。他の男たちとおんなじ」

「だいじょうぶか？」と彼女の父親が言った。

「ええ、わたしは元気よ」とキャリーは言った。

すると、ミスター・ビッグは優しくなった。パジャマに着替えさせてくれ、ソファに一緒に腰を下ろした。そしてこう言った。「あんたを初めて見たとき、すっかり気に入ったんだ。それからもっと好きになった。今ではおれは……あんたを愛するまでになった」

「反吐が出るようなこと言わないで」とキャリー。

「どうしておれなんだい？　ベイビー？　あんたはあまたの男とデートをした。それなのにどうしておれを選んだ？」

「わたしが選んだなんて誰が言ったのよ」

「これは何なんだ？　パターンなのか？　おれがあんたに深く関わった今になって、あんたは立ち去ろうとしている。逃げだしたがっている。それで、おれにできることがあるのかね」

「ええ、できることがあるわ。それが一番の問題なのよ」とキャリー。

「わからんな。あんたがこれまで経験してきた関係と、おれたちの関係といったいどこが違うんだ？」

「違わないわ。まったく同じよ。ただね、これまでは、表面的なつきあいだったの」とキャリーは言った。

その翌朝、ミスター・ビッグはいつものように元気いっぱいで、それが神経に障った。

「ネクタイを結ぶのを手伝ってくれないか、ベイビー」と、いつものように彼が言った。キャリーがまだ寝ているところに、五本のネクタイを並べて、明かりをつけ、キャリーに眼鏡を手渡した。そしてネクタイ一本一本をスーツの胸元に持ちあげた。

キャリーはちらっと見ただけで、「これがいいわ」と言った。そして眼鏡を放り投げると、また枕に横たわって目を閉じた。

「しかし、ちゃんと見もしなかったじゃないか」とミスター・ビッグは言った。

「それが最後の決断よ」とキャリーは言った。「それに、結局どれも大して変わりばえがしないじゃない」

「おやおや、まだ怒っているのか。わからんなあ。あんたは幸せだよ。昨晩のことがあって、事態はよくなっているとおれは思うがね」とミスター・ビッグは言った。

愛しの我が家

「娘はお腹を空かせているし、子守《ナニー》は辞めちゃったし、わたしは一文なしだし」アマリータが電話で言った。「ピツァを持ってきてくれないかしら、スイートピー。ペパロニ入りの二切れか三切れでいいの。あとでお金は返すから」

アマリータは、アッパー・イースト・サイドの友人の、そのまた友人のアパートメントで暮らしていた。それはキャリーがよく知っている通りのひとつに建っている、汚い煉瓦の建物で、狭い入口には、中華料理の出前のメニューが貼り付けてある。通りには薄汚れた人々がみすぼらしい犬を連れて歩き、夏には太ったおばさんが入口の階段に腰を下ろしているようなところだ。長いあいだ、キャリーはそこから絶対に逃げ出せないものだと思っていた。

キャリーは以前よくピツァを買っていた同じ店で、ピツァを買った。にっちもさっちもいかなかったときに住んでいたところのすぐ近くの店だ。昔と同じ男が汚い指でピツァを作り、一言も喋らない小柄な妻が、やはり昔と同じようにキャッシュ・レジスターのところにいた。

今にも壊れそうなおんぼろの四階建ての建物の、階段を登りきったところがアマリータの部屋だった。誰かがコンクリートブロックの壁をなんとかうまく作ろうとして無惨にも失敗した、というような場所だった。「ともかくね、一時しのぎの部屋だし。家賃は安いの。ひと月五百ドルよ」とアマリータは言った。

彼女の娘はとても綺麗な子で、黒い髪に大きな青い目をしている。新聞や雑誌の束の前に陣取って、ページをぱらぱらとめくっている。

「結局ライティからは何の連絡もなかったの」とアマリータは言った。「ツアーについてきてほしいと言われたんだけれど、わたしは彼が欲しがっていた本を送ってあげただけで行かなかった。それっきり。ああいった男は素晴らしいセックスをしてくれる女はいらないんだわ。そこそこのセックスをしてくれる女もだめ。屑のようなセックスをする女がお好みなのよ」

「そうね」とキャリーは言った。

「ほら、見て！　ママ！」誇らしげに女の子が言った。アスコット競馬場で撮影されたアマリータの写真を指さしている。なんとか卿と一緒に映っている。

「日本人のビジネスマンがわたしを愛人としてアパートメントに囲いたがっていたの」アマリータは続けた。「わかってるでしょうけど、わたし、そういうことって毛嫌いしていたのよ。でも、白状するとね、わたしは一時的にまいっていた。その申し出を受けたのは、ただあの子のためよ。幼稚園に通わせたかったし、そのためにはお金が必要だった。だから承諾したの。ところが二週間経っても、何の連絡もない。覗きにすらこないの。それでようやくどういうことかわかったわけよ」

アマリータはスウェット・パンツ姿でソファに座り、ピツァをちぎっていた。キャリーは小さな木の椅子に腰を掛けた。キャリーはジーンズを穿き、脇の下に黄色い染みのついたTシャツを着ていた。ふたりの女の髪は脂染みている。「これまでのことを振り返ってみるたびにね」とアマリータは言った。「あの男とは寝るべきじゃなかった、この男とは寝るべきじゃなかったと思うのよ。そうすれば今のわたしはもっと違っていたかもしれないわ」

しばらくしてまた彼女は続けた。「あなたがミスター・ビッグと別れようと思っているのは知っている。でも、別れちゃだめよ。彼をしっかり捕まえておくのよ。もちろん、あなたは美しいもの、電話をかけてくる男や、あなたと暮らしたいと思ってる男はたくさんいるでしょうよ。でもね、あなたとわたしはね、本当のことがわかっている。わたしたちは実生活というものをよく知っているでしょう?」

「ママ！」女の子が言った。彼女は雑誌を手に取って、アマリータの写真ばかり載っているページを指さしていた。サンモリッツのスロープで白いシャネルのスキー・スーツを身につけたアマリータ。ローリング・ストーンズのコンサート会場でリムジンから降りてくるアマリータ。黒いスーツと真珠を着けて、上院議員の隣ですました笑みを浮かべているアマリータ。

「キャリントン！　今はよして」アマリータが厳しい態度を繕って言った。女の子はアマリータを見てくすくす笑った。そして雑誌を放り投げた。

外は陽が燦々《さんさん》と輝いている。日の光が汚れた窓ガラスから降り注いでいる。「こっちにいらっしゃい、スイートピー。こっちに来てピッァを食べなさいな」とアマリータは言った。

「やあ、ただいま」とミスター・ビッグは言った。

「おかえりなさい」とキャリー。戸口のところまで行き、彼にキスをした。「カクテル・パーティはどうだった？」

「よかったよ、よかった」

「夕飯を作るわ」

「それはいい。外へ出かけなくてすむのはありがたいね」

「わたしもよ」とキャリー。

「何か飲むかね？」とミスター・ビッグ。

「いらないわ。食事のときにワインをグラスに一杯いただこうかしら」

キャリーは蠟燭に灯をともし、ふたりは食堂の席についた。キャリーは背筋をまっすぐに伸ばして座った。ミスター・ビッグは今進行中の取引について次々に話をした。キャリーは彼を見つめながら、楽しそうに相槌をうった。しかし本当は心は他のところにあった。

彼が話し終えると、キャリーは言った。「わたし、とっても嬉しいのよ。アマリスがようやく蕾《つぼみ》をつけたの。四つもよ」

「花を四つね」とミスター・ビッグは言った。「きみが植物に関心を持つのはとても嬉しいよ」

「ええ。素敵でしょう」とキャリーは言った。「ほんのちょっと気を遣ってやるだけで植物が大きくなっていくなんて、本当に面白いわ」

エピローグ

スタンフォード・ブラッチの映画『ファッション・ヴィクティム』は、世界中で公開され、二億ドルの収益をあげた。つい最近、スタンフォードはチャレンジャー・ジェット機を購入し、エリザベス・テイラーが『クレオパトラ』で使っていた居間のようなインテリアに改修した。

リヴァー・ワイルドは現在、小説を執筆中だ。その作品の中で、ミスター・ビッグは子どもを焼き殺して食べる役どころになっている。スタンフォード・ブラッチは随所に登場するが、彼の身には何事も起こらない。

サマンサ・ジョーンズは、ニューヨークでの仕事に見切りをつけた。オスカーの授賞式に出席するためにロサンジェルスに行き、パーティでテイラー・キッドに会った。そのパーティ会場のスイミング・プールでふたりとも裸になって泳いだ。現在ふたりは一緒に暮らしている。しかし、彼はサマンサとは絶対に結婚しないと宣言している。というのも、テイラーがアカデミー賞主演男優賞を受賞しそこなったあと、サマンサが「でも、あれは映画がよかったのよ」と言ったからだそうだ。とは言っても、サマンサは、彼の次の映画（芸術映画）のプロデュースをしている。

アマリータ・アマルフィーの娘は、ニューヨークの一流幼稚園キットフォード幼稚園に入園した。アマリータはコンサルティング会社を設立した。従業員は最小限の三人、つまり運転手と子守《ナニー》とメイドだ。彼女は、自分が初めて企画したスーツを娘に買ってあげた。

ザ・ボーンは今もモデルをしている。

小説家のマグダは、ニューヨーク市の消防隊員を取りあげたカレンダーの出版記念パーティに出席し、そこで三十三歳のミスター・セプテンバーと知り合い、それ以来離れられない関係になっている。

パッカードとアマンダのディール夫婦には子どもがもうひとり増えた。女の子である。ふたりは子どもたちに英才教育を施している。キャリーが最後にディール家でディナーを食べたとき、パッカードはチェスターに、「蜂蜜かけ煎りピーナッツは人生に欠くべからざる食べ物だということがわかったかい？」と訊き、チェスターは頷いていたそうだ。

ブリジッド・チェルマーは夫と別れた。〈トンネル〉で午前四時にバークレイと猛烈に踊りまくっている姿をよく見かける。

永遠の独身男たちは、相変わらず健在である。

ベルとニューバートは五番街で行われたベビー・シャワー（出産を待つ母親にベビー用品を贈るパーティ）に出かけていった。ニューバートはおかしな縞模様の猫の帽子をかぶると言い張り、パーティでは食器棚の上で踊りながら一人ひとりに生のテキーラをふるまった。そしてステレオが吹き飛んで、ニューバートは五階の窓から落下してしまったが、幸運にも日除けの上に落ちたので、命に別条はなかった。しかし、その後二カ月間、牽引治療をしなくてはならなかった。ベルは銀行の頭取になった。まだ妊娠はしていない。

レイと一夜をともにした後、スキッパー・ジョンソンはニューヨークに戻ってくると、しばらく姿を消した。それから二カ月後に姿を現した彼は、誰彼なく「ぼくは心底恋におちた」と言ってまわった。

ミスター・マーヴェラスは、ある女性から自分の子の父親だと訴えられた。彼とその女性とのDNA鑑定が行われ、彼の子どもではないことが証明された。

キャリーとミスター・ビッグは、今も一緒に暮らしている。

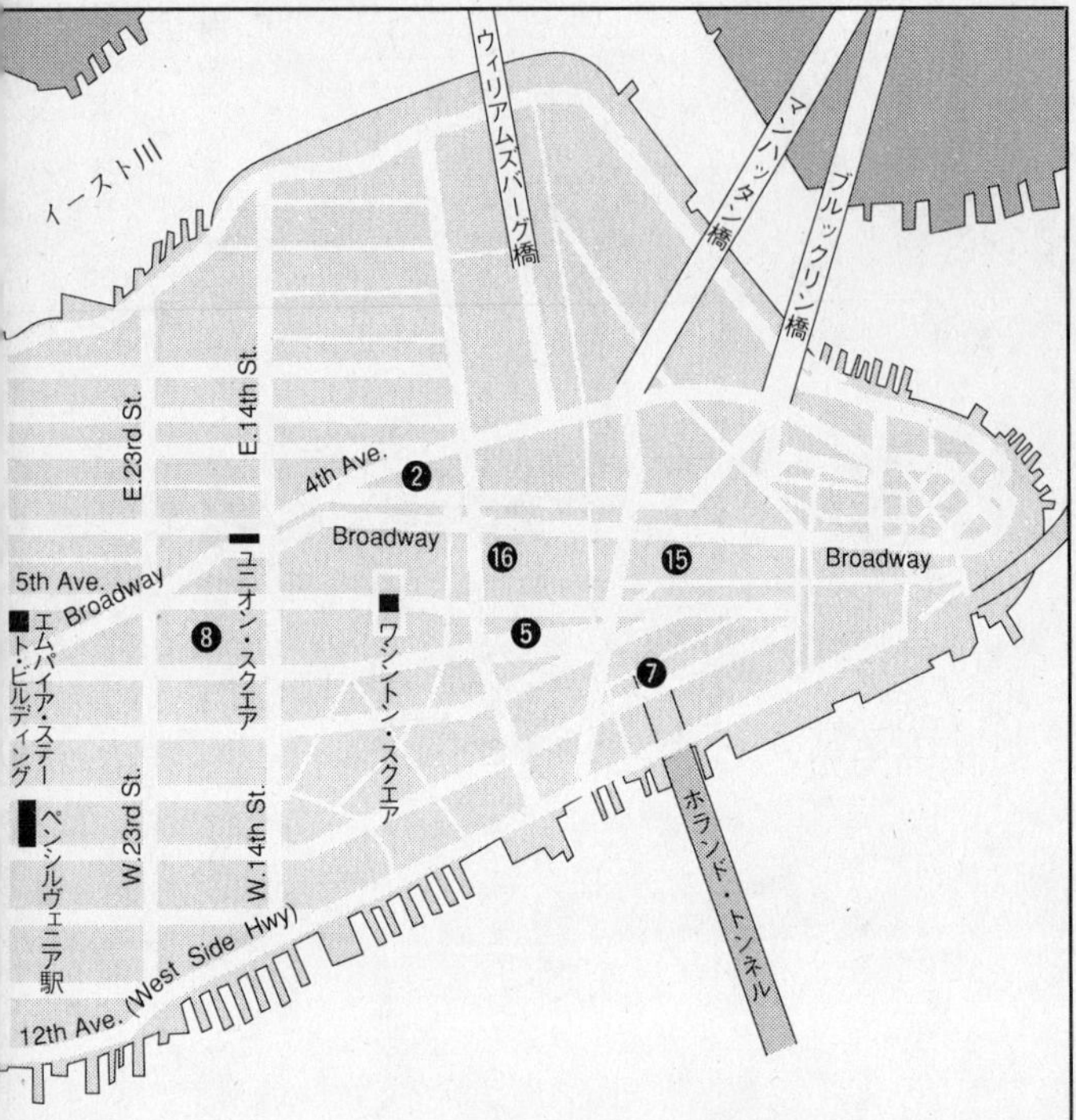

❶モーティマー
❷バワリー・バー
❸ココ・パッツオ
❹フォー・シーズンズ
❺ブルー・リボン
❻ハリー・ウィンストン
❼ノブ
❽フラワーズ
❾メイフェア・ホテル
❿エレーン
⓫グッチ
⓬ハリー・シピリアーニ
⓭カーライル・ホテル
⓮マーク・ホテル
⓯バロッコ
⓰カーサ・ラ・ファム
⓱エリオ
⓲バーグドーフ・グッドマン
⓳21クラブ

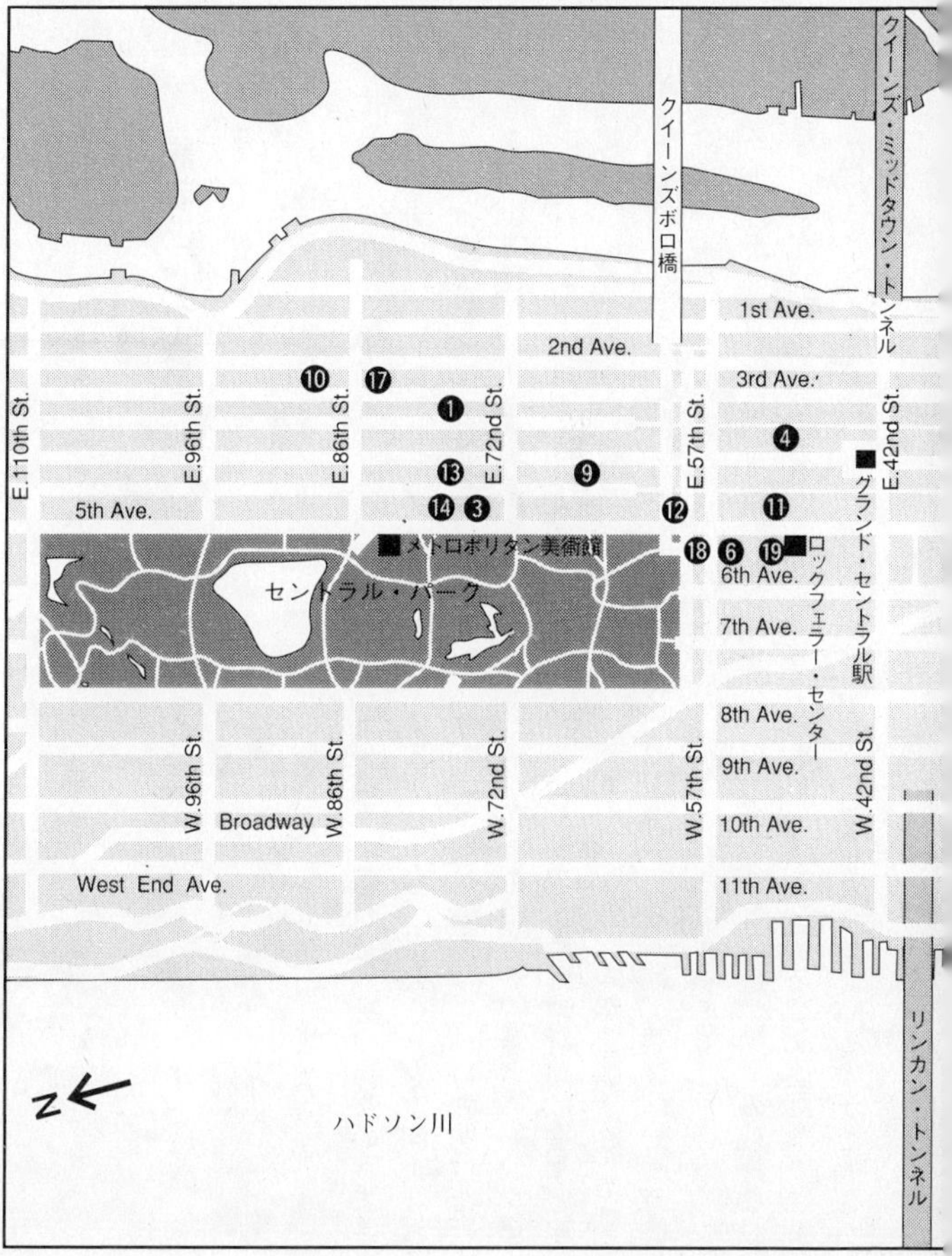
クイーンズボロ橋
クイーンズ・ミッドタウン・トンネル
1st Ave.
2nd Ave.
3rd Ave.
5th Ave.
E.110th St.
E.96th St.
E.86th St.
E.72nd St.
E.57th St.
E.42nd St.
グランド・セントラル駅
メトロポリタン美術館
セントラル・パーク
ロックフェラー・センター
6th Ave.
7th Ave.
8th Ave.
9th Ave.
10th Ave.
11th Ave.
W.96th St.
W.86th St.
W.72nd St.
W.57th St.
W.42nd St.
Broadway
West End Ave.
リンカン・トンネル
ハドソン川
N
1
3
4
6
9
10
11
12
13
14
17
18
19

訳者あとがき

ここに集められた二十五のお話は、大都会ニューヨークに暮らす独身の男女のさまざまな関係を軽妙な語り口で描いたノンフィクションである。しかも、普通なら友人同士でお酒を飲んでちょっと躁状態になったときに話しあったり、ごく親しい人だけに打ち明けたりする内緒話のような内容ばかりなのである。その「言わぬが花」のことを、著者のキャンディス・ブシュネルは「ニューヨーク・オブザーヴァー」という日曜日発行の新聞に堂々と連載してしまったのだから、たちまち話題になったのは言うまでもない。昨年出版されたときには、書評紙から雑誌、ゴシップ誌にいたるまで、こぞって本書をとりあげ、著者は一躍時代の寵児となった。

しかし、本書が単なる内輪の暴露本にならなかったのは、ひとえにテーマの独特な設定の仕方にあると思う。独身のまま中年に向かいつつあるキャリアを積んだ女性たちのさまざまなセックス・ライフを中心に、都市生活者がどのような生き方をしているのかを解き明かしていく。真剣に考えれば深刻になりがちなテーマを、生き生きとした文体で、ユーモアと機知でさらりと表現した点も見逃せない。実際、本書をレイモンド・カーヴァーを彷彿させると絶賛した書評もあるくらいで、ブレット・イーストン・エリスは「愛くるしくて、滑稽きわまる、恐ろしいまでに現代的な作品だ」と評している。また、実際の有名人が実名仮名織り交ぜて登場していたり、お洒落なクラブや高級レストランで女性たちが本音でセックスについて語っているところなども話題を呼んだ点である。

性に関するリポートといえば、ゲイ・タリーズの『汝の隣人の妻』やアルフレッド・キンゼイの『キンゼイ・リポート』、また『モア・リポート』がすぐに思い浮かぶが、本書は興味本位ののぞき趣味とも、性の最前線の紹介とも趣を異にし、ユーモアと遊び心がふんだんに注ぎこまれ、都会的でドラマティックな記事に仕上がっている。

本書の特徴としてまず挙げられるのが、登場する人々が多彩で愉快だということである。女にだらしのない投資銀行員、モデルばかりを追いかけている画家、自分が同性愛者であることを認めない弁護士、一本筋の通った同性愛者、下着専門の男性モデル、おつむが空っぽだと人から言われている美女たち、世界を舞台に情事を繰り広げる女性、その他にもジャーナリスト、作家、詩人、編集者、映画監督、億万長者などなど、一癖も二癖もあるような（実在の）人物が現れては、驚くほど無邪気に本音を吐露している。

これは、体裁を整え、世間体を気にし、自分の欲求を抑えることに慣れている人にはとても新鮮に感じられ、社会のルールを重んじる人にはいささか破廉恥に受け取られる内容かもしれない。それでも、登場人物たちの意見や生き方を知っていくにつれ、また章が進むにつれて、大都市に生きる一見自由に見える人たちの心に巣くっている諦観や疲労、悲哀や焦りがしだいに見えてくるようになる。

第十章の「ダウンタウンのいかした女がオールド・グリニッチの女に会う」は、三十代の独身の四人の女性が、結婚をしてマンハッタンを離れていったかつての友だちに会いにいく話であるが、わたしは同世代の女性のひとりとして、とても興味深く読んだ。片や、大都会で男に負けずにばりばり仕事をしている独身女性。片や、結婚をして郊外の住宅で子育てをしている中流階級の主婦。この双方のぶつかりあいは本書の圧巻である。女性同士が牽制しあいながら、互いの持ち札を数えあって、嫉妬と憎悪を抱いている姿は壮絶かつ滑稽であり、それは、わたしたちの心の中に隠しておいた小さな醜い石を見せつけられたような感じがする。

ふたつ目に挙げられるのは、マンハッタンの現代風俗のリポートとして始まったものが、章を追うごとに、特定の人物にスポットがあてられるようになり、後半からは、ジャーナリストのキャリーと、そのお相手のミスター・ビッグとの関係が全面に押しだされていく点である。それにつれて、はじめの頃は頻繁に発言していた著者本人がすっかり姿を消し、キャリーとミスター・ビッグを静かに見守る存在になっていく。つまり、性にまつわる報告書はしだいに良質な短篇小説のようになっていくのである（レイモンド・カーヴァーのようだと評されたゆえんである）。

これはおそらく、日曜紙に連載されていたことと無縁ではないと思う。連載作品は、書き下ろし作品と違って、読者の反応を見ながら書き進められる。マンハッタンでくりひろげられるセックスを描こうと意気込んで書き始めた著者は、読者からの反応を見ながら次のテーマを決めていったはずである。読者の関心はしだいに、セックスのテーマそのものより、一組の男女の恋の行方に移ったに違いない。そのため著者が、キャリーとミスター・ビッグの関係に焦点を当てるようになっていったのは当然のことと言えるだろう。多くの読者は、刺激的なセックスやポルノよりも、一組の男女の感情、ゆっくりと育まれていくロマンスを待ち望んでいたのではないだろうか。

保守的なミスター・ビッグとラディカルなキャリーは、出会ってから親しく往き来するようになっても、決して「愛している」と言わず、虚々実々のかけひきをしていく。そして、読者は、過去と未来とを秤にかけながら綱渡りをしているふたりの危うさと真剣さと切実さに胸打たれるのだ。わたしもまたふたりの恋の行方をはらはらしながら読んだ。

「男なんかいらないわ。生甲斐になる仕事と充分なお金があれば男に振りまわされずにすむしね」という威勢のいい女たちのさばさばした性の現実を描くことから始まった本書は、深い欲望の森を抜けて、スリリングな大人の恋の話で終わっている。

本書は「タイム」をはじめとして、「エル」「ミラベラ」「ウォール・ストリート・ジャーナル」「ピープル」など、さまざまな紙誌で取り上げられた。新しい視点で現代のセックスを大胆に描いたところを評価するものが多かったが、わたしの印象に残ったのは「ロサンジェルス・タイムズ」の書評である。ニューヨークに関する本ということもあって「ジェイ・マキナニーが描き、タマ・ジャノウィッツが描いた残酷なマンハッタンの九〇年代版だ」と評し、「ブシュネルの作家としての聡明さは、人がどうして誤った行動を取るのかではなく、どのようにして誤った行動をとるのかを詳しく描いたところにある」と述べている。「ボストン・フェニックス・リテラリー・セクション」は、トム・ウルフの『虚栄の篝火』を例にひきながら、登場人物が生き生きと描かれていることを指摘し、各章が「特権と権力の集まる上流社会を垣間見せる窓口になっている」と評している。

さて、著者のキャンディス・ブシュネルは、現在三十八歳の独身女性で、原書 *Sex and the City* の表紙には、夜のマンハッタンのお洒落なアパートメントのベッドの上で、黒いスリップ姿でワイングラスをけだるげに持って寝そべっている著者の刺激的な近影が載っている。一見挑発的でしどけない姿だが、その目は鋭くこちらを見つめていて、知性と教養を感じさせるかっこいい女性である。

彼女のニューヨークでの生活は本書を読んでいただくとして、経歴をざっと記すと、コネティカット州のグラストンベリーに生まれた。ふたりの姉妹がいる。両親は仲睦まじく結婚生活を送っている。ヒューストンにあるライス・ユニヴァーシティを卒業。ニューヨークに初めて滞在したのは大学時代で、ヘリコプターがパンナムのビルに墜落した事件の週末だった。

最初に活字になった彼女の記事は、ニューヨークの最先端をいくディスコ〈スタジオ54〉の最後の夜を報告した「ディスコにおけるふるまい方」というものだった。

なお「ニューヨーク・オブザーヴァー」紙の彼女の同僚によれば、本書に登場するキャリーはキャンディスとそっくりだそうだ。お洒落にはとても敏感で、本書の中にも出てくるマノロ・ブラニクのかかとの高い靴が大のお気に入りだと言う。「五十歳になって、かかとの高い靴を履いてプードルを抱きかかえて歩きたいので、いまからその練習をしているのよ」と言っている。結婚については今のところまったく関心がないとのことである。

本書を訳すにあたって、ニューヨーク在住のグレン・サリヴァン氏に大変お世話になった。度重なるわたしの質問にインターネットで即座に快く答えてくださった。また本書を訳すきっかけを与えてくださった早川書房編集部の三好秀英氏と校閲課の浜口珠子氏にもこの場を借りてお礼を申し上げたい。三氏の協力なくしては、キャンディスのパワーに対抗できなかったと思う。ありがとうございました。

一九九七年九月十五日

文庫版訳者あとがき

本書 *Sex and the City* がアメリカ合衆国で刊行されてから、著者のキャンディス・ブシュネルはまさに時の人となり、あらゆるメディアに取り上げられた。さらに、一九九八年にはテレビ・ドラマ化され、エミー賞のコメディ・シリーズ作品賞にノミネートされ、二〇〇〇年のゴールデングローブ賞でミュージカル・コメディ・シリーズ作品賞、主演女優賞を受賞した。主人公キャリーを演じたのは、アメリカでもっともセクシーなテレビ女優と評されているサラ・ジェシカ・パーカーである。日本でも今年十二月からＷＯＷＯＷで放送されることになった。

雑誌のコラムニストのキャリーは、恋と仕事の夢を叶えるために地方からニューヨークにやってきた。ところがニューヨーク暮らしが長くなるにつれて、自由気儘に生きている女性たちのセックス観、人生観、結婚観などの裏に隠された本音を知るようになる。男に伍して生きている女たちの率直な意見を、これほど歯に衣着せずに語ったノンフィクションがあっただろうか。多くの人々に、とりわけ女性たちに受け入れられたのは、この作品に溢れているエネルギーと率直さ故であり、男たちの女性幻想を一挙に剝ぎ取った故だったと思われる。

地位も富もある独身女性たちは言いたいことを言い、したいことをし、誰に遠慮することなく生きている。だからといって幸せを感じているわけではない。彼女たちは恋愛を信じない。男の愛を信じない。結婚も子どもも煩わしいだけだと思っている。しかし、人恋しさに涙するような夜もあれば、寂しさを紛らわすために酔っぱらって大失敗をする夜もある。できれば愛を信じたい、自分の価値観と同等なパートナーがほしいと思っている。そこを隠さずに、堂々と書いていて、惨めな様子さえかっこよく見える。ブシュネルは新しい時代に生きる女性を描ききったと言えるだろう。

ブシュネルは第二作 *Four Blonds* をこの秋に出版した。これは四つのフィクションを集めた短篇集で、キャリーに似た威勢のいい女性も登場する。ブシュネルがこれからどのような女性たちを描いていくか、興味津々である。

なお、文庫化にあたっては早川書房編集部の伊藤浩氏にお世話になった。ありがとうございました。

二〇〇〇年十一月十一日

訳者略歴　1956年生，早稲田大学教育学部卒　翻訳家、エッセイスト　訳書に『観光』ラープチャルーンサップ，『ニューヨーク・チルドレン』メスード（以上早川書房刊）他多数

HM=Hayakawa Mystery
SF=Science Fiction
JA=Japanese Author
NV=Novel
NF=Nonfiction
FT=Fantasy

セックスとニューヨーク

〈NF245〉

二〇〇〇年十二月　十五日　発行
二〇〇八年　七　月三十一日　七刷

（定価はカバーに表示してあります）

著　者　キャンディス・ブシュネル
訳　者　古《ふる》屋《や》美《み》登《ど》里《り》
発行者　早川　浩
発行所　株式会社　早川書房

郵便番号　一〇一 - 〇〇四六
東京都千代田区神田多町二ノ二
電話　〇三 - 三二五二 - 三一一一（大代表）
振替　〇〇一六〇 - 三 - 四七七九九
http://www.hayakawa-online.co.jp

乱丁・落丁本は小社制作部宛お送り下さい。
送料小社負担にてお取りかえいたします。

印刷・中央精版印刷株式会社　製本・株式会社明光社
Printed and bound in Japan
ISBN978-4-15-050245-4 C0198